AQUARIUS

AQUARIUS

AQUARIUS

AQUARIUS

每個人心中都有一座島嶼，

藉文字呼息而靜謐，

Island，我們心靈的岸。

催眠師手記

無罪的嘆息

高銘 著

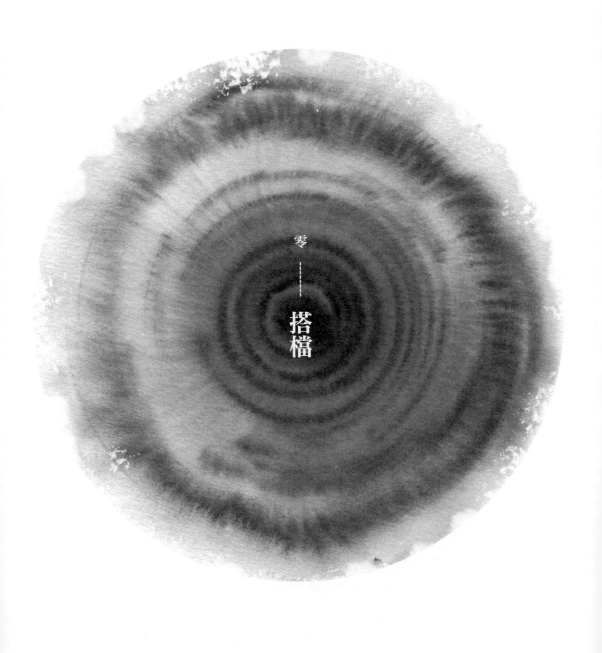

零
- - - - - -
搭檔

「是的，之前我並沒有開過相關的診所，也沒有和任何人合作過。」他表情平靜而坦然地說。

我：「哦……那你為什麼對我感興趣呢？你怎麼就能確定我們之間會有默契，並且足以支撐一個診所經營下去？」

他笑了：「我不會看錯人的，或者說我看人很準。」

我：「假如從心理學角度看，你這句話說得很不專業……」

他點點頭表示贊同：「非常不專業。」

我：「……呃，我還沒說完。另一方面，也許是你從專業角度獲悉到了什麼，使你做了這個決定，但是你並沒說出來。」

他看上去似乎很高興：「你能有這種分析能力，就證明我沒看錯人，對吧？而且你也猜對了，我的確從你身上看到了一些我所不具備的素質，所以我才會認為我們很適合做搭檔。」

我：「嗯……謝謝誇獎，能舉例說明嗎？我並非想直接聽到你的稱讚，而是需要判斷一下你說的是否正確。也許你所看到的只是一個假象，因為在接觸陌生人或者不太熟悉的人時，我們通常都會戴上一張面具。」

他點點頭，前傾著身體，把雙手的指尖對在一起，看著我：「我是那種看似比較活躍，其實心裡消極悲觀的人，所以在大多數時候，我都會用一種樂觀的態度來掩飾住這些。而你相對來說沒有我沉穩，雖然看上去似乎正相反，但是

你表面上的沉穩恰好暴露了你對自己的穩重缺乏信心。但這不重要，重要的是你能夠意識到自己的問題，並且找到好的方式來應對，這是我所不具備的。也許我知道得多一些、雜一些，但是應對問題的時候，尤其是那種突發性問題的時候，你肯定能處理得更好。雖然你可能也會有些意外，但你不會表現出來，這正是你克制後的結果。這種素質，我不具備。我正是因為知道得比較多，所以一旦發生出乎我意料的事情，我反而會有些失措——因為我已經自認為周密，但還是出現了意外……你明白我的意思吧？」

我雖然不清楚他分析自己是否正確，但是他對我的觀察和分析卻很精確。所以，我點了點頭。

他帶著微笑看著我：「你看，情況就是這樣，並不複雜，對不對？我都告訴你了。」

我不由得重新打量了一下眼前的他，因為他令我感到驚奇。

眼前這個奇怪的傢伙大約在兩小時前就開始遊說我，打算讓我成為他的搭檔，因為他想開一家具有催眠資質的心理診療所。最初我並沒太在意他所說的，因為在學校當助教這些年裡，有太多同學和同行跟我提及過，但說不出為什麼，我對此沒有半點興趣，所以都一一婉拒了。不過，眼前的他卻讓我多少有那麼一點點動搖。這不僅僅是因為他所說的，也包含我對他的某種感覺——我說不清，但是我覺得假如和他搭檔，應該會很有意思，也會遇到更多有趣的事情。那將是我之前無法接觸到的東西，雖然我並不知道會發生什麼。實際上，我從未想過會存在這種有趣的性格的人。一方面，他看起來像個大男孩，具有成人所不具備的坦誠和清晰；另一方面，他又有著極其敏銳的觀察力以及可怕的分析能力——只有心思縝密的人才能做到這點。經初步判斷，我認為他是一個生活簡單、性格複雜的人，而且有著我所不能及的驚人天賦——我指在

心理專業方面。

　　我想了想：「那麼，除了你所說的這些，還有別的嗎？」

　　他連想都沒想：「當然！」

　　他回答得那麼痛快，倒是讓我很意外：「噢……例如？」

　　他：「我沒有催眠資質，而你有。」

　　我：「我……指的不是這個。」

　　他：「哦？嗯……那沒有了，不過……」

　　我：「怎麼？」

　　他：「我是想說，你真的打算繼續做助教？真的不要試試看嗎？也許會有更多的案例供你參考，也許會有你從書本上和理論上根本學不到的知識，也許你會經歷一些超出你想像的事情，那很可能會就此改變你的一生。」

　　我沉默了好一陣後告訴他，我需要考慮。

　　他點點頭，沒再說下去，而是開始天南海北地聊其他的話題。

　　一週後，我們又在這家咖啡館見面了。我沒再猶豫，而是直接給了他一個肯定的答案。

　　他聽了後，先是嘴角揚起一絲笑意，然後咧開嘴，並伸出一隻手：「搭檔？」

　　我點點頭，也伸出手：「是的，搭檔。」

　　回想起來，這件事已經過去五年了。

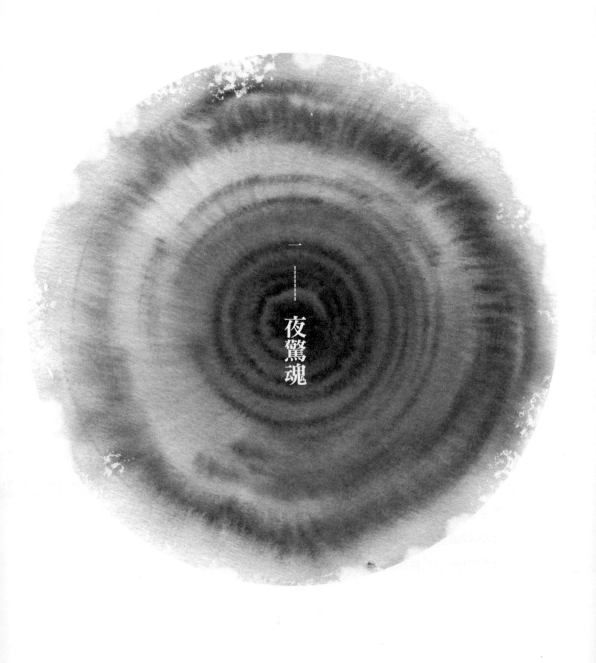

一

夜
驚
魂

從攝影機的液晶螢幕中，能看到一個年輕女人坐在對面長沙發上，帶著一絲略微不安的表情。而我的搭檔此時正漫不經心地坐在她身後不遠處的椅子上，翻看著手裡的資料簿。

調整好攝影機後，我坐回到年輕女人正前方那把寬大的椅子上，保持著身體略微前傾的姿勢，注視著她的眼睛，平靜地告訴她：「放鬆，就像我開始跟你說的那樣——放鬆。」

她聽話地慢慢向後靠去，身體逐漸鬆弛下來。「……很好……慢慢閉上眼，試著想像你正身處在一個旋轉向下的迴廊裡……」

她閉上眼，極為緩慢地鬆了口氣。

「就是這樣，很好，你沿著樓梯慢慢地向著下面走去，仔細聽的話，你會聽到一些熟悉的聲音……」

我看到她的雙肩也開始鬆弛了下來。

「……那是你所熟悉的聲音……」我盡可能地放慢語速，壓低音量，「……樓梯的盡頭是一扇木門，慢慢推開……慢慢地……推開門……你就會回到昨晚的夢境當中……」

她愈來愈放鬆，逐漸癱坐在寬大的沙發上。

「三……」

她緩慢地低下頭，鬆散的長鬢髮垂了下來，幾乎完全遮擋住了那張漂亮卻疲

慊的臉。

「二……」

她的呼吸開始變得緩慢而均勻。「一……」

幾秒鐘後，她發出一聲輕微的嘆息。

我：「你看到了什麼？」

　　一個月前，當讀完心理醫師的描述紀錄後，我覺得這像一個鬼故事。大約從一年前起，這個年輕漂亮的女人經常在半夜睡夢中被淒厲的慘叫聲驚醒。醒後，那慘叫聲就立刻消失。這種情況只發生在她獨睡的時候。據說那個聲音淒慘無比。她被嚇壞了，想了各種辦法——找僧人做法事、找道士畫符、在枕頭下面放剪刀，甚至跑去燒香、拜佛，但都沒用。後來，她迫不得已搬了幾次家。但每當夜深，每當她獨自入睡後，淒厲的慘叫聲依舊會響起，揮之不去。那恐怖的聲音快把她逼瘋了，甚至因此而產生了幻覺——夜深的時候，她會看到一個中年女人帶著一個十幾歲的男孩站在自己房間的某個角落，面對著牆——只有她能看到。

　　她跑到心理診所求助。

　　幾個月後，她的狀況絲毫沒有好轉，於是無奈的心理醫師把她介紹給了我。

　　「聽說也許催眠對我能有些幫助。」她把裝有描述紀錄的資料袋交到我手上時這麼說。我留意到她眼睛周圍的色素沉澱，那看起來就像是在眼睛周圍籠罩著的一層陰霾。

　　第二天，我把紀錄交給搭檔，並告訴他：「昨天拿到的，看上去像個鬼故事。接嗎？」

　　我的搭檔沉默著接過來，開始皺著眉認真看。過了好一陣，他闔上那幾頁

紙，抬起頭問我：「你剛才說什麼？」

「像個鬼故事。」

他依舊沒吭聲，嘴角泛出一絲狡黠的笑容。

我知道，那個表情意味著這個活我們可以接了。

我：「你看到了什麼嗎？」

年輕女人：「……街道……一條街道……」

我：「什麼樣的街道？」

年輕女人：「……骯髒的……窄小的街道……」

我：「是你熟悉的地方嗎？」

年輕女人：「我……我不知道……」

我：「那是陌生的地方嗎？」

年輕女人：「不……不是……」

和搭檔飛快地對視了一眼後，我接著問：「能告訴我你看到了什麼嗎？」

年輕女人：「汙水……垃圾……還有人……」

我：「什麼樣的人？」

年輕女人：「……是……是穿著很破爛的人……」

我：「他們是你認識的人嗎？」

年輕女人：「不知道……可能……我不知道……」

我：「他們認識你嗎？」

年輕女人：「認識。」我察覺到她這次沒有遲疑。

我：「他們有人在看你嗎？」

年輕女人：「是的。」

我：「都有誰？」

她：「……每一個人……」

我：「你知道他們為什麼看著你嗎？」

年輕女人：「我……不知道……」

這時，我的搭檔從她身後的椅子上直起腰，無聲地拎起自己的衣領，然後伸出一根手指指著自己上下比畫了一下。我看懂了他的意思。

我：「是因為你的衣著嗎？」

年輕女人遲疑了一會：「……是的。」

我：「你穿著什麼？」

年輕女人：「我……我穿著一身……一身……破爛的衣服……這不是我的衣服……」

我：「那是誰的衣服？」

年輕女人：「是……媽媽的衣服。」

我：「你為什麼穿著你媽媽的衣服？」

年輕女人：「是她讓我穿的。」她在表述這句話的時候沒有一絲猶豫和遲疑。

我：「為什麼她讓你穿她的衣服？」

年輕女人：「因為……沒有別的衣服……」

這時，我突然想到一個問題，於是我問：「你幾歲？」

年輕女人：「六歲。」

搭檔在她身後對我豎起了大拇指，撇著嘴點了點頭。

透過前段時間的接觸，我了解了這個女人大體上的生活狀況。

她是南方人，獨自在北方生活。目前的生活水準很高，衣食無憂。有份薪水穩定的工作，那份薪水之豐厚遠遠超過她的同齡人。至於個人情感，目前她還是單身，沒有結婚，也沒有男朋友。我和搭檔在觀察後曾經分析過，都認為她在撒謊。也許她離過婚或者有什麼不可告人的隱私，因為在這個問題上她表現得有些含糊其詞。每當我們問到關於「夜半厲聲」的問題時，她都會驚恐不已，並且瑟瑟發抖。

　　那不是裝得出來的，是真實的反應。

　　所以，和搭檔討論後，我們決定從她的夢境入手。我們都想知道，在她被驚醒之前到底發生了什麼——目前來看，只能從她的夢中得到答案（至於那些夢境，她自己絲毫不記得）。

　　今天她來的時候告訴我們，昨晚，那個慘叫聲再次把她驚醒，然後把攝影機還給了我——那是上次她來的時候我交給她的。我要求她每晚入睡前，讓攝影機對著床，把一切都拍下來。

　　她照做了。

　　但沒敢看。

　　我們看了。

　　最關鍵的那段錄影並不長。

　　前一個多小時都是她睡著的樣子，很平靜。然而從某一刻起，她開始反覆翻身、扭動，並且動作愈來愈強烈，逐漸變成了劇烈的掙扎。幾分鐘後，她猛然坐起，整個臉都變得異常扭曲……我們都看到了，每次把她從夢中驚醒的淒厲叫聲，是她自己發出來的。

　　我接著問下去：「你的家就在這條街上嗎？」

年輕女人的聲音小到幾乎像是在喃喃低語：「……是的……」

我：「你能帶我去嗎？」

年輕女人：「不要……去……不要去，媽媽……會……會……打我……」

我：「為什麼？」

年輕女人：「因為……因為……爸爸要她這麼做的……」

我：「你爸爸為什麼要這麼對你？」

年輕女人：「他……不是我爸爸……是弟弟的爸爸……」

我聽懂她的意思了：「他經常和媽媽一起打你嗎？」

年輕女人：「……是的……他們……都討厭我……」

我：「除了被打以外，你還受過別的傷害嗎？」

年輕女人：「他們……不要……不要，不要！」

我知道她就快醒過來了，因為假如那個場景能把她從夢中驚醒的話，那麼也同樣可以把她從催眠中喚醒，於是我提高音量，語速堅定而沉穩地告訴她：「當我數到『三』的時候，你會醒來。」

「一。」

她的雙手開始緊張起來，並且慢慢地護到胸前。

「二。」

此時，她的身體已經有了很強烈的痙攣反應。

「三！」

她猛然坐直身體，睜大雙眼愣愣地看著我。看來我的時間掐得正好。

此時的她早已淚流滿面。

「你覺得她的情況僅僅是小時候被虐待造成的嗎？」搭檔壓低聲音問我。

我轉過頭看著另一間屋子裡的年輕女人，她正蜷縮在沙發的一角，捧著一杯熱水發呆。很顯然，房間裡輕緩的音樂讓她平靜了許多。

我想了想，搖了搖頭。

「嗯……比我想的稍微複雜了一點。」搭檔皺著眉摸著下巴，若有所思，「不過，我認為……那層迷霧撥開了，今天也許能有個水落石出。」

我沒吭聲，等著他繼續說下去。我的強項是讓患者進入催眠並且進行催眠後的誘導，而我的搭檔則精於在患者清醒的時候問詢和推理分析。雖然有時候他的分析過於直覺化，以至於看起來甚至有些天馬行空，但我必須承認，那與其說是他的直覺，倒不如說是他對細節的敏銳及掌握──這是我所望塵莫及的。

他瞇著眼睛抬起頭：「看來，該輪到我出馬了。」

我們把年輕女人帶離了催眠室，去了書房。關於在書房問詢這點，是當初我搭檔的主意。

「在書房那種環境中，被問詢者對問詢者會有尊重感，而且書房多少有些私密性質，那也更容易讓人敞開心扉。」他這麼說。

其實我覺得，真正的原因是他很喜歡那種權威感。

年輕女人：「剛才我說了些什麼？」

搭檔：「等一切都結束後，我們會給你剛剛的錄影。」

年輕女人：「嗯……算了，還是算了。」

搭檔：「好吧，接下來我會問你一些問題，你可以選擇回答或者不回答，決定權在你，OK？」

年輕女人點了點頭。

搭檔：「你家裡環境不是很好吧？」

年輕女人：「嗯。」

搭檔：「所以你隻身跑到北方來生活？」

年輕女人：「嗯。」

搭檔：「辛苦嗎？」

年輕女人：「還算好……我已經習慣了。」

搭檔：「自從你睡眠不大好後，工作受到很大影響了嗎？」他小心地避免使用那些會令她有強烈反應的詞彙。

年輕女人：「嗯……還行……」

搭檔：「那麼，能告訴我你的職業是什麼嗎？我們只知道你是從事金融行業的。」

年輕女人的眼神開始變得閃爍不定：「我……一般來說……」

搭檔：「銀行業？」

年輕女人：「差不多吧。」

搭檔：「你是不是經常面對大客戶？」年輕女人點了點頭。

搭檔：「壓力很大嗎？」

年輕女人嘆了口氣：「比較大。」

搭檔：「你至今單身也是因為壓力大而並非工作忙，對不對？」

年輕女人：「是這樣。」

搭檔：「關於感情問題，我能多問一些嗎？」

年輕女人：「例如？」

搭檔：「例如你上一個男友。」

年輕女人想了想，搖了搖頭：「我不想提起他。」

搭檔：「好，那我就不問這個。」

接下來，他問了一些看上去毫無關聯的問題。例如：有沒有什麼興趣愛好？你跟家人聯繫得緊密嗎？你最喜歡的顏色是什麼？你覺得最令自己驕傲的是哪件事？年輕女人雖然回答了大多數，但我能看得出，她在有些問題上撒了謊。

搭檔的表情始終是和顏悅色的，從未變化過。

問詢的最後，搭檔裝模作樣地看了下手錶：「嗯，到這吧，這些我們回頭分析，下週吧！下週還是這個時間？」

年輕女人點了點頭。

送走她之後，我們回到書房。

我：「你不是說今天會水落石出嗎？」

他坐回到椅子上，低著頭看著手中的紀錄：「嗯。」

我：「嗯什麼？答案呢？」

他抬起頭看著我：「我們來討論一下吧，有些小細節我不能百分之百肯定。」

我坐在他斜對面的另一把椅子上：「開始吧。」

搭檔：「你不用倒數？」

我：「滾，說正事。」

搭檔笑了笑：「關於她童年受過虐待這點可以肯定了，在催眠之前我們猜測過，對吧？」

我：「對，我記得當時咱們從她的性格、穿著、舉止和表情動作等分析過，她應該是那種壓抑型的性格，她的那種壓抑本身有些扭曲，多數來自童年的某種環境或者痛苦記憶。」

搭檔：「嗯，童年被虐待這事很重要，而且還是個不可或缺的組成部分。假

如沒有這個因素，恐怕我的很多推測都無法成立。」

我：「你是指心理缺失？」

搭檔：「對。我們都很清楚童年造成的心理缺失問題會在成年後被擴大化，具體程度和兒時的缺失程度成正比。這個女孩的問題算是比較嚴重的。通常來說，父親是女人一生中第一個值得信賴的異性，但是她沒有這種環境，對吧？」

我似乎隱隱知道了我的搭檔所指向的是什麼問題了，但是到底是什麼，我並沒有想清楚，所以只是遲疑著點了點頭。

搭檔：「這樣的話，對於這部分欠缺，她就會想辦法去彌補……」

我：「你是說，她會傾向於找年紀大自己很多的戀愛對象來彌補這部分缺失？」

搭檔：「沒錯。不過，她始終不承認自己有男友，而且拒絕談論前男友的問題……我認為，她……沒有前男友。」

我想了想：「有可能，然後呢？」

搭檔：「從她對此支支吾吾的態度來看，她應該有個男朋友，年齡大她很多，可能超過一倍，還是個有婦之夫。」

我：「最後這一點你怎麼能確定？」

搭檔：「這個問題先放在一邊，我一會會說明的。我們還是接著說她童年那部分。」

我：「沒問題，繼續。」

搭檔：「你記得吧，她剛剛透過催眠重複的夢境，正是她被自己的尖叫聲所驚醒的夢。可是，那個夢境的哪部分才能讓她發出那麼恐怖的聲音呢？」

我仔細地回想：「呃……她……最後反覆說『不要』……是這個嗎？」

搭檔：「你不覺得這有問題嗎？好像她的夢跳過了一些什麼。」

我：「你想說她小時候被繼父侵犯過？雖然在某些方面她有過激的情緒反應，但沒有一點性創傷特徵，所以我不覺得她有來自性的——」

搭檔：「不不，我指的不是這個。你看，是這樣：在最開始，她反覆強調自己的衣著破舊，然後說明了這是她媽媽造成的。接下來提到，那是繼父要求她媽媽對她惡劣。我們從正常角度看，親生母親不會這麼對自己的孩子，對吧？而她母親之所以這麼做，應該只有一個原因……」

我：「嗯……我想想……壓力？」

搭檔：「對，生活壓力。也許她母親因為某些原因不能工作……是因為疾病？很可能是因為疾病的原因無法工作，也沒有親戚資助，所以家裡的生活來源全依靠那個男人，所以她母親才不得已而順從。」

我：「明白了……」

搭檔：「而且，透過問詢，我也確認她小時候家裡環境並不好，甚至是拮据。因此，她對是否擁有金錢這個問題看得更重，因為擁有金錢對她來說就擁有某種穩定感——這來自她母親因為沒有經濟能力，所以對繼父唯命是從的扭曲記憶——她成了直接受害者。」

我：「嗯……根據重現的夢境，她對於貧窮有一種異常的恐懼。」

搭檔：「還有一些小細節指向另一個問題：剛才我問的時候，她說過自己的興趣愛好是彈鋼琴，據說彈得還不錯。以她的家境，彈鋼琴這事肯定不是童年學的，應該是她獨立生活之後才學的。她現在也就是二十歲出頭，能有收入不菲的工作就不錯了，怎麼可能掌握那種花掉大量時間的消遣呢？」

我點了點頭：「有道理，想學會彈鋼琴的確需要大量時間和精力。」

搭檔：「我想你也應該看到，最初她只是含糊地說自己從事金融行業，而我

故意往銀行業誘導，她果然順著說了下去。真的嗎？年紀輕輕就從事銀行業？還面對大客戶？怎麼可能？」

我：「你是說……她的經濟來源應該是……她的男友？」

搭檔點了點頭：「那個有婦之夫。」

我仔細地順著他的思路想了一陣，這的確是合理的解釋。

搭檔：「好了，現在可以整理一下了。首先，差不多可以斷定，她是被一個有錢的已婚男人包養著。那個男人比她大不少，也是她的第一個男人。因為她認為童年的悲慘經歷是源於她母親沒有經濟能力，所以導致她對於金錢能帶來的『安定』極為依賴。再加上源於童年缺失父愛的原因，而那個男人又恰好能彌補這部分，因此就造成了一個結果：在雙重因素下，她很可能對那個有婦之夫有了很深的感情。而且我猜，她肯定也意識到了自己現在的處境其實和當初她母親的處境一樣，在感情問題和生活問題上沒有主導能力……哦，對了，這點從她夢中穿著媽媽的舊衣服能看出來，其實這也是一種暗喻……她認為這樣不好，但無論從金錢和感情上，她卻又依賴那個男人……就是這樣，反反覆覆……深陷其中，不能自拔。」

我：「所以，她應該想過結束和那個男人之間的這種非常態關係，去過一種正常化的生活。但是，她對現有的一切又過於依賴，捨不得放棄，所以，透過催眠重現夢境的時候，就像我們看到的那樣，她內心深處在反覆強調童年的慘境。她怕會失去自己曾夢寐以求的東西：富足和父愛。因此……」

「因此，」搭檔提高音量，「每當有結束目前這種非正常生活的想法時，她就會重溫童年的慘狀，以此警告自己。我猜，她夢中所說過的『不要』，就是指這個。」

我點了點頭：「嗯，不要回到過去……可是，因為這個就有這麼激烈的反應

嗎？能驚醒她自己的那個叫聲的確很淒慘。」

搭檔想了想：「別忘了，她是個內向、壓抑型的性格。你記得吧？只有她一個人入睡的時候才會這樣。我認為，與其說她因為恐懼過去的悲慘經歷而慘叫，倒不如說是她因壓抑得過久而發洩才對。」

我仔細順著這個思路捋了一遍：「是的……你說得沒錯……」

搭檔：「她的這種性格也就導致心理醫師對她的心理診療失敗——她需要隱藏的東西太多。如果沒有催眠的話，恐怕至今咱倆還在百思不得——」

我：「停，先別急著說結束語，還有件事：她的幻覺。那個幻覺所看到的景象也一定具有某種含義，對吧？另外，你剛提過，關於她的男友是個有婦之夫的問題，你是怎麼確定的？」

搭檔狡猾地笑了：「其實，這兩個是一件事。」

我愣了一會，慢慢明白過來了。

搭檔：「她對幻覺的描述你還記得吧？一個中年女人，帶著個十幾歲的男孩，深夜出現在她家的某個角落，面對著牆……這麼說起來的話，她始終沒看到過幻覺中母子倆的臉，對吧？相信她也沒有走過去看個究竟的膽子。她是怎麼確定幻覺中那兩個人的年紀的？而且，誰會在那種詭異的環境中留意年齡的問題呢？我認為她的幻覺是來自那個有婦之夫的描述，甚至有可能是看過照片或者在某個公共場合見過。」

我：「你是說，她的幻覺部分其實是來源於……」

搭檔：「準確地說，應該是來源於壓力。她本質上不是那種壞女人，不過，她所做的一切……所以……」

說到這，我們倆都沉默了。

過了好一陣，我問他：「可以確定？」

他若有所思地看著窗外，想了想，點點頭：「可以確定。你是催眠師，我是心理分析師。我們憑這個能力吃飯。」

我：「嗯。」

一週後，當再次見到那個年輕女人的時候，我盡可能婉轉地把一切都向她說明了。果然，她的反應就像搭檔說的那樣，既沒有反駁也沒有激烈的情緒表現，只是默默聽完，向我道謝，然後走了。

我回到書房，看到搭檔正在窗邊望著她遠遠的背影。我：「你說她回去會哭嗎？」

搭檔：「也許在停車場就會哭。」

「大概……吧……還好，不是個鬼故事，至少她不用擔心這點了。」我故意用輕鬆的語氣說。

搭檔沒笑，回到桌邊拿起一份紀錄檔案翻看著，還是一副漫不經心的樣子。過了一陣，他頭也不抬地說：「我猜，她之所以會恐懼，也許正是因為她最初就什麼都知道。」

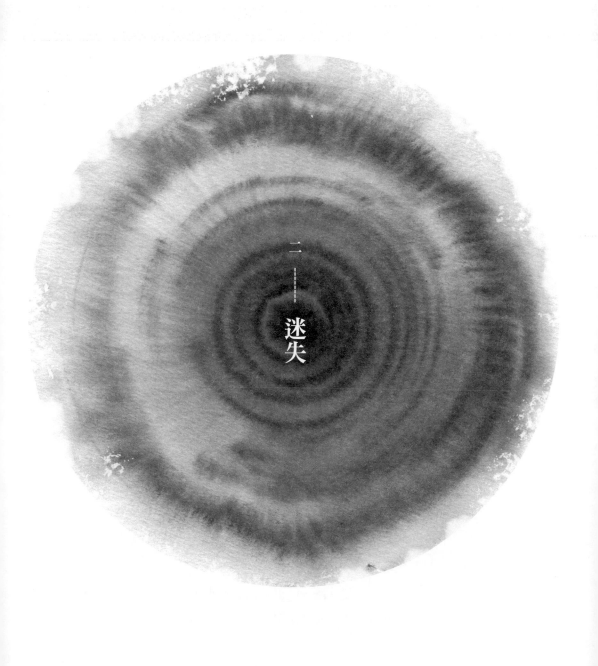

二———

迷失

通常來說，我和我的搭檔都不怎麼喜歡人格分裂的情況，因為一個以上的多重意識——就是人格分裂的人——無法被催眠。這是個令人非常頭疼的問題。

當然，這不代表我們沒接過這類型的案子。

中年男人緊張地望著我們說：「我的另一個人格找不到了。」

很顯然，搭檔沒聽明白——因為此時他正帶著一臉絕望的表情看著我。我猜，他可能認為自己做這行太久而精神崩潰了。其實那句話我也沒聽懂。

面前的中年男人飛快地看了看我們的臉色，略微鎮定下來後又重複了一遍：「我沒開玩笑，我的另一個人格不見了。」

我定了定神：「你是說，你本來分裂了，但是現在就剩你了，那個和你共用身體的傢伙不見了？」

「注意你的用詞。」搭檔很看不慣我面對顧客時不用專業詞彙，「不是傢伙，是意識，是共用身體的意識……」

中年男人：「對對，不管是什麼，反正不見了，就剩我一個了。」

搭檔：「那不是很好嗎？你已經痊癒了。」看樣子，他打算打發面前這個中年男人走。

中年男人：「但是，我不是本體，我是分裂出來的！」

搭檔忍不住笑了：「怎麼？你玩夠了？不想再繼續了？」

中年男人一點也沒生氣，反而更加嚴肅：「不，我是因『他』的需要而存在的，或者說，我是因『他』而存在的！沒有了那個本體，我什麼都不是。」

我忍不住多想了一下這句話，發現我們面對的是一個邏輯問題。

當我把目光瞟向搭檔的時候，我看到他正在似笑非笑、饒有興趣地觀察著眼前這位「第二人格」。從他好奇的表情上我能看到，他很想接下這單。

於是，我問中年男人是從什麼時候開始發現另一個人格不見的。他告訴我大約在一週前，也許更久，具體時間他不能確定，因為每次醒來時他所身處的依舊是他睡去時的環境。而且他也查過了，沒有任何跡象表明第一人格有過任何活動，所以他從最初的詫異轉為茫然，接下來經歷了失落，最後是恐慌。簡單地交換意見後，我們決定還是先透過催眠開始探究，看看到底發生了些什麼。

「這樣就能知道你的本體人格到底在哪了。畢竟我們要從『他』失蹤前開始找到問題。因為那時候你不清楚『他』都做過些什麼。」我用非常不專業的語言向他解釋。搭檔沒有再次糾正我。

架攝影機時，我壓低聲音問搭檔：「你確定他是正常的嗎？他在撒謊，你看不出來嗎？你真的要接嗎？」

我那個貪婪的搭檔絲毫沒有猶豫與不安：「當然看出來了，他描述的時候眼睛眨個不停，但是那又怎麼樣？怕什麼？正不正常沒關係，反正他付的錢是真的，就算是陪他玩，又有什麼不可以的？而且，如果真的像他說的那樣呢？」

我：「怎麼可能是真的，如果是真的，多重人格是無法被催眠的。」

搭檔笑了：「你忘了？他目前是只有這一個意識。」

我：「可是……」

搭檔：「沒有什麼可是，一個早已過了青春期的男人跑來撒謊、付錢，想透過催眠來找到點什麼，那我們就滿足他好了。而且，我真的想知道他到底為什麼這麼做。」

架好攝影機後，我回到中年男人面前坐下，保持著身體前傾的姿勢，看著他的眼睛。

他回頭看了一眼身後的搭檔，又轉過來望著我：「呃……我不睏，這樣也能被催眠？」

搭檔告訴他：「如果你睏的話，反而不容易成功，因為你會真的睡著。」

中年男人：「催眠不是真的睡著？」

我不想浪費時間向他解釋這件事：「來，轉過頭，看著我的眼睛，放鬆……」

他轉過頭，遲疑地望著我。

我：「鎮定下來，放鬆，我不管你是誰，既然你想透過催眠來找回本體意識，那麼你就按照我剛剛說的坐好，我們會幫助你的。」

他點了點頭。

看著他緊張的樣子，我暗自嘆了口氣：「你還是不夠放鬆，這樣吧，我們從你的頭頂開始一點一點放鬆吧……首先，身體向後靠，把重心向後……」

他照做，不過眼神看上去還是有些懷疑。

我：「就是這樣，慢慢，放鬆身體……你的頭部還是很緊張，從頭皮開始，慢慢來，放鬆……」

他依舊照做了，並且稍微平靜了一些。

我：「接下來是額頭……對，額頭，不要皺著，放鬆皮膚，讓它輕鬆地舒展開……」

我花了足足十分鐘來讓這位第二人格按照我的指示一步一步從頭頂開始，隨著言語指導開始進入交出意識的狀態。他從一開始的遲疑，轉換為遵從，最後完全無意識地只知道遵守，沒有一絲反抗情緒。

　　「很好，你已經慢慢地……走向自己的意識深處……」他開始自然而鬆弛地垂下了頭。

　　「……很好，你沿著盤旋向下的臺階……慢慢走下去……」他的呼吸開始變得平緩而粗重。

　　「……你已經看到樓梯盡頭的那扇木門……等我允許的時候……推開它，你將以『他』的身分回到一週前。」

　　中年男人：「……好……」

　　「三。」

　　他的頭垂得更低了。

　　「二。」

　　他的手輕微地抽動了一下。

　　「一。」

　　他靜靜地癱坐在長沙發上，一動不動。

　　「告訴我，你看到了什麼？」

　　不知道為什麼，我有一絲期待，情緒上有點像多年前我第一次獨立給人催眠的那種感覺。

　　經過短暫沉默之後，中年男人開口了：「看到……一個人……」

　　我：「什麼樣的人？」

中年男人：「和我一樣姿勢的人……」

我：「一樣姿勢？你是站在鏡子前嗎？」

中年男人：「是的。」

我：「鏡中的是你自己嗎？」

中年男人：「這……是『他』……」這讓我很詫異，他在催眠過程中居然會使用第三人稱描述自己。

我：「你在鏡子前做什麼？」

中年男人：「……什麼都沒做，只是看著……」此時，他略帶不安地呼吸急促了起來。

我：「就這樣一直看嗎？」

中年男人：「是……」

我：「能告訴我你在想什麼嗎？」

中年男人：「可以……」

我：「那麼，你都想了些什麼？」

中年男人：「害怕……」

我：「害怕？你感到恐懼嗎？」

中年男人：「是的……」

我：「是什麼讓你感到恐懼？」

中年男人：「一個……人……」

我：「什麼人？」

中年男人遲疑了一陣：「一個……一個看不清的人……」

我愣了一下才反應過來：「當時不是只有你自己，而是還有別的人嗎？」

中年男人：「是……的……」

我：「是個男人？」

中年男人：「是個……男人……」

我：「是個什麼樣的男人？」

中年男人：「製造……」此時，他的語速愈來愈緩慢。

我：「製造？從事製造行業的男人？」

中年男人：「不……是製造……製造的……人……」

我忍不住和搭檔對視了一下：「製造出來的人？你指孩子嗎？」

中年男人：「不，不是……」

飛速地分析了幾秒鐘後，我問道：「是你所製造出來的人嗎？」

中年男人：「……是的。」

我：「你是說，你製造出來一個人？」

中年男人：「是的。」

我和搭檔都愣住了。

　　從嚴格意義上來講，自我協調的人會出現人格分裂不是沒有可能。但是，迄今為止，我沒有接觸過這樣的案例，包括求學時我的導師也沒接觸過。這並不是說我們孤陋寡聞，而是因為人格分裂這種情況本身就很罕見，而所謂的「協調型分裂」的情況更屬於「特例」。從理論上來說，「多重人格」是指兩種以上的心理、行為以及經驗存在於一個身體內，如果不是這樣，就談不上多重人格了。所以，對於協調型多重人格這個問題，我和搭檔都抱著極為保守的態度來看待——在見識過之前，這種情況只存在於理論之中。

　　正因如此，除了理論上的理解外，我沒有一點應對經驗。

我遲疑了一下，接著問道：「你刻意地製造出來一個人，對嗎？」

中年男人：「對。」

我：「那你為什麼要製造一個人？」

中年男人：「因為……我……自己……不夠好……所以……我……」

我：「你們彼此都知道對方的存在，對嗎？」

中年男人：「知道……」

我：「你是第一人格嗎？」

中年男人：「是……的。」

我：「那麼，你為什麼要害怕他呢？」

中年男人：「因為……因為我……我愈來愈淺……」

我：「愈來愈淺？」

中年男人：「……是的……淺……」此時，他看上去顯得很不安，痙攣般快速抽搐著，並且神經質地輕度擺動著頭。

我：「你是指和他對比起來，自己比較淺，是嗎？」

中年男人：「是的……」此時，我留意到搭檔的眉頭愈皺愈緊，我猜他明白了一些事情，也隱約知道那是什麼了。

我：「你花了多久把他製造出來的？」

中年男人：「三年。」

我：「之後你再製造出新的人格了嗎？」

中年男人此時似乎有些情緒波動：「沒……沒有……」

我：「那麼，你能告訴我，你是怎麼製造出一個人的嗎？」

中年男人的呼吸急促了起來：「可以。」

我：「是怎麼做的？」

他的呼吸愈來愈急促：「……模仿。」

聽到這，雖然已經大致上清楚是怎麼回事了，不過我還是問了下去：「『他』，從一開始就知道自己是被製造出來的，對嗎？」

中年男人：「開始……就知道。」

我：「你曾經想清除掉『他』嗎？」

中年男人的聲音幾乎是在喃喃低語，如果不仔細聽，幾乎聽不到他在說些什麼：「我……不記得了……我不想……我做不到……不行……我找不到……」

我深吸了口氣，問出了我認為最重要的問題：「你是『他』嗎？」

中年男人：「我……我是……」

我抬起頭望向我的搭檔，發現此時他也正看著我。我們相視點了點頭——這意味著催眠可以結束了。

我收回目光，繼續注視著眼前的中年男人：「當我數到『三』的時候，你就會醒來。」

中年男人：「好的，我會……醒來……」

我：「一。」

搭檔無聲地在他身後站起身，抱著肩，看得出，他比我更胸有成竹。

我：「二。」

中年男人的整個身體開始如夢魘般輕微抽搐，這並不多見。

我：「三。」

停了一會後，他才抬起頭，充滿疑惑地看著我：「完了？」

我闔上本子，準備起身去關攝影機：「嗯。」

關上和催眠室相通的那扇門後，我端起桌上的杯子，還沒等把水送到嘴邊，

就聽到站在窗邊的搭檔罵了一句髒話。

我：「很糟糕嗎？」

搭檔：「永遠都會有這麼蠢的人嗎？」

我喝了幾口水後才回應：「大概吧，否則就不需要我們了。」

他回過頭，我能看到此時他已經平靜下來了：「接下來，我跟他談談吧。」

我：「其實不談也知道得差不多了，還記得我跟你提過的那個案例吧？非常像，不是嗎？」

搭檔：「嗯，還記得當時我認為那件事很扯淡，沒想到居然遇到了，所以我還是想跟他談談，忍不住要驗證……算是職業習慣吧……我覺得有可能是感情問題導致的，八成是婚姻。」

我：「為什麼這麼認為？」

搭檔：「他提過家庭和孩子嗎？除了在催眠狀態時提過，別的時候提過嗎？」

我：「沒有……你的意思是他應該有，卻從未提過，所以……」

搭檔：「以他這個年紀，通常來講應該是已婚的，但是最初他說到他的擔心，卻從未提過老婆、孩子，所以我覺得應該是有些問題的……我更傾向於是婚姻問題……再說，這麼大個事，沒有提到家人半個字，情理上說不過去。」

我：「推論倒是沒錯……不過……」

搭檔：「當然，不只這點，你看到他的裝束了吧？」

我：「裝束？便裝，很普通啊。」

搭檔：「不僅僅是你看到的那樣。他雖然一身便裝，但是牌子其實很考究……」此時，我忍不住又轉頭透過玻璃門看了一眼坐在催眠室的中年男人，確實是那樣，那傢伙的衣著的確不是地攤貨。「……透過我剛剛的觀察，以他

的個性來看，他不是那種注重衣著的人，他現在的穿戴應該是別人給他買的，我猜是他老婆……」

我笑了一下：「嗯，你永遠無法制止女人精心打扮自己男人的企圖。」

搭檔：「但是，衣服的款式比較舊，應該是幾年前的。還有，那搭配看起來有些亂，想必是很久以前有人給他挑選的衣服，但是目前已經沒人指導他的搭配了。所以，我才會說我更傾向於是婚姻問題造成的現在這種狀況。」

我嘆了口氣，他對於細節的觀察和捕捉是我所不能及的：「好吧，福爾摩斯先生，等你跟他談完之後，你來告訴他吧。我覺得他很可能需要心理輔導。」

搭檔點了點頭：「恐怕得相當長時間的輔導……」

在書房坐下時，我看到放在搭檔桌邊的紀錄本，於是拿起來翻了幾下。除了頁眉的地方寫了個日期以外，一個字都沒有。

中年男人：「你們剛才都問了些什麼？我說了些什麼？能找到『他』嗎？」

搭檔沒有直接回答：「如果你願意，一會可以把錄影給你看。」

中年男人默默點了一下頭，看上去他似乎沒那麼渴望看錄影。

搭檔：「你從什麼時候起知道自己是第二人格的？」看來，他打算完全順著對方的謊言來作為開始。

中年男人：「三年前。」

搭檔：「是一開始嗎？」中年男人點了點頭。

搭檔：「就是說，從一開始，你就很清楚自己是第二個人格囉？」

中年男人：「是的。」

搭檔：「你……他結婚了嗎？」

中年男人：「結婚了，有一個孩子。」

搭檔：「你對『他』妻子和孩子了解嗎？」

中年男人：「不了解。」

搭檔：「為什麼？」

中年男人：「因為已經離婚了。」

搭檔：「是你離婚的還是第一人格離婚的？」

中年男人：「『他』。」

搭檔：「在你被製造出來之前？」

中年男人皺了皺眉：「對。這很重要嗎？」搭檔點了點頭。

中年男人：「關於『他』的妻子和孩子，我知道得很少。」

搭檔：「說說你知道的吧。」

中年男人：「起因是『他』妻子出軌，然後『他』和妻子協議離婚的，兒子歸妻子。沒了。」

搭檔：「家裡一張照片都沒有嗎？」

中年男人顯得有些不耐煩：「一張都沒有。」

搭檔：「你知道自己被製造出來的目的嗎？」

中年男人：「不是很清楚，只是知道『他』覺得自己不夠完美——」

搭檔突然打斷他，並且話鋒一轉：「你向我們求助的理由，並不是像你說的那樣吧？」

中年男人的語速開始遲疑：「嗯……是一開始說的那樣……」

搭檔再次打斷：「你確定？」

中年男人的表情愈來愈不安：「我……」

搭檔：「你應該知道，對吧？」

中年男人開始慌亂了起來：「我……我真的……真的不知道……」

搭檔：「好了，我們不要再兜圈子了。透過剛剛的催眠，我們大致上已經清

楚是怎麼回事了。」

中年男人盯著我的搭檔看了好一陣：「那……我……」

搭檔：「沒猜錯的話，現在的你，應該很像導致你妻子出軌的那個人的樣子吧？」

中年男人很驚訝地揚了揚眉：「你怎麼知道？我……」

搭檔的表情很嚴肅：「你恐怕不清楚自己玩的是個危險的遊戲。」

中年男人收回目光，慢慢垂下頭：「我只是……」

搭檔：「我不清楚你是從什麼地方知道的這個方法，但是，我相信沒人告訴過你，你做的事情有多可怕。」

中年男人遲緩地點了點頭：「我只是希望自己能夠完美，但是我……回不去了。」

搭檔：「好了，讓我們把事情說清楚吧。在你妻子有外遇前，你一直都是自信的，並且對自己和自己的一切很滿意。還有，在性格上，你也應該是個相當自律的人，這很好。不過，這也是你產生目前這種狀況的根本原因——自律得過頭了。」

中年男人沒說話，只是低著頭。

搭檔：「你的童年很好吧？父母關係、家境，甚至整個家族環境，都很優越，對嗎？」

中年男人：「是的。」

搭檔：「你從小到大應該也沒有過什麼挫折，從未失敗過。」

中年男人嘆了口氣：「基本上沒有。」

搭檔：「工作和事業也一帆風順，對不對？甚至比起身邊的朋友，你算是他們之中的佼佼者。」

中年男人：「嗯，我比他們都出色。」

搭檔：「在離婚前，你對自己的婚姻也很滿意，並且為自己所擁有的一切自豪。不過，當你得知妻子有了出軌行為的時候，你最初應該不是憤怒，而是驚訝。」

中年男人抬起頭，緊緊地抿著嘴唇，我能看到他的眼淚在眼眶裡打轉。

搭檔：「你想不通為什麼會這樣。就你的個性來說，你沒辦法接受這個事實，所以，應該是你提出的離婚。她企圖極力挽回過嗎？」

中年男人深吸了口氣，彷彿要讓自己鎮定下來：「她企圖挽回過⋯⋯你說得沒錯，是我提出來的。」

搭檔：「雖然離了婚，但你並沒有在心裡把這件事情就此了結，你多年以來的習慣——那種希望自己更完善的習慣，還有自尊，讓你沒法放下這件事。當然，你不會做出違法的事情，但你會反過來從自身找原因。可無論你怎麼找原因，都沒法掩蓋住那個對你來說痛苦的事實。因此，你產生了一個錯誤的認定：你認為那個男人比你強。也正因如此，你用了那個被我們這行稱之為『禁忌』的方法⋯⋯你希望以此來完善自己⋯⋯」

中年男人：「我⋯⋯並沒有想過⋯⋯會是⋯⋯」

搭檔：「唉⋯⋯我來告訴你這有多危險吧。」他皺著眉凝視著眼前這位中年人，「長時間地模仿一個特定對象，的確能讓自己的性格產生偏差，但是也極有可能會造成精神分裂，從而製造出一個全新的、不同於原本自己的意識，尤其是在某些情感方面受過挫折的情況下，因為那個時候人的意志最薄弱，而且潛意識中會有自我厭惡感以及自我拋棄的想法。」說到這，他停頓了一下，深吸了一口氣，「你希望能透過這種模仿的方式來讓自己成為你所認為的『情感上的強者』，但是你並沒想到自己的人格就此分裂。你更沒想到的是，這個

『情感上的強者』性格愈來愈明顯，擴散得也愈來愈廣，以至於影響到了你的其他方面，例如你的事業或者工作、人際關係……目前看來，你還沒有到多重人格的地步，不過也沒那麼樂觀，因為你發現了自己的變化，而且我猜……你近期是不是開始有偶爾失憶的狀況發生？雖然很短暫。」

中年男人垂著頭喃喃地回應：「有過。」

搭檔點了點頭：「所以你才因此跑去查過資料，對吧？也正因如此，你才知道什麼是多重人格，也正是到這個時候，你才明白那不是一個好方法，並且感到恐懼。這，就是你跑來求助的原因，還為此編了一個蹩腳的謊言，對吧？」

中年男人因緊張而結巴起來：「我……我自己回想過最近一年的事，我覺得自己就快要變成另外一個人了。有時候我夜裡會跑到鏡子前對著鏡子笑，可……可是那個笑容完全不……不是我的，我……我怕到不行，現……現在我該怎麼辦？」

搭檔明顯把語速和態度放平緩了很多：「就你現在的情況來說，還不是那麼嚴重，你並沒有真正的人格分裂，不過也不容樂觀，因為你的第一人格已經喪失掉很多。我們可以為你推薦一些心理醫師，他們應該會有辦法幫你解決這個問題的。當然，這要花不少時間。」

中年男人：「真……真的嗎？」

搭檔輕輕點了下頭：「嗯，你最初就不應該來找我們，而應該去找那些心理醫師。不過，我們不會退你費用的，畢竟接受催眠是你提出來的，我們也按照你的要求做了……要我留一個心理醫師的電話給你嗎？」

中年男人忙不迭地點頭。

搭檔抓過一張紙，飛快地在上面寫了個號碼和姓氏，然後把它遞給中年男人：「不要立刻打，等一天，明天下午再打，先讓我把你的情況發給那位醫

師，這樣比較好。而且，我也懷疑你能否鎮定地把整件事情說清楚。」

送走中年男人後，我回到書房。我的搭檔此時正躺在沙發上舉著一本雜誌亂翻。

我：「他來的時候，居然編了那麼一個古怪的故事……」

搭檔：「有什麼新鮮的，這種事情換成任何一個成年人都很難說出口。我們見過更古怪的，不是嗎？」

我：「我發現，很多人都不知道什麼情況該去找催眠師，什麼情況該去找心理醫師。是不是我們這行太冷門了？」

搭檔：「有嗎？沒覺得，只是病急亂投醫罷了。」

我：「聽你說到不退費用的時候，我突然覺得有點好笑。不過，你說得倒是順理成章……」

搭檔：「那是事實。」

我：「好吧……其實，你要是做個心理醫師，會比現在要好得多，不僅僅指收入方面。我覺得你有這個天賦。」

搭檔：「我不幹。」

我：「為什麼？」

搭檔：「進入別人內心深處，需要整天看那麼多扭曲的東西，這已經很糟糕了，更何況還要絞盡腦汁地去修復，想想都是噩夢啊……」

我：「你說過，你喜歡挑戰。」

搭檔把雜誌蓋在臉上，夢囈般嘀咕了一句：「太久的話，我也會迷失。」

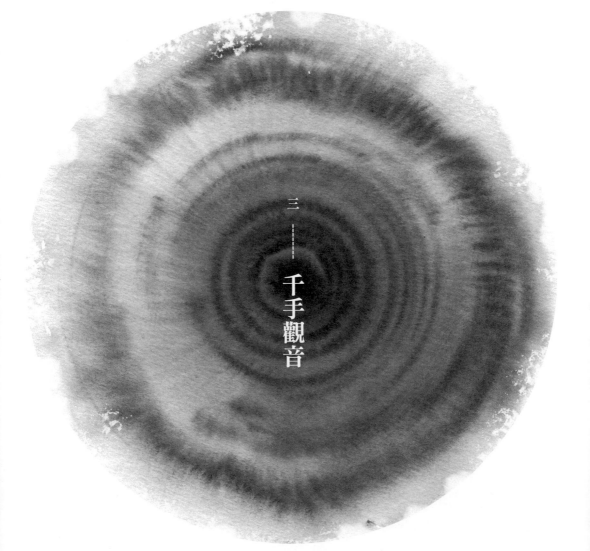

三 ───────

千手觀音

「有時候，我很羨慕神職人員，因為凡是找上他們的人，其實都已經做好了某種心理上的準備。」在某個無聊的下午，搭檔扔下手裡的本子，沒頭沒腦地冒出這麼一句。

我想了想：「你是指態度嗎？」

搭檔：「沒錯，僧侶或者神父們相比我們輕鬆得多，至少他們不必深究那些該死的成因，只需遵照教義來勸慰當事人，或者在必要的時候告誡一下。」

我摘下眼鏡，揉著雙眼：「神的僕從嘛，不去講教義，難道讓他們也進行心理分析？我倒是覺得這樣挺好，至少寺廟、教堂不會同我們是競爭關係。」

搭檔：「所以，也不用絞盡腦汁……」

我：「記得你好像說過小時候曾有過上神學院的念頭，現在又動心了？」

搭檔：「其實一直都處在搖擺不定的狀態中。」

我好奇地看著他：「這可不像你，我以為你從來都不會糾結呢。沒出家是有什麼讓你放不下的嗎？」

搭檔：「不不，問題不在這。」

我：「那是什麼？」

搭檔凝重地看著我：「因為至今我都沒見過佛祖顯靈，也從未受到過主的感召。」

我：「你是說你需要一個神蹟？」

搭檔點了點頭，沒再吭聲，用沉默結束了這個我本以為會延續下去的話題。

幾天之後，當一個僧人出現在診所門口，我忍不住盯著搭檔的背影看了好一陣，因為我不得不懷疑那傢伙似乎有某種感知能力。

「……這麼說來，你們這裡可以催眠？」僧人摘下帽子，脫掉粗布外套，露出頭上的兩個戒疤和身上土黃色的僧袍。他看上去四十歲左右。

搭檔飛快地掃了僧人一眼：「可以，不過費用不低，也不會因為身分打折。」他對金錢的貪婪從不寫在臉上，而是用實際行動表明。

僧人淡淡地笑了一下：「好，沒問題。」說著，從懷裡掏出一個小布包，打開，從裡面找出一張信用卡，「我們什麼時候開始？」

我站在門外的走廊裡，嚴肅地看著我那毫無節操的搭檔，他用一臉無辜回應我。

我：「你什麼都敢接啊？」

搭檔露出困惑的表情：「什麼情況？」

我：「這是個和尚……」

搭檔：「侍奉神佛就不該有心理問題？」

我：「我不是這個意思，佛教有金錢戒……」

搭檔：「對啊，所以他刷卡啊！」

我糾結地看了一會這個貪婪的傢伙：「你別裝傻，我沒指和尚不能碰錢，而是他們不應該有自己的財產。」

搭檔：「這有什麼新鮮的，現在寺廟都有會計了……你的意思是說，他是假的？」

我：「不……問題就在於分不清真假。假的也就算了，如果是真的，收錢……合適嗎？」

搭檔不解地看著我：「你怎麼突然變得這麼虔誠了？那些廟裡的天價開光費和巨額香火錢怎麼算？我不覺得收費有什麼不妥啊。」

我愣在那，一時語塞，不知道該說些什麼。

搭檔似笑非笑地看著我：「這樣吧，我先跟他聊聊，之後你來決定是否催眠。」

我遲疑了幾秒鐘，點了點頭。

「你太不與時俱進了。」說完，他搖了搖頭，轉身回了接待室。

安排僧人在書房坐定後，搭檔轉身去別的房間取自己的筆記本。

我倒了杯水放在僧人面前：「請問……呃……您是哪個寺廟的？」

僧人笑了笑，說了一個廟號。那是市郊的一座寺廟，我聽說過，在本地小有名氣。

我：「您……假如您有某種困惑的話，不是應該透過修行來解決嗎？為什麼想跑到我們這裡來？」

僧人依舊保持著一臉的平和：「信仰是信仰，有些問題，還是專業人士知道得更清楚，畢竟現在是科學時代。西方人信仰上帝，但是心理諮商這個行業在他們那裡不是也很發達嗎？」

「這位師父說得沒錯。」搭檔從門外拎著本子走了進來，「信仰能解決大部分問題，但是在某些時候還是需要求助於其他學科的。」說著，他瞥了我一

眼。

我沒再吭聲，訕訕地坐到了一邊。

搭檔坐下，攤開本子，把手肘支在桌面上，雙手握在一起，身體前傾，臉上露出意味深長的笑容：「這位師父，您有什麼問題呢？」

僧人：「我出家五年了，一直都很好。最近開始做噩夢，但是醒來記不清是什麼內容，只記得夢的內容與觀音有關。」

搭檔：「觀音？觀世音菩薩？」

僧人：「不是，千手觀音，你知道嗎？」

搭檔：「我對宗教不是很了解……千手觀音真的有一千隻手嗎？」

僧人：「不，千手觀音其實只有四十隻手臂。」

搭檔：「那為什麼要叫『千手觀音』？」

僧人：「各個經文上記載不同，而且個人理解也不同，有些寺廟的確供奉著有一千隻手臂的千手觀音。」

搭檔點了點頭：「您五年前為什麼出家？」

僧人把目光瞟向窗外，沉吟了一陣才開口：「家人去世後，我有那麼幾年都不能接受事實，後來經一個雲遊和尚的指點……就是這樣。」

搭檔：「明白了。您剛剛說是最近開始做噩夢的，之前都沒有，對嗎？」

僧人想了想：「之前都很正常。」此時他眼神裡飛快地閃過一絲猶疑，稍縱即逝。但我還是看到了。

搭檔：「那麼，您還記得夢中都有些什麼嗎？」

僧人：「記不清了，所以我想透過催眠來重現一下夢境……我們什麼時候才開始呢？」

搭檔：「很快，不過，通常在催眠前都有一些準備工作，例如透過談話的方

式來了解您的一些其他資訊，以及夢中給您留下最深印象的一些元素等。」

僧人：「哦，好，那讓我想想……夢裡還有……對了，我還記得在夢裡看過蓮花寶座。」

搭檔：「佛祖坐的？」

僧人：「就是那種。」

搭檔：「很漂亮……呃……我是說，很絢爛嗎？」

僧人：「不，神聖！」

搭檔點了下頭：「對，神聖……可是，這樣的話，這個夢看起來並不可怕。」

僧人：「這點我也想過。開始的時候，這個夢的確不是噩夢，但是後來……後來……我就記不清了。」

搭檔：「這件事問過您的師父嗎？您應該有個師父吧？」

僧人嘆了口氣：「師父總是很忙，經常不在寺裡，我找不到機會問他。不過，我問過我師兄。」

搭檔：「他怎麼說？魔障？」

僧人：「因為我說不清楚到底是什麼樣的噩夢，所以師兄說也許是我不夠精進，要我誦經。可是問題就出在這裡了，我愈是刻苦誦經、打坐、做功課，愈是容易做那個噩夢……」

搭檔：「等等，您的意思是，您總是做那個夢嗎？」

僧人凝重地點了點頭。

搭檔：「除了噩夢之外，有沒有別的什麼發生？」

「別的……」僧人低下頭想了一會，「有……」

搭檔：「是什麼？」

僧人：「偶爾在打坐後，我跑去看千手觀音像，發現凶惡的那一面……嗯……更明顯。」

搭檔：「凶惡的那一面？我沒懂。」

僧人：「寺裡供奉的千手觀音像是四十臂十一面，也就是有十一張臉。」

搭檔：「每張臉的表情都不一樣？」

僧人：「對，有慈悲的、有入定的、有展顏的、有凶惡的。」

搭檔：「為什麼會有凶惡的？」

僧人：「『神恩如海，神威如獄』，想必你聽說過。」

搭檔：「原來是這樣，我聽懂了。就是說每次您做完功課，去看千手觀音像的時候，發現總是那張凶惡的臉最明顯，是這樣吧？」

僧人點了點頭。

搭檔：「我能問一下您在入空門之前是從事什麼職業的嗎？」

僧人：「在村裡做木匠。」

搭檔：「出家前，結過婚嗎？」

僧人：「沒有。」

搭檔：「家人反對嗎？」

僧人：「父母去世了，我也沒有兄弟姊妹。」

搭檔：「那出家前的財產呢？都變賣了？」

僧人：「孑身一人，本無什麼財產。」

搭檔：「問一句冒犯的話：指點您出家的那個雲遊和尚，是怎麼跟您說的？」

僧人想了想：「大致上就是『苦海無涯』一類的。」

「嗯……」搭檔若有所思地點了點頭。

「還是給他催眠吧。」搭檔掛了電話，邊說邊透過玻璃門向催眠室望了一眼，僧人此時正平靜地坐在沙發上，歪著頭等待著，看上去是在欣賞催眠室裡播放的輕音樂。

　　我：「我也這麼想，因為目前以我個人經驗看，這個和尚似乎……有問題。」

　　搭檔饒有興趣地看著我：「你也發現了？說說看。」

　　我：「看上去，這個人很虔誠，但是他的虔誠後面有別的動機。」

　　搭檔：「嗯，是這樣。他的確不同於那些從骨子裡對宗教狂熱的人……還有嗎？」

　　我：「你問到是否只是最近開始做那個噩夢的時候，他在撒謊……嗯……我是指某種程度上的撒謊，他之前很可能還被別的什麼噩夢干擾，也許並不一定是夢……還有就是，他對出家前的很多問題都刻意淡化了。」

　　搭檔把食指放在下唇上來回滑動著，沒吭聲。

　　我：「另外，還有一個我不確定的……」

　　搭檔：「什麼？」

　　我：「視覺效應，你知道吧？他說自己能看到千手觀音凶惡的那張臉特別明顯，我猜是有……嗯……怎麼講？」

　　搭檔：「你想說心理投射一類的？在宗教裡，那被稱為『心魔』。」

　　我：「對對，就是那個，只會看到跟自身思維有關的重點。」

　　搭檔：「很好，看來我不用囑咐什麼了。開始嗎？」

我：「我去準備一下，幫我架攝影機。」

僧人平靜地看著我：「我能記得自己在催眠時所說的嗎？」

我從上衣口袋裡抽出筆，捏在手裡：「可以，如果有需要，催眠即將結束的時候我會給你暗示，你都會記得。如果有短暫記憶混亂的情況也沒關係，有攝影機。」我指了指身後的攝影機。

僧人深吸了一口氣：「好吧……你剛才說的我記住了：不是打坐，不要集中意識，放鬆，開始吧。」

我點了點頭：「是的，就是那樣……就像你說的……放鬆……慢慢地平緩你的呼吸……很好……我會帶你回到你想去的那個夢裡……」

僧人的身體開始向後靠去。

我：「你感到雙肩很沉重……想像一下……你身處在一條黑暗的隧道中……在前面很遠的地方，就是隧道的盡頭……」

僧人開始放鬆了某種警覺，正在慢慢進入狀態。

我小心而謹慎地避開刺激他的詞句，足足花了好幾分鐘才讓他的頭歪靠在沙發背上。

「……你就快走到隧道的盡頭了……」他的呼吸沉緩而粗重。

「三……」

「二……」

「一……」

「告訴我，那是一個什麼樣的夢？」

搭檔似笑非笑地坐在僧人斜後方不遠的椅子上。

僧人：「光……是光……」

我：「什麼樣的光？」

僧人：「……神聖……永恆……慈悲……」

我：「那光之中有什麼？」

僧人：「……這裡……這裡是聖地嗎？到處……七彩的……光。」

我：「嗯，你在聖地。還有呢？」

僧人的臉上帶著一種嚮往及虔誠的神態：「那……是蓮花……我佛……慈悲……」

我：「蓮花寶座上是佛祖嗎？」

僧人：「我……看不到……光芒……看不清……」

我耐心地等了一會：「現在呢？能看到嗎？」

僧人：「看……看到了……是……千手觀音……」

我：「很高大嗎？」

僧人：「是的……」

我：「然後發生了什麼？」

僧人：「有……聲音？」他似乎不能確定。

我：「什麼聲音？」

僧人：「……有人在喊……」

我：「你能聽清在喊什麼嗎？」

僧人不安地扭動了一下身體：「……殺……」

我和搭檔都愣住了，飛快地交換了一下眼神後，我繼續問下去：「是有人在喊『殺』嗎？」

　　僧人：「……是……的。」

　　我：「『殺人』的『殺』？」

　　僧人：「『殺人』的……『殺』……」

　　我：「是什麼人在喊？你看得到嗎？」

　　僧人：「我……看不到，只有……只有聲音……」

　　我：「那你——」

　　僧人突然打斷我：「觀音……千手觀音……變了！」

　　我：「變了？變成什麼了？」

　　僧人：「臉，那些臉，都變了！」

　　我：「變成了什麼？」

　　僧人：「別的……別的……」

　　我：「看上去是什麼樣子的臉？」

　　僧人：「猶如地獄的魔鬼。」

　　我：「然後呢？」

　　僧人：「……從寶座上下來……我……我……」

　　我：「觀音是衝著你來的嗎？」

　　僧人：「是的。」此時，他抓緊沙發的布料，並且看上去開始出汗。

　　我：「千手觀音在追殺你嗎？」

　　僧人：「是的……追我……殺我……」

　　我：「你在逃跑？」

　　僧人：「在跑……可是，很疼……」

我：「什麼很疼？你的身體很疼？」

僧人此時已經大汗淋漓：「是的……」

我：「為什麼？」

僧人：「草……都變成了刀刃……血……好多血……」

我覺得如果這樣持續下去的話，要不了多久他就會從催眠狀態中清醒過來。於是，我抬起頭望著搭檔，徵詢他的意見看看是否提前結束催眠。

搭檔搖了搖頭。

我仔細考慮了一下，繼續問了下去：「你流了很多血，是嗎？」

僧人似乎並沒聽到我的問詢：「草，那些草、樹，都是刀刃！血……所有的……血海！刀刃！我跑不動了……就快追上了……救我！師兄救我！師父救我！佛祖救我！那張臉！不要殺我！」此時，他的身體已經緊張到了某種程度，僵硬地在沙發上揮動著四肢，彷彿隨時都能跳起來一樣。

我又看了一眼搭檔，他依舊搖了搖頭。

僧人：「那張臉！菩薩救我！救命！救命啊！爸！媽！我錯了！我錯了！！！」

搭檔此時點了點頭。

我立刻快速告訴眼前這個衣服幾乎濕透，並且即將陷入狂亂的僧人：「當我數到『三』的時候，你會醒來，並且記得催眠中所說的……」

突然，他猛地躥了起來，滿臉驚恐地瞪著我看了好一陣，然後四下打量了一會，接著無力地癱坐在地上。

他醒了。

我們把氧氣面罩扣好，看著僧人的呼吸慢慢平緩了下來。

搭檔：「一會再看錄影，你先休息一下，那只是個夢，鎮定。」

僧人躺在那裡，無力地點了點頭。

搭檔暗示我去催眠室的裡間。

關好玻璃門後，他問我：「你猜到了嗎？」

我仔細想了幾秒鐘：「大致……吧，不確定。」

搭檔：「我基本上可以確定了，不過細節只能讓他自己來說，這個我推測不出。」

我：「能告訴我，你確定的是什麼嗎？」

搭檔又看了一眼躺在催眠室沙發上的僧人，壓低了聲音：「他應該是個逃犯，殺過人的逃犯。」

這和我想的有些出入，所以我不解地看著他。

搭檔：「怎麼？跟你的想法不一樣？」

我：「呃……你怎麼確定他殺過人？我不認為那個指向──」

搭檔打斷我：「我認為，他夢境中對自我的譴責，源於他曾經的行為。這點上，想必你也聽到了。殺，那肯定是指殺人，否則不會有這麼重的自我譴責。而且在夢境的最後，他乞求師兄、師父和佛祖救他，也就證明他一直在用某種方式逃避自己曾經犯下的罪行……」

我：「你是說他出家就是因為這個？」

搭檔：「他出家的初始動機應該並不是自我救贖，而是為了逃避通緝。」

我點了點頭：「嗯，也許……」

搭檔：「但是，在出家修行的過程中，他對自己曾經的行為產生了某種悔

意。那不是免罪的悔意，而是發自內心的懺悔，所以才會有了這個夢。」

我：「可是……你不覺得有點牽強嗎？」

搭檔抬起手腕看了一下錶：「現在沒時間細說了，等我把該做的做完，再跟你詳細說。一會你不要說話，讓我跟他談談。」

我沒聽懂他指的是什麼時間：「時間？什麼時間？你已經能確定了，還談什麼？」

搭檔嚴肅地看著我：「給他一個自首的機會，否則他永遠無法被救贖。」

　

僧人看完錄影後臉色慘白，並且開始坐立不安，已經全然不是剛進門時那個鎮定、平和的神職人員了。

搭檔：「夢就是這樣的，你現在應該全想起來了吧？」

僧人：「嗯，我……知道了，謝謝你們，看來是魔障，想必我的功課還不夠精進……」說著，他站起身。

搭檔：「嗯？你要走嗎？」

僧人：「不早了，該回去了……我覺得自己還是要勤修苦練，謝謝你們幫我回憶起那個夢……」說著，他站起來，有些慌張地向門口走去。

我掃了一眼搭檔，他示意我別出聲，平靜地等僧人走到走廊才開口：「一旦你踏出這個門，就沒人能救你了。」

僧人愣住了，身體僵硬地站在原地。

雖然此時我看不到他的表情，但是我能猜到。

搭檔緩緩地說了下去：「你的外套就在接待室裡，你可以取了就走，我們不

會阻攔你。不過……一旦你從這裡離開，就真的沒人能救你了。」

僧人轉過頭，果然，他的表情是震驚：「我……不懂你在說什麼……」

搭檔：「回來坐下吧，這是最後的機會。」

僧人在門口站了幾分鐘，慢慢回到沙發前，坐好。他此時的情緒很不穩定，看上去一直在猶豫。

搭檔故意放緩語氣：「研究人的心理，是我們的職業，所以很多東西瞞不過我們。不只是我們，相信你也同樣瞞不過你的師父，所以你甚至不敢跟他提這個你並沒有記全的夢。」

僧人並沒開口，而是緊盯著搭檔。此時，我心裡正在做最壞的打算——正面衝突。

搭檔：「你，殺過人，是出於對法律的逃避才出家的。不過你很清楚，每當你真的潛心於信仰的時候，你的過去會歷歷在目。所以，從這個角度來說，那的確是你的魔障。但是，這個魔障不是吃齋誦經就能破的，這點你比我更清楚。我並不想說自己是來點化你或者幫你一類的屁話，我只想提醒你，這一切，也是緣。現在選擇權在你，跟幾年前幾乎一模一樣。」

僧人愣了好一會，慢慢低下頭。

搭檔把椅子向前拉近些，保持前傾的坐姿，躬下身看著僧人的眼睛，放出了最後一個砝碼：「一步，就一步，天堂或者地獄。」

僧人沉默了好久，終於顫抖著開口了：「我……我曾經是個賭徒，屢教不改，所以老婆帶著孩子跑了。我媽是被我氣死的……但是……但是我依舊執迷不悟……有一次我跟我爸要錢，被他罵，我就……我就……把他……我……我是畜生……」說到這裡時，大顆大顆的眼淚滴落在他的膝蓋上，「我逃了兩年，有一次在山裡快餓死的時候，遇到一個和尚，他救了我……後來……後來

我覺得他發現了我殺過人的事，因為他總是勸我：積惡太重還是要主動贖罪，否則……否則永遠都會在地獄掙扎……我就……把他也殺了……然後穿著他的衣服四處冒充僧人……直到現在的師父收留了我……一開始我還在想，忍幾年就沒事了，後來有一次聽師父講經，我才真正動了皈依的念頭。可這幾年裡，我犯下的罪總是在眼前一遍又一遍……我已經誦了幾百遍經，可那沒有用……我不敢跟師父說，所以我就偷偷跑來找你們……沒想到還是……看來是註定。」他抬起頭望著搭檔，無奈地笑了下。此時，他已淚流滿面。

搭檔緊皺著眉看了他一會：「你，一錯再錯，直到現在。」

僧人閉上眼，點了點頭。

搭檔：「我能猜猜那個被你殺掉的和尚，在臨死前最後那句話是什麼嗎？四個字，對不對？」

僧人睜開眼，驚訝地望著搭檔，嘴唇在不停地抖。

搭檔盯著他的眼睛，一字一句地告訴他：「回頭是岸。」

僧人此時再也忍不住了，跪倒在地，雙手緊緊摳住地板，放聲痛哭。

做完筆錄回來，已經很晚了。

進了書房後，搭檔打開窗，從抽屜裡翻出菸，自己點上後，也扔給我一支。他平時很少抽菸，也不讓我在這裡抽菸，所以他現在的舉動讓我有些驚訝。

「今天的事有點意思。」說著，他靠在窗邊，把打火機也扔給了我。

我坐在書桌前點上菸，然後看著他：「不成，你得把整個思路說給我聽，我死活想不明白你是怎麼發現的，因為在我看來，這太離譜了。」

搭檔想了想：「嗯⋯⋯我知道⋯⋯還是從一開始他進來時說起吧。」

我挪了挪位置，好讓自己正對著他。

搭檔：「最初他一來我就覺得很奇怪，因為佛教很看重修心，關於夢這種事情，僧侶的看法基本上都跟心境掛鉤，根本不會跑來找我們解惑。所以，我知道這個人有問題。接下來在跟我談話的時候，他說到夢見千手觀音，我就已經了解到不少資訊了。」

我表示不理解：「那不是剛開始嗎？你怎麼可能——」

搭檔打斷我：「還記得當他提到千手觀音時，問過我是否了解吧？我的回答是『不清楚』，實際上，我撒謊了。」

我仔細回想了一下：「的確問過⋯⋯不過，我還是沒明白千手觀音怎麼了。」

搭檔：「在我們對話的時候他也說過，千手觀音並沒有一千隻手，只有四十隻或者四十多隻手臂。這個我們不去深究了，我要說的是千手觀音在他夢裡代表的含義。假如不了解千手觀音的話，肯定沒法理解那在他的夢裡意味著什麼。」

我：「OK，你說。」

搭檔：「在千手觀音的四十隻手掌中，各有一隻眼，那些眼在睜開時會放出慈悲光，每一道慈悲光各含二十五種解脫救贖之道。合起來算，總共有一千種解脫救贖的方式，所以千手觀音的全稱是『大慈大悲千手千眼觀世音菩薩』。」

我：「原來如此⋯⋯他夢中出現千手觀音是代表著救贖⋯⋯這個真的超出我的知識面了⋯⋯你是怎麼知道的？」

搭檔笑了笑：「你忘了？我小時候曾經打算從事神學⋯⋯咱們說回來，所以

在他問我的時候，我故意說自己不清楚千手觀音的典故，這樣才能讓他放心地說出更多。而且，剛剛你說對了一半。他夢裡所出現的千手觀音的確代表著救贖，但是救贖者都追殺他，想想看，他那種源於潛意識的極為嚴重的自我譴責……除了殺人，我想不出還有什麼更合理的成因了。因此，當催眠結束，了解到他夢的內容後，我就可以斷定：他曾經殺過人……並非我胡亂猜想。」

我：「很正確……這麼說的話，草木變成刀刃我能理解，暗指他逃亡的那段日子，草木皆兵。血海我也能明白，應該是源於他殺人後的場面，並且被他所信仰的宗教放大了，可能還有血海地獄一類的概念在裡面……不過，蓮花寶座呢？有含義嗎？」

搭檔：「蓮花寶座對你來說可能有點難理解，是這樣：佛教中的蓮座本是天界經堂外靈池裡的蓮花，因為終日聽經而悟道，最後修成了蓮座，蓮花也代表著『清淨不染』。還有，僧侶們打坐的那個盤腿的姿勢，形狀其實有點像蓮花，所以那個姿勢也被稱作『蓮花坐式』……不管怎麼說，蓮花寶座在他的夢裡都意味著清修、解脫，因此他才會夢到。把這些元素串起來的話就是：他希望自己能夠透過出家行為、一心向佛及自我修行從而消除自己所犯下的極惡之行。但是，他很清楚那是多重的罪，他愈是潛心修行，自我譴責就愈大，以至於擁有千種救贖之道的千手觀音都在追殺他──這是指不可原諒。」

我嘆了口氣：「好吧，望塵莫及，無能為力。」前一句是指我對搭檔的知識面的嘆服，後一句是指今天這個事情的分析。

搭檔：「如果不是曾經對宗教感興趣，恐怕今天我對這事也同樣無能為力……不過，也有我意料之外的。」

我：「哪一點？」

搭檔：「我沒想到他還殺了那個雲遊和尚……」說到這，我們都沉默了。

過了一會，我又想起一個疑問：「對了，還沒完，你怎麼就確定能勸他自首？如果他凶性大發，打算殺我們兩個滅口呢？他的塊頭穿著僧袍都能看出來，你不覺得這麼做很冒險嗎？」

搭檔：「的確有點冒險，不過，我已經做了準備。」

我：「有嗎？我怎麼沒看到？」

搭檔：「記得我在剛剛跟他談完之後，催眠之前，打了一個電話吧？其實那是打給一個靠得住的朋友，我讓他一小時後打電話給我。如果我沒接或者說些奇怪的話，就報警。但我並沒把賭注全押在這方面，我自己也做了準備：當他自主結束催眠狀態後，我讓他吸氧。」

我：「吸氧？這怎麼了？什麼目的？」

搭檔：「學過的你都忘了？純氧能讓人興奮，對不對？另外一個功能呢？」

我努力回憶了好一陣才想起來：「……順從……」

我那個狡猾的搭檔得意地笑了。

我搖了搖頭：「你太可怕了……」

搭檔收起笑容：「其實這都是輔助的，最重要的是他對自己曾經犯下的罪有所悔悟，所以我敢這麼做。如果他不是那種狀態，我也不會給他最後這個機會。」

我沒吭聲，因為我看到搭檔眼中的一絲憐憫。

他抱著肩低下頭，彷彿在自言自語：「不知道這種情況會怎麼量刑定罪，如果是極刑，但願他能安息，包括他殺過的人……」

我們都沉默了，各自在想著什麼。

過了一會，我打破沉默：「我覺得如果你從事宗教職業，也應該做得不錯……哦，對了，缺一個神蹟……」

搭檔抬起頭：「沒有欠缺了，我已經看到了神蹟。」

我：「你指他夢中的千手觀音可能是真的在救贖他？」

搭檔：「也許那算是……但我要說的是另一件事，也是一直被我所忽略的。想想看，有那麼幾個人，把自己的思想和信念傳播開，影響到整個人類社會，並且持續了幾千年……還有比這更神奇的嗎？沒有了，這就是神蹟。」

他所說的是我從未想過的。

搭檔轉身關上窗：「不早了，咱倆吃飯去吧，你請客。」

我點了點頭，開始收拾東西。

他關於對神蹟認知的那段話，讓我想了好久。

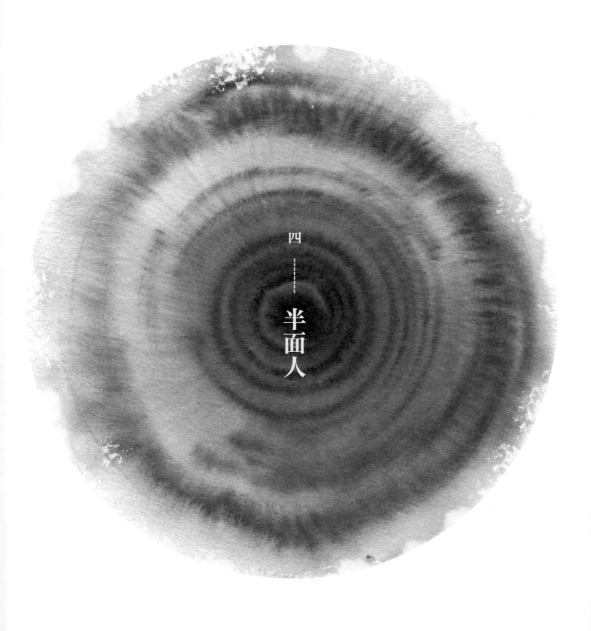

四

半面人

「⋯⋯好，我知道了，晚上回去發到你郵箱。」中年女人掛了電話，略帶著歉意地望著我們，「不好意思，剛剛是公司的電話。」

搭檔點點頭：「沒關係，我們繼續？」

她：「好。剛才說到哪了？」

搭檔：「說到前天你又做那個夢了，結果嚇得睡不著，睜著眼等到天亮。」

她：「哦，對。後來我給我老公打電話的時候還說到這事，他說是我工作壓力太大造成的。」

搭檔：「這次你記住夢的內容了嗎？」

她：「沒記住多少，只記得很恐怖，我在逃跑。但是有一點我記住了，好像那些讓我睡不著的夢都是一樣的，又不是一樣的。」

搭檔露出困惑的表情：「我沒聽懂。」

她：「就是說，那個場合我曾經在之前的夢裡見過，我知道該怎麼做才能逃開，但是跑著跑著就是新的了，我就不知道該怎麼做了，然後⋯⋯然後我記不住了，總之覺得很可怕。」

搭檔：「內容是銜接的？」

她：「不完全是，有重複的部分。」

搭檔：「我聽明白了，你是說，每次都能夢到上一個噩夢的後半段，然後繼續下去，對吧？」

她點頭：「嗯，差不多是這樣。」

搭檔：「所以，你很清楚後面會發生什麼，你知道自己該怎麼辦。」

她：「對對，就是這樣。」

搭檔：「但是再往後，就是你從沒夢過的，你也就不知道該怎麼辦了。」

她一直在點頭：「對，沒錯！後面因為我不知道該怎麼辦，所以……好像是被什麼抓住了，然後就嚇醒了。」

搭檔：「我明白了，你所說的那些噩夢，其實就是一個很長的噩夢，只不過你每次只能夢到其中一段。說起來有點像是在走迷宮一樣，每當走錯，進了死胡同，就醒了，下一次就從某個點重新開始。而你的問題在於，走不出去這個迷宮，周而復始。對嗎？」

她鬆了一口氣：「對，還是你說清楚了，我一直就沒講明白過到底是怎麼回事。」

搭檔：「把你嚇醒的原因每次都是被什麼東西抓住了嗎？」

她：「呃……這個我也說不好，上次來的時候就想跟你說，可是我無論如何就是想不起來到底是怎麼回事了……」這時，她包裡的手機又響起來了。

搭檔站起身：「你先接電話吧，我們準備一下，等你接完電話就可以催眠。」

中年女人敷衍著點了點頭，從包裡翻出手機。

關上觀察室的門後，我看著搭檔：「似乎是某種壓力。」

搭檔正忙著給攝影機裝電池：「嗯，看上去是，具體不清楚。」

我：「上次她來是什麼時候？你都了解到了什麼？」

搭檔：「大概是五天前？對，是上週三。那次沒說什麼具體內容，因為她什

麼都沒記住，就記住被嚇醒了，跟我說的時候還哭。那天你不在，我就了解了一下她的生活環境和家庭情況。」

我：「嗯？你是說，她只是因為做了噩夢就找來了？」

搭檔：「不完全是，每次做那種夢之後，她都有一種莫名其妙的巨大壓力感。」

我：「So？」

搭檔：「她所在的公司每兩個星期都會有心理醫生去一趟，她就跟心理醫生說了。心理醫生推薦她嘗試一下催眠，然後就……」

我點點頭：「那她描述過是什麼樣的巨大的壓力感嗎？」

搭檔：「她也說不清，所以我沒搞明白，似乎是有什麼不踏實的。最初我以為是她不放心老公或者孩子，聊過之後發現其實不是。」

我：「是家庭問題嗎？」

搭檔：「據我觀察，應該不是。她先生常年在別的城市工作，據她描述，是那種很粗枝大葉的人。他們的孩子在另一個城市上大學，而她經常是一個人生活。不過，由於她工作很忙，所以生活也算是很充實。雖然有點過於忙，但大體上還好。」

我透過玻璃門看到催眠室的中年女人已經接完電話，正在把手機往包裡放：「待會催眠還是先重現她前天的夢吧。至少我們得有個線索。」

搭檔抄起攝影機三腳架：「嗯，有重點的話，我會提示你。」

她：「必須要關掉手機嗎？調成振動模式也不行嗎？」

我嚴肅地看著她的眼睛，表現出我的堅持：「必須關掉，否則沒辦法催眠。」

她：「可是，萬一公司有重要的事情找我怎麼辦？」

我起身走到攝影機後，做出要關掉攝影機的樣子：「那就等你哪天確定沒有重要事情的時候再來吧。」

她猶豫著看了一眼搭檔，搭檔對她聳聳肩，表示出無奈。

中年女人從包裡翻出手機，攥在手裡愣了一會，然後像是下定決心似的關掉了手機。

我們重新坐回到各自的位置上。

我看了一眼放在她身邊的包，伸出手：「把包給我，我放在那邊那把椅子上。」我指了指窗邊的一把椅子。

她看上去似乎有些不情願，但還是遞了過來。

我接過包放在一邊，並且安慰她：「你的電話已經關掉了，所以沒有什麼比現在更重要了，除非今天不進行催眠，你回去繼續被那個噩夢困擾。」

看起來，我的強調和安撫很有效，她連忙表示自己並沒有什麼想法，然後乖乖地靠坐在了催眠用的大沙發上。

我：「非常好，假如你覺得躺下更舒服，可以躺下來。」

她：「不，這樣已經可以了。」

我：「很好，放鬆你的身體，盡可能讓身體癱坐在沙發上，這樣你就能平緩地呼吸。」

她深吸了一口氣，身體開始鬆弛了下來。

我：「放鬆，放鬆，再平緩你的呼吸……」

「你會覺得眼皮開始變得很沉……」

「很好……慢慢閉上眼睛吧……」

「你的身體沉重得幾乎不能動……」

「但是你感覺很溫暖……」

「很舒適……」

「現在，你正躺在自己的床上，它很柔軟……」

「非常好……」

「當我數到『一』的時候，你會回到那個夢中，把看到的一切告訴我……」

「三……你看到前面的那束光……」

「二……你慢慢向著那束光走了過去……」

「一……」

「你此時正在自己的夢裡，告訴我，你看到了什麼？」

我抬頭看了一眼搭檔，他把手攢成拳頭，放在嘴邊，似乎在認真傾聽。

她：「我……我在一條街上……」

我：「你認識這個地方嗎？」

她：「是的……」

我：「這是什麼地方？」

她：「這是……這是我和我老公來過的地方……」

我：「你知道是哪裡嗎？」

她：「諾……丁漢。」

我：「你是一個人嗎？」

她：「不，街上有……有人……」

我：「你老公在你身邊嗎？」

她：「不，只有我……」

我：「街上的人你都認識嗎？」

她的身體輕微地抽搐了一下：「他們……不是人類……」

我：「那你能看清他們是什麼嗎？」

看起來她略微有些不安，但並不強烈：「不⋯⋯不⋯⋯他們不是人類⋯⋯」

我耐心等待著。

她：「他們都是怪物⋯⋯」

我：「什麼樣的怪物？」

她：「一些⋯⋯一些沒有頭⋯⋯另一些⋯⋯臉上只有一隻很大的眼睛⋯⋯」

我：「沒有別的五官嗎？」

她：「是的。」

我：「你在這條街上做什麼？」

她：「我在⋯⋯我在找什麼⋯⋯」

我：「找什麼？」

她：「我忘了⋯⋯我在找⋯⋯我找不到⋯⋯」

我想問她是不是在找自己的老公，但是張了張嘴又停住了，因為我不想有任
何方向性誘導。

我：「你丟了東西嗎？」

她的表情顯得有些困惑：「我也⋯⋯不知道⋯⋯不知道我在⋯⋯我在⋯⋯找
什麼⋯⋯」

我：「街上那些人⋯⋯怪物，並沒有注意到你嗎？」

她：「是⋯⋯是的。」

我：「他們令你感到害怕嗎？」

她：「不，他們⋯⋯不可怕，可怕的是⋯⋯是那個看得到我的人。」

我：「那是個什麼樣的——」

突然，她打斷我：「來了！」

我：「什麼來了？」

她：「他來了！他看到我了！」

我：「誰看到你了？」

她：「那個怪物！他來了！他看到我了！」

我：「他在追你嗎？」

她的身體開始緊張了起來：「在追我……跟著我！」

我：「那個怪物只跟著你？」

她：「……是的……」

我：「他對你做了些什麼嗎？」

她：「沒有……發現他後，我就開始逃跑……」

我：「為什麼？」

她：「因為……他……只有半張臉……」

我：「你在逃跑嗎？」

她：「我在跑……我跑不動……我很慢……」

　　我不再問任何問題，而是等著她自己描述下去。與此同時，我還在觀察著她的身體反應，以免她情緒過度激烈而弄傷自己，或者自行中斷催眠並醒來。

　　她：「他愈來愈近……我跑不動了……這條路，這條路我認得！不能右轉，不能右轉，右轉是死路，我會被抓住的……左轉，左轉！天吶，他跟上來了，我要躲起來！我想躲起來！我躲在什麼地方他都能看到我，他的臉！他的臉！半張臉！我好怕！」

　　我抬眼看著搭檔，發現他此時舉起一隻手，但是並沒伸出手指，像是在等待著。

　　他在判斷時機。

她四肢的動作幅度愈來愈大：「天吶！他的臉湊過來了！他就要抓住我了，救我，快來救我！我不想這樣！」

我覺得情況似乎不妙，看上去她隨時都能中斷催眠醒來。

她：「救命啊！他抓住我了！他抓住我了！」說著，她的雙手狂亂地在空中揮舞著，似乎在抵抗著一個我們看不到的生物。

搭檔站起身，伸出一根手指。

我衝上去，盡力按住她的雙臂，盡可能用鎮定的聲音飛快地結束催眠：「聽我說！聽我的指令！當我數到『三』的時候，你就會醒來，這只是一個夢！一！二！三！」

她睜開雙眼，但是依舊不停地揮動著手臂，聲嘶力竭地大喊著：「走開！走開！不要！放開我！」

有那麼足足一分鐘，我和搭檔幾乎是不停地提醒著她：「放心，不是夢，你已經醒來了，你已經醒來了，停下，放鬆！」

終於，她聽進去了，愣愣地看了看我們兩個，然後整個身體鬆弛了下來。

我：「放心，已經沒事了，那只是夢。」說完，我抬頭示意搭檔可以鬆開她了。

中年女人喘息著慢慢放下雙手，呆呆地看著前方好一陣，然後無助地抬起頭：「我想喝水。」

我點點頭。

送走她後，我回到催眠室，搭檔此時正光腳盤坐在剛才她坐過的地方，手指

交叉在一起，歪著頭。

　　我逐一拉開所有窗簾後，給自己接了一杯水：「剛剛差點中斷。」

　　搭檔：「嗯。」

　　我：「捕捉到什麼了嗎？」

　　從後面看去，搭檔歪著頭的樣子像是一個孩子，同時還在嘀咕著：「我正在想……」

　　我：「多數噩夢足以秒殺所有恐怖片的編劇和導演。」

　　搭檔似乎沒在聽我說：「嗯……沒有頭，只有一隻很大的眼睛……半張臉……這代表著什麼呢？」

　　我一聲不響地坐到催眠的位置，看了他一會：「要去書房嗎？」

　　搭檔回過神看了我一會：「不，就在這裡。我們來整理一下全部線索吧！」

　　我點點頭。

　　搭檔：「首先應該是地點，對吧？我想，她那一系列可怕的夢把場景設定在英國諾丁漢，是有原因的。」

　　我：「嗯，也許當時在諾丁漢的時候發生了什麼。」

　　搭檔：「街上那些人的長相也無疑有著特定含義。無頭的是第一種，有頭卻只有一隻大眼睛的是第二種，第三種就是追她的那個『半面人』了。」

　　我：「剛剛沒太多機會問，我有點好奇，那個『半面人』到底是只有上半張臉、下半張臉，還是只有左右半張臉？」

　　搭檔想了想：「我推測她所說的『半張臉』，應該是指只有左或右半張臉。」

　　我：「理由？」

　　搭檔：「如果只有上半張臉，通常會形容為『沒有嘴』，對吧？如果只有下

半張臉，我們習慣用『沒有眼睛』來形容，而不會說『只有半張臉』。」

我：「嗯，應該是你說的那樣……但即使這個能推測出來，看上去我們依舊沒什麼線索。因為重現她的夢後，她反覆強調的只是人物，並沒解釋過場景，也沒提過還有其他什麼元素。」

搭檔：「這個我也注意到了。」

我：「還有，她說自己在找什麼，也是個重要的線索──雖然我們現在還不清楚找的是什麼。是不是她曾經在諾丁漢丟過什麼東西？」

搭檔：「這個要問她本人，但我覺得應該是更抽象的……」

我：「你是說她只是用『找』來表達，而並非丟過東西？」

搭檔：「嗯，潛意識常用這種方式在夢裡進行某種特定的表達。」

我：「還發現更多嗎？」

搭檔：「還有一個我認為很重要的，而且跟催眠與否無關。」

我：「跟催眠與否無關？呃……那是什麼？」

搭檔：「似乎她有通訊設備依賴症？」

我：「嗯，的確有。」

搭檔：「假如綜合來看的話……這個我也說不好，只是隱隱覺得有點什麼不對勁。」

我：「會不會真的像她先生說的那樣，是來自工作的壓力？你不覺得她很忙嗎？她甚至不願意在催眠期間關掉手機。」

搭檔：「嗯，這就是我覺得似乎有什麼不對勁的地方。讓我想想……依賴通訊……忙碌的工作……噩夢……噩夢沒什麼奇怪的，但是經常都是同一類噩夢……所以，能確定那是某種壓力造成的……」

我：「嗯，原因不詳的壓力。」

搭檔皺了皺眉：「也許……那其實……」

我：「什麼？」

搭檔抬起頭：「我想……我知道了！」我一聲不響地等待著。

搭檔皺著眉，看上去是在釐清思路：「她表現出的壓力，其實是在轉移另一種壓力。」

我仔細想了一下這句話：「怎麼解釋？」

搭檔鬆開盤著的腿，穿上鞋站起身：「她所表現出來的忙碌和壓力，並不是真實的。」

我：「嗯？不會吧？我們都看到她很忙啊，剛來一會就接了兩通電話，進門的時候還在打電話。」

搭檔：「不不，仔細想想看，那並不是忙碌。」

我：「什麼意思？她是裝作接電話？」

搭檔笑了：「當然不是。今天是週一，工作時間，有工作的電話找她再正常不過了。她利用工作時間跑出來，你覺得她會很忙嗎？」

我：「原來是這樣……可她為什麼要這麼做？」

搭檔：「這就得『讀』她的夢了。」他雙手插在褲袋裡，在催眠室裡來回溜達著，「為什麼會選擇諾丁漢為場景，雖然目前我們還無從知曉，但是我能肯定她曾經在那裡經歷過對她來說極為重要的事情。這個我們先放到一邊，說別的。」

我：「OK。」

搭檔：「『無頭人』這種情況在夢中並不多見，對吧？因為無頭人沒有五官和表情，這麼說起來的話，『無頭人』在她的夢中很可能並不代表著人，應該是一種象徵。」

我：「象徵著什麼？嗯，你是說那個關於蒼蠅的形容？」

搭檔：「有可能哦！我們經常形容沒有頭緒的瞎忙碌是『像無頭蒼蠅一樣亂撞』。」

我：「嗯，這個說得通，但是有點牽強。」

搭檔：「不見得。你忘了嗎？『無頭人』並沒有和她發生過交集，『無頭人』應該是一種概念，是她對某件事的看法，也許和她自己有直接關係。甚至很可能還涉及她的當下狀態。既然是她當下的某種象徵，那麼她當然不必對此感到恐懼，這點你在催眠時曾經確認過。」

我點點頭：「對，我本以為她會有恐懼感。」

搭檔：「所以說，很可能『無頭人』是指她的某種觀點。」

我：「呃……好吧，暫時也沒有辦法確認，我們先不爭論，繼續下去。那『獨眼人』呢？」

搭檔：「『獨眼人』就不同了，他們明顯比『無頭人』更具有象徵意義。」

我：「巨大的眼睛是不是意味著注視？」

搭檔：「理論上是，但是她並沒有提到這點，所以我覺得『獨眼人』很可能帶有審視的色彩。」

我：「審視？哦，明白了，在夢中審視自己的……但是，她為什麼要用這種方式審視自己呢？」

搭檔停下腳步看著我：「我猜，那個獨眼人對她來講可能有特殊含義。但是，在得到更多資訊之前，我猜不出……哎？等等！你剛才說她審視自己？」

我：「對啊，怎麼了？」

他皺著眉，用食指壓著自己的下唇：「這個我沒想到。難道說……」

我愣了一下就明白了：「呃……你不是想說那個吧？」

搭檔：「但實際上很可能就是。」

我：「要照這麼說的話，恐怕『無頭人』也得推翻。」

搭檔：「不見得，能說得通。」

我：「那，是不是還得再進行一次催眠？」

搭檔：「是的。」

我：「那這次的重點……」

搭檔：「誘導。」

我：「往哪個方向誘導？」

搭檔：「讓她跟著『半面人』走。」

我：「欸？你確定？」

搭檔得意地笑了：「確定，我們被誤導了。『半面人』不是『他』，而應該是『她』。我有百分之九十九的把握能確定夢裡所有的『怪物』，都是她自己。」

第二天。

她：「還要進行一次催眠嗎？」

我：「嗯，這次不大一樣，我們希望你能克服一下恐懼心理，跟著那個『半面人』走。」

她顯得有些猶豫。

我：「害怕？」

她點點頭：「剛才我看錄影的時候就想起來了，不光是臉，他的頭也只有半

個，另半邊是空的，所以……」

我：「只是在夢裡罷了，必要的時候我們會給你提示。這點是可以保證的。」我故意使用第一人稱來安撫她。

她想了想，點點頭。

「放心吧。」搭檔恰到好處地補充了一句。

在催眠的時候，我一直在注意觀察她的狀態，雖然她是很容易接受暗示而進入狀態的那種人，但是我要確保達成深度催眠，否則我的提示將不會被她接受。不過，事實證明，我的擔心是多餘的，她非常放鬆，並且很配合。

我：「你回到諾丁漢了嗎？」

她深吸了口氣，停了一會：「是的。」

我：「你能看到什麼？」

她：「看到……街上有人……」

我：「是些什麼人？」

她：「一些……一些沒有頭的人……」

我：「還有嗎？」

她：「還有……還有一些只有一隻眼睛的人。」

我：「他們注意到你了嗎？」

她：「沒……沒注意到我……只有那個……那個人會注意我……」

我：「你是說只有半個頭、半張臉的那個人嗎？」

她：「是……的。」從她的遲疑中，我能看出，她還有恐懼感。

我：「不用怕，你不需要害怕任何人，我們在保護著你。」

她：「我……我不怕。」

我：「很好。她出現了嗎？」

她的身體開始有些緊張：「沒有……但我知道她在哪……」

我：「她在哪？」

她略微不安地抽搐了幾下：「她就在我身後不遠的地方……」

我：「我要你現在平靜地回過頭，看著她。動作要慢，要鎮定，你不用害怕她。」

她：「好的……我……不怕她……」

我：「非常好，你做到了。」

她：「是的……我……我現在在看著她。」

我：「她並沒有抓著你，對嗎？」

她：「沒有……沒有來抓我……」

我：「現在她在做什麼？」

她顯得有些困惑：「她要我跟她走。」

我：「跟著她走，我們就在你身後保護著你，跟著她走。」

她深吸了一口氣：「好……好的。」

我故意停了一會：「現在在什麼地方？」

她：「一條……一條小街，我認識這裡……」

我：「這是什麼地方？」

她遲疑了幾秒鐘：「我在……我在這裡住過……」

我：「很早以前嗎？」

她：「是的。」

我：「那是什麼時候？」

她：「上學的⋯⋯時候。」

我：「她帶著你去了你求學時曾經住過的地方，對嗎？」

她：「是的。」

我：「到了嗎？」

她：「在房間裡⋯⋯」

我：「房間裡都有些什麼？」

她：「和⋯⋯原來一樣，一模一樣⋯⋯什麼都沒變⋯⋯」

我：「她要你做什麼？」

她：「站在⋯⋯鏡子前⋯⋯」

我：「你要按照她說的去做，不會有危險的，有我們在，按照她說的做。」

她再次深吸了一口氣：「好的⋯⋯按照她說的做⋯⋯」

此時，搭檔無聲地抱著肩，站起身。

我：「告訴我，你做到了。」

她：「是的，我做到了⋯⋯」

我：「你看到鏡子裡的自己了嗎？」

她的呼吸開始急促起來：「是⋯⋯是的。」

我：「你看到了什麼？」

她：「我⋯⋯我⋯⋯」

我重複了一遍指示：「告訴我，你看到了什麼？」

她：「我⋯⋯我也只有半個頭、半張臉⋯⋯」

我：「現在她在做什麼？」

雖然她的呼吸愈來愈急促，但身體並沒有強烈的反應，我知道到目前為止，一切都還在控制之中。

她：「她……站在了我的身後……」

「站在了你的身後？」我有點沒反應過來。

搭檔皺了皺眉，想了一下，然後不停地對我比畫出照鏡子的樣子。我明白了。

我：「告訴我，現在你從鏡子裡看到了什麼？」

她突然平靜了下來：「我們，合成了一個完整的頭……完整的臉……」

我對搭檔點點頭，準備結束催眠：「非常好，你即將醒來。」

她：「我……醒來……」

我：「當你醒來時，你會記得剛剛所說過的一切。」

她：「我……會記得……」

我：「當我數到『三』的時候，你就會醒來，並且感覺到很舒暢，很輕鬆。」

她：「我會舒暢……我會輕鬆……」

我：「非常好。一……二……三！」

她緩緩地睜開眼，盯著沙發前的地板愣了一會，然後抬起頭看著我。

我看到她的眼淚在眼眶裡打轉。

搭檔走過來對我做了個手勢，我起身讓他坐到中年女人面前。他略微前傾著身體，看著她的眼睛。

她：「我……」

搭檔：「她不是來抓你的，對嗎？」她含著淚點點頭。

搭檔：「你現在清楚了？」她依舊點點頭。

搭檔：「要喝水嗎？」她笑了一下，搖搖頭。

搭檔把手裡的紙巾遞過去：「好了，現在可以告訴我們了，除了上學以外，

你在諾丁漢的時候還發生了什麼？」

她接過紙巾攥在手裡，深吸了口氣後又長長地吐出，同時克制住自己的情緒：「和老公在諾丁漢的時候，我發現自己懷孕了。」

搭檔：「你兒子？」

她：「嗯，當時我們都有點意外。」

搭檔：「上學的時候？」

她：「不，那是畢業一年後故地重遊。」

搭檔：「之後你因此而放棄了很多，對吧？」

她：「是的，你怎麼知道？」

搭檔笑了下：「我的職業。」

她：「我幾乎忘了這點，謝謝你們。」

搭檔：「先別急著謝，我們來一條一條釐清吧！」

「好。」看上去，她鎮定了一些。

搭檔：「雖然你目前的生活一切都好，但你對此並不滿意，是嗎？」

她：「是的，我現在什麼都不缺，雖然不能每天跟老公和兒子在一起，但是他們都非常關心我，也非常愛我。只是，我覺得還少了點什麼。」

搭檔：「丟在諾丁漢了？」

她笑了笑：「嗯，但我只能帶這麼多行李。」

搭檔：「夢想不是行李，也不是累贅。」

她嘆了口氣：「你說得對，是我太沒用了，現在才明白。」

搭檔：「其實你並沒有失去什麼。雖然結婚有了孩子，並且曾經為此放棄了很多東西，可是有些東西並沒有離開。」

她：「可是，我擔心他們會覺得我……」

搭檔：「你看，你現在衣食無憂，孩子也大了，不需要太多的照顧。你真正擔心的只是沒有了當初的自信罷了。」

她：「是有點⋯⋯我都這麼大了⋯⋯好吧。你說對了，我那個自信沒了。」

搭檔：「你當初在哪個學院？」

她：「藝術。」

搭檔：「專攻？」

她：「繪畫。」

搭檔：「之後再畫過嗎？」

她：「沒有⋯⋯哦，不對，有過兩次。」

搭檔：「什麼時候？」

她：「一次是看到老公牽著兒子的手教他走路的樣子，我覺得很有趣，就隨手畫了一張速寫。我老公很喜歡那張畫，特地裱了一個畫框，現在還擺在他辦公室的桌子上。另一次是兒子剛高考完，他坐在窗邊看著外面發呆，樣子很帥！當時我覺得看著特別心動，就又畫了一張速寫。」

搭檔：「他看了嗎？」

她看上去略顯得意：「他驚訝得不行，問我為什麼這麼多年都沒展示過。」

搭檔：「他說得對，你為什麼沒再畫？」

她：「我都這個歲數了，還畫畫⋯⋯多不好意思啊。」

搭檔：「這跟年齡有什麼關係？而且你很清楚自己心裡還在渴望著那種感覺，對吧？」

她點點頭：「嗯，有時候我覺得工作沒意思透了，但又不好意思跟老公說我不工作了，雖然家裡並不缺錢，但是我還是整天忙於工作。」

搭檔：「你夢裡那些無頭人就是這麼來的。」

她：「嗯，整天忙些無頭無腦、莫名其妙的事情……」

搭檔：「好了，現在，我們來徹底地聊一下你的問題吧。雖然你對此已經很清楚了，但是我可以肯定，你並不理解為什麼會有壓力。」

她：「好。」

搭檔：「你的壓力並非來自工作，這點我們都清楚了。你的壓力來自自身，或者更進一步地說——來自對曾經夢想的放棄。你曾經希望能夠做自己喜歡的事情，並且有所成就，但是為了你先生和孩子，你暫時放棄了那個想法。多年以後，當你先生的事業穩定了，當你的孩子長大了，你藉此獲得了成就感和滿足感，但是也正因如此，你反而會不安——似乎有什麼地方不對勁。不過，有一點你是能確定的，對你來說，沒有什麼比現在你所擁有的這些更重要、更值得守護的了。」

她：「嗯，不需要想我就能確定。」

搭檔：「可愈是這樣，你愈覺得少了點東西……我記得你說過那個夢是一年前左右開始的吧？」

她：「嗯，一年多一點。」

搭檔：「因為一年前你想起了自己當初所放棄的另一個方向——正是在諾丁漢，從懷孕開始。」

她：「是的。」

搭檔：「你對自己的決定從未後悔過，只是……有那麼一點點遺憾。你夢中表現出來的正是對自己的不滿。諾丁漢那個場景是你當初改變自己未來方向的決定地點，『無頭人』暗示著你對當下迷茫狀態的自我否定；『獨眼人』……我想，他們對你來說一定有特殊的含義。至於你一直恐懼、逃避的『半面人』，其實就是你自己，因為你發現鏡子裡的自己是不完整的，你所欠缺的正

是你當初捨棄的。你無比渴望能重新面對你的夢想，但是你又覺得那似乎和你的年齡與身分不大合適。所以，你盡可能地讓自己處於忙碌的工作狀態——但你心裡又很清楚，那不是你真正想要的，可是你又無法去填補那份空虛感——」

她打斷搭檔：「別說了，停！你說得一點都沒錯，的確是這樣……可是，我該怎麼辦？」

搭檔費解地看著她：「怎麼辦？我不明白，你究竟被什麼所限制呢？你的周圍沒有框架、沒有約束，而且你也很清楚，你對自己曾經的那份夢想有多渴望。既然是這樣，那你為什麼還要猶豫呢？難道你先生和孩子會因此而笑話你？我不信。」

此時，她臉上的表情游移不定。

搭檔：「好了，現在能告訴我『獨眼人』對你來說有什麼特殊含義了吧？」

她愣了一會，才喃喃地說出口：「『觀察這個世界用一隻眼睛足夠了，另一隻則用來多看看自己。』——這是當年我最喜歡的一個導師說的。」

搭檔輕鬆地靠回到椅背上：「正是這樣。」

大約在三個月後，我們收到一個釘裝得嚴嚴實實的大木頭盒子。我們花了好大力氣才把它打開，裡面是一幅油畫。

畫面的色調很飽滿，有一種油畫所特有的厚重感。

畫中，一個穿著短風衣的男人靠著街角的路燈桿，正在翻著手裡的報紙。陽光灑在他腳邊的石板路上，路邊是一排排有著黑色三角形屋頂的小店鋪，玻璃

窗折射著陽光。更遠處是一條泛著波光的水域，看上去暖暖的。在畫布左下角的那行字，是這幅作品的名字：專注的閱讀者。

　　搭檔凝視了一會，在徵求我的同意後，把它掛在書房裡了。至今還在。

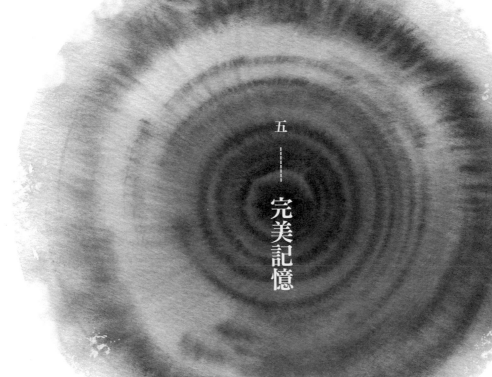

五

完美記憶

「⋯⋯他是什麼時候傷到的？」搭檔邊說邊避開一個端著滿滿一托盤針管和針頭的護理師。

我：「上週。韌帶和軟組織損傷。」

搭檔：「明白了，那他多久才能恢復訓練？」

我：「不好說，如果完全遵照醫囑的話，可能兩到三個月，但目前看恐怕⋯⋯」

搭檔：「你是指他私下跑出來做體能訓練？」

我在病房門口停下腳步，點了點頭：「這就是求助於我們的原因──他的教練和指導人員認為是心理問題。」

搭檔：「好吧，讓我先跟他聊聊看是什麼情況。」

我推開了病房門。

大約在三天前，一個從事體育相關行業的朋友找到我，問我能不能幫個忙，接著不由分說就把我帶到了某醫院。我見到了在病床上的他──某頗有名氣的運動員。透過與他本人的溝通，以及和他的教練、指導還有部分隊友的接觸後，我大致上了解了一些基本情況。

這名運動員出道很早，曾經是某項運動的新秀。不過，太早成名也給這位年輕的體育明星帶來了不小的問題──自我膨脹。我曾經在前幾年的報紙上看到

過相關報導：這名體育界的新秀被拍到爛醉在某酒吧門口。那張照片成了那段時間的新聞，眾人在扼腕嘆息的同時也宣布：這個年輕人被過早的成功給毀了。然而，在去年年初的時候，沉迷於享樂、浪跡於娛樂場所的他痛改前非，又回到了訓練場上。之後經過將近一年的訓練，他重回賽場並以極佳的表現所向披靡，在該運動項目的世界排名直線上升。就在所有人都驚訝並且感慨浪子回頭的時候，他負傷了，原因是體能訓練過度。而且，這不是教練或指導要求的，是他幾近瘋狂的自發訓練造成的──瞞著教練、指導偷偷強化體能。這種情況自從他復出以來常有。他身邊的所有人，隊友、醫生、指導、教練甚至營養師和陪練都反覆警告過他，不過很顯然那沒什麼用。所以這次負傷後，他的營養師──也就是我的朋友──找到了我。透過一次接觸後，我覺得這不是我一個人能解決的問題，所以第二次去醫院的時候，我帶上了我的搭檔──相較而言，他更精於心理分析，這樣我們才好判斷他是源於什麼動機，以便能對症進行暗示和誘導催眠──假如真的是心理問題而不是某種腦部損傷的話……因此有了前面的那一幕。

進到病房後，搭檔只是經過短短幾分鐘的寒暄，就直接進入正題。

搭檔：「……像你這種韌帶拉傷，除了各種按摩和冷熱刺激療法外，就只能靜養了吧？」

運動員點了點頭：「沒辦法，所以說非常浪費時間。」

搭檔：「我覺得這種浪費時間是有必要的，就跟射箭一樣，先有個拉弓醞釀的動作，才會有射出時的爆發。」

運動員笑了笑：「我倒寧願是射擊，扣下扳機即可，這就是冷兵器消亡的原因。」搭檔輕揚了一下眉，他驚訝於對方的反應。

搭檔：「我們只是打個比方，畢竟人體不是機械，我是指需要適度張弛，再說了，難道你不在乎自己的身體嗎？」

運動員：「相比之下，我更在乎什麼時候能開始訓練……我知道，你會像他們一樣告訴我要休息、要調整，但是我覺得我的身體是有更多的潛力還未發揮出來的，這點我深有體會——每次當我筋疲力盡，覺得快撐不住的時候，才能突破某種極限……對於自己的身體，我還是非常清楚的，我並非那種上癮的運動沉迷症。」

搭檔若有所思地點了點頭：「原來如此……對了，能問問你幾年前為什麼……呃……我是指那時你好像是退役了，對吧？我知道這麼問很不禮貌，假如你也這麼覺得，你可以不用回答或者乾脆轟我走。」

運動員大笑：「怎麼會呢，那不光彩的過去是我自己造成的，所以我不會迴避這個話題。」停止大笑後，他沉吟了一陣才再度開口，「說自己那時候太小吧，其實是藉口……我曾經認為整個世界都是我的，只要我想要，沒有什麼是得不到的。那時候，我從未意識到榮耀代表著什麼，因為它來得太容易了。你明白我的意思吧？說起來，我的確是有一些天賦，問題也就在這裡：我認為自己的天賦代表一切。稍微努力那麼一下，稍微用心那麼一點，稍微專注那麼一些，就OK了。很傻，對不對？」

搭檔：「年少輕狂。」

運動員：「沒錯，就是這樣。因為來得容易，所以才揮霍，所以才張狂。那時候，我甚至在開賽前就放言我會奪冠、我會勝利……」

搭檔接了下去：「更糟糕的是，你的確實現了自己的狂言。」

運動員：「說得太好了，就是這樣！那時候我仗著自己年輕，用體力彌補訓練不足和技巧上的失誤，所以我更加狂妄，最終不可一世……也就是從那時候

開始，我自甘墮落，開始享樂……唉……想起來都會臉紅，真是一個又傻又渾的蠢貨……」

搭檔：「你是指因為罵裁判而被停賽？」

運動員點了下頭：「嗯……」

搭檔：「那兩年你都做了些什麼？」

運動員：「酗酒、跟女人鬼混，還差點染上毒品……反正是荒廢著。」

搭檔：「那後來是什麼促使你又回到訓練場的？我這麼問是不是有點像個小報記者？」

運動員笑著撓了撓頭：「你這麼一說還真有點……我回來，其實是因為有一次閒著無聊，搜尋自己原來比賽的影片看。」

搭檔：「震驚？」

運動員：「是的，震驚，我震驚於自己的體能、靈巧，以及一些基本素質。」

搭檔：「嗯？那不會讓你更加膨脹嗎？」

運動員：「不不，你沒聽懂我的意思，我是說看著自己的動作感到震驚這件事本身。」

搭檔：「啊……我明白了，指的是震驚於過去的自己，而且意識到兩年的荒廢已經使你無法做到了，是這樣吧？」

運動員沉重地點了點頭：「是這樣。看著自己曾經朝氣蓬勃的樣子，我突然明白了，我往日的所有成就，其實源於各種自己曾經看不上的笨功夫和基礎訓練，正是那些才讓我掌握了我的天賦。所以那時候我才明白自己有多笨、多蠢……」

搭檔：「再問你一個小報問題，那時候你有多出色？」

運動員：「我們身邊的每一個人都因我而驕傲，包括我的對手。」

搭檔：「現在呢？」

運動員：「如果那幾年不浪費掉，我早已遠遠地超越——」

搭檔打斷他：「等等啊，上一個賽事，你不是已經重新奪冠了嗎？」

運動員：「你們看過我當年的比賽錄影嗎？我現在還不及那時的一半！」

搭檔：「你的目標是那時嗎？」

運動員：「不，我要超越！」

搭檔：「可是，照你目前的訓練強度來看，這樣下去可能會毀了你……」

運動員：「不可能，我知道自己的潛力還未真正釋放出來。」

搭檔眼裡閃過一絲難以察覺的得意：「嗯……我明白了……」

在回來的路上，我問搭檔：「你發現什麼了？」

搭檔翻著手裡的雜誌：「你應該換個問題。」

我扶著方向盤笑了，這個傢伙一貫如此：「OK，請問，您知道問題所在了？」

搭檔把雜誌扔到後座上，瞇著雙眼：「不過，在這之前，還有幾個細節我想知道。」

我：「什麼？」

搭檔：「你跟他的隊友、教練和指導都聊過，對吧？」

我：「對。」

搭檔：「他現在真的就是他說的那樣嗎？遠遠不如當初？」

我想了想：「這個沒法直接做比較的，你知道，評述不一，我覺得他的教練和指導的說法比較客觀。」

搭檔：「說說看。」

我：「幾年前的時候，他的表現確實非常出色，而且當時他所遇到的對手也並非泛泛之輩，都是這項運動的頂尖好手。但不容忽視的是，恰好那時期他正處於高速成長期，所以很多方面他自己能感受到還有上升的空間。然而，在復出後這一年多裡，他已經開始進入穩定期了，不過他似乎並沒意識到這點，只是一味地期待著自己能夠更強大，所以就造成現在這種『永不滿足』的狀態。可真的按照實際水準來看，現在的他更出色，因為他除了能夠充分利用自己的天賦外，還能自我鞭策……但是鞭策得有點過了……大概就是這樣。這是他的教練和指導說的。」

搭檔：「嗯，我懂了……不過，關於上升空間的問題，我認為還有很大的餘地。」

我：「為什麼這麼說？」

搭檔：「他的體能已經開始進入穩定期了，但是其他方面還有更多的空間。」

我：「你指什麼？」

搭檔轉過頭問我：「你知道人的無限潛力來自哪嗎？」

我：「訓練？飲食？情緒？」

他笑了：「錯，來自記憶。」

我：「什麼意思？」

他：「專心開車，回去告訴你。」

回到診所後，我們各自沏了一杯茶，然後都去了書房。

坐好之後，我看著搭檔：「說吧，大師，你在車上提到的記憶是什麼意思？」

搭檔：「我們都知道他很優秀，對吧？而且除了他本人外，我們都很清楚他比那個時候更強大，但是問題就在於為什麼他對自己不認可呢？初始原因就來自記憶。」

我仔細想了想：「……你是指……他把記憶中自己曾經的表現完美化了？」

搭檔：「這只是最初始的原因，還有呢？」

我：「還有？嗯……我不知道……」

搭檔：「悔恨。」

我：「嗯？悔……哦！我知道了，你是說他對自己荒廢那兩年的悔恨？」

搭檔：「是這樣的。出於對放縱自己兩年的悔恨，他把曾經輝煌的記憶過度完美化了，他那個時候真的就像自己說的那樣，那麼出色？不見得。其實他自己很清楚這點，也提過當年是『仗著年輕，用體力彌補訓練不足和技巧上的失誤』。你看，這已經說明問題了。而現在他透過訓練掌握了更多技巧以及經驗，所以他認為加上原本的天賦，應該更出色才對。他的上一個賽事我看了，基本上都是壓倒性的優勢。在這種情況下，他仍然認為自己不如以前，執意認定假如那兩年不荒廢，他本可以表現得更出色。已經是壓倒性獲勝了，依舊不滿足，那他要的是什麼呢？他要的是戰勝完美記憶！因此，他超負荷訓練，拚命以求能彌補失去的時間，超越曾經的自己。現在的問題是，他是無法超越的，因為，記憶中的自己是完美的。」

我把整個邏輯推理了一遍：「是這樣。」

搭檔：「但是，剛剛我在路上說過了，他還有潛力，也就是說，能夠超越。」

我：「這也是我剛想問你的⋯⋯你可別告訴我讓他繼續加大訓練量⋯⋯委託人會弄死我的⋯⋯」

搭檔笑了一會，然後停下看著我：「很簡單，既然他的問題出在記憶上，那我們就用記憶來解決好了。」

我：「該怎麼做？」

搭檔：「想像訓練。」

我恍然大悟：「聰明！原來是這樣。」說著，我抓過紙筆，「說吧，我們對他的心理恢復流程。」

搭檔關切地問：「先等等啊，這單不是免費的吧？」

我嘆了口氣：「⋯⋯人家付錢⋯⋯」

「那就成。」搭檔神采飛揚地說了下去，「他現在這個時期住院正合適，因為身體受限不能動，所以是最好的時機。明天我們可以去一趟，告訴他——」

我：「停，我差點忘記了，有個問題：他要是排斥想像訓練呢？因為通常來講，很多人都認為那只是空想，沒有任何用處。而且，他那麼看重體能方面——」

搭檔不耐煩地打斷我：「簡單，讓他用等同於完整的比賽時間想像某一場打過的比賽，記住，一定要等同於比賽的時間！能做到這點的人並不多，對不對？」

我點了點頭。

搭檔：「同時還要告訴他，整個過程中要放鬆身體，只讓精神緊張，我相信

他一定做不到。等他嘗試失敗後，我們再說明實際上這也是在鍛鍊心理素質和精神集中力，這樣他肯定會接受的，因為他的目標是——」

我：「他的目標是超越完美記憶，所以他不會拒絕任何方式——哪怕是他從未嘗試過甚至從未聽說過的……這個我明白了。好，你繼續說。」

搭檔：「他接受想像訓練這種方式之後，我們告訴他該怎麼做，如何學會控制自己的想像推演。初期的時候，這個過程最好有他的教練和指導來輔助。細節部分等一會咱倆商量完，你就打電話跟他們說明。」

我：「嗯，這是第二步。」

搭檔：「這樣，在休養期內，他的想像訓練和心理恢復能同時進行，什麼都不耽誤。等想像訓練遇到所謂的『瓶頸』——思維不穩定和想像非控跳躍的時候，那麼，該是你所擅長的領域了。」

我：「我知道了，用暗示性催眠來幫助他穩定自己的思維……不過這個時效有限……哪有那麼強烈的持續性暗示……呃……你是指要制定週期療程嗎？」

搭檔一臉的純潔：「對啊，這樣還能多收錢。」

我：「……好吧……這也是對他好……然後呢？」

搭檔：「在他身體恢復前，所有的想像訓練都是由我們輔導的，教練和指導配合。等他能夠進行體能訓練後，我們的輔導逐漸淡出，由教練等人配合，直到他可以自由進行為止。至此，對他的心理恢復就結束了。算下來整個週期大約四個月……嗯……也許用不了。」

我：「嗯，差不多。」

搭檔考慮了一下：「還有，初始的想像訓練強度就可以很大。」

我：「呃……這樣行嗎？那個很耗精力的。」

搭檔：「沒問題，只有這樣才能消除掉他對完美記憶的偏執，我覺得讓他累

點他會很開心，因為他現在很需要疲憊感來填補對超越完美記憶的渴望。既然是這樣，那我們就給他換成精神上的疲憊感好了。過了最初的適應階段後，隨著身體的康復，進入想像訓練的穩定階段，也為他開始進行體能訓練後能平衡並且交替兩種訓練模式打基礎。」

我：「嗯，有道理。」

搭檔仰著頭自言自語般嘀咕著：「這樣算下來，假如他身體素質好，大約兩個月之內，他的想像訓練就能與記憶中過去的自己交手了……」

我愣住了：「你說什麼？」

搭檔回過神看著我：「嗯？什麼『什麼』？」

我：「你是說，讓他的想像把記憶中的自己作為對手？」

搭檔：「對啊，我不是一開始就說了嗎？既然他的問題出在記憶上，那我們就用記憶來解決好了，這樣能解決掉所有問題，同時還會用他自己的完美記憶來激勵自己……在車上的時候我就說了，人的無限潛力來自記憶，只要善用就……」

看著他繼續侃侃而談，我不得不承認，那傢伙敏捷的思維以及獨到的見解真的是我所望塵莫及的──沒有人比他更適合從事心理這一行了。

三個月後。

「這段時間他怎麼樣了？」搭檔邊走邊耐心地把手裡的冰淇淋舔成一個奇怪的形狀。

教練：「非常非常好，他對現在的自信已經逐步建立起來了。」

我：「不再執著於超負荷訓練了？」

教練：「完全沒有了，從他的狀態能看出來。」

搭檔：「一切都在按照我們的方案進行……」

教練：「更重要的是，他的性格比原先沉穩了很多。在分析戰術的時候，我都感到吃驚，就好像完全變了一個人似的。」

搭檔：「所以我說過嘛，性格無好壞之分，善用就沒問題，他對自己的偏執只要被很好地利用，就不是負擔……」

教練停下腳步：「非常感謝你們二位，如果沒有你們的幫助，恐怕到現在我們還不知道該怎麼辦。照原來那樣下去的話，他的身體和運動生涯肯定會毀在自己手裡。看來，還是得求助於專業人士……」

搭檔把冰淇淋全部塞到嘴裡，含混不清地說：「嗯，既然一切都走上正軌了，那什麼，咱們就把帳結了吧！」

六
┊
┊
┊
你的花園

我和搭檔剛剛認識的時候，曾經花了整整一下午去討論關於承受壓力的問題。

我：「……按照這個模式說下去，極端行為是多角度疊加的壓力囉？」

搭檔：「對，就像是你用力去捏一個氣球一樣，受力的那一面被你捏進去了，但是另一面也不輕鬆，受到從內向外的力量而膨脹出來了。當外在的力量到達某個極限的時候，就會『砰』一聲從內向外爆開。例如，你用雙手用力攥住一個並不大的氣球，只留一個很小的空隙，那麼那個縫隙最終將膨脹到極限，成為崩潰點。」

我：「欸？這樣說的話，豈不是心理壓力的崩潰點都有跡可尋了嗎？」

搭檔：「話是這麼說，但誰知道究竟你會攥住哪些地方、留下哪些縫隙？其實心理學更像是統計學——統計所有可能性，按照所有變數選擇解決方式——只是那些變數太大了。但即便如此，只要花上足夠的時間，一定可以統計出來的。」

我：「為什麼心理學被你說得像是數學了，那是當初我最頭疼的科目。」

搭檔：「怎麼可能是數學呢？如果統計完了根據各種情況來組合應對措施的話，恐怕超級電腦也得算到崩潰，這種事只能由人來做。」

我：「你是想說人的計算能力強於電腦？這說不通吧？」

搭檔：「你怎麼還是用數學的模式來考量這個問題啊？」

我：「那應該用什麼來比喻？」

搭檔：「我覺得更像是謀略，不僅僅是拿到數據分析、計算，還有經驗，以及一個更重要的因素。」

我：「什麼？」

搭檔似笑非笑地注視著我的雙眼：「直覺──人類特有的天賦。」

若干年後的又一個下午，當一個女人出現在我們面前，告訴我們說她懷疑自己在睡夢中被外星人抓走、觀察，並抹去記憶時，我的直覺告訴我：這事肯定跟外星人沒有一絲關係。而此時，搭檔壓低聲音用他的方式表達了和我同樣的想法：「這事肯定跟外星人沒半毛錢的關係。」

我忍不住上下看了他一眼，而他絲毫沒意識到自己整天把錢掛在嘴邊的壞習慣，鎮定自若地帶著那個女人去了書房。

搭檔：「你還能記得的有多少？」

她：「不太多，都是零零碎碎的。」

搭檔：「能描述一下你還記得的部分嗎？」

她微皺著眉仔細回憶著：「一開始印象不是很深，似乎有什麼人在叫我……您可能會覺得有點嚇人，但是我覺得還好。」

搭檔：「不，不嚇人，相信我，我聽過更離奇的。然後呢？」

她：「然後……是一段記憶空白，想不起來發生了什麼，只記得四周都很黑，只有一些光照在我身上。」

搭檔：「你是被籠罩在光裡的？」

她：「嗯，是那樣。」

搭檔：「當時你身處在什麼地方，還能記得嗎？」

她：「印象不深了，很模糊，只是隱約記得應該是在比較高的地方。」

搭檔：「有多高？」

她：「大約……有三、四層樓那麼高。這個我不能確定。」

搭檔：「飄浮狀態？」

她：「不知道，想不起來了。」

搭檔：「你透過什麼判斷自己是在高處呢？」

她：「因為我對俯視有印象。」

搭檔：「俯視？」

她：「對，能從高處看到樹、停著的車……諸如此類。」

搭檔：「你確定嗎？」

她：「嗯，這個我能確定。」

搭檔：「哦……聲音呢？有聲音嗎，當時？」

她：「不知道，一點都不記得了。」

搭檔：「嗯，接著說你所記得的。」

她：「我被罩在光裡那陣過去後，就是徹底的黑暗，什麼也看不見。還有點冷，但不是特別冷……我是說有點涼，您能明白吧？」

搭檔：「嗯，我聽懂了。還有，別用尊稱，我們年齡差不多。」

她微微笑了一下：「嗯……當時環境是……我看不清，因為太暗了。」

搭檔：「只有你自己嗎？」

她：「這個完全不記得了，大概……只有我自己吧。」

搭檔：「大概？你不能確認？仔細想想看。」

她微皺著眉頭認真地回憶著：「我……我的確記不得了……真的不知道！」

搭檔：「好吧。然後呢？」

她：「然後……然後好像發生了一些什麼事，這段是空白，一點記憶都沒有……再然後……」說到這，她似乎有點恐懼的情緒。

搭檔在本子上記了些什麼。

她：「後面非常非常混亂，我記不住到底是怎麼了，只是有一個印象。」

搭檔：「什麼印象？」

她：「一雙很大的眼睛。」

搭檔：「嗯？大眼睛？」

她：「就是一雙很大的眼睛在……盯著我看。」

搭檔：「有多大？」

「這麼大。」說著，她用拇指和中指在自己的臉上比畫出一個範圍，差不多有一個罐裝飲料大小。

搭檔點了點頭：「嗯，那雙眼睛離你有多遠？」

她：「很近……」說著，她打了個寒顫。

搭檔：「看不到臉嗎？」

她：「看不清楚，只有輪廓……像是……貓頭鷹？好像有點像貓頭鷹在盯著我看的樣子。」

搭檔停了一下，似乎在考慮措詞：「這時候你聽得到什麼嗎？」

她：「有一些……但……嗯……不是很好的聲音……」

搭檔：「不是很好的聲音？怎麼解釋？」

她：「就是……那個，反正聽了不舒服，我也形容不出來。」

搭檔：「是從大眼睛那裡發出來的？」

她：「呃……這個嘛……我……不知道。」

搭檔：「還有嗎？記得其他更多嗎？」

她低下頭想了一會：「沒……有了。」

搭檔：「這種情況發生了幾次？」

她：「可能是……四、五次……吧！」

搭檔點點頭：「嗯，這些我都記下了，一會我們準備催眠……」

她：「哦，對了，還有一件事！」

搭檔：「什麼？」

她：「只要在夜裡發生這種情況，早上我醒來時都不在床上。」

搭檔顯得有些意外：「那在哪？」

她：「在客廳的地板上。」

搭檔把手插在褲袋裡，隔著玻璃看她在催眠室打電話。幾分鐘後，他頭也不回地跟我說：「看上去跟第三類接觸¹很像。」

我：「嗯，描述的情況極為接近。」

搭檔回過頭：「不過，看起來那個『大眼睛』並沒有抹掉她的記憶，對吧？」

我：「我不敢肯定，得透過催眠來確定。」

---

1 第三類接觸，指看到並直接接觸非地球飛行器及外星智慧生物。這個分類標準是由前美國空軍部顧問、天文學家海內克（Heinecke）博士擬定。第一類接觸是指不明飛行物沒有影響周圍的事物，僅被目擊；第二類接觸指不明飛行物影響到周圍的事物（留下地面痕跡等）。雖然通俗報刊及科幻小說有描述心電感應類接觸（包括綁架）並稱其為「第四類接觸」，但通常在嚴肅科學著作中，仍將這類現象包含在第三類接觸以內。

搭檔：「你沒看法嗎？關於她的這個……這個描述。」

我：「我是催眠師，在採用技術手段之前，我能得到的結論有限。」

搭檔：「從個人角度呢？」

我想了想：「嗯……可能是好奇。」

搭檔似笑非笑地看著我：「是不是不敢過早下結論？」

我嘆了口氣：「說對了。你為什麼突然對這個感興趣？」

搭檔：「因為我希望你帶著客觀的態度給她催眠。既不排斥，也不相信，保持中立。」

我：「考量我的職業素質？」

搭檔並沒回答我：「一會催眠的時候我不坐她身後，坐在攝影機後面。」

我：「嗯？」

搭檔：「我想看看攝影機能不能正常工作。」

我忍不住笑了：「你擔心攝影機會有靜電噪點或者受到干擾？」

搭檔：「嗯。」

我：「你確定自己是中立的態度？」

搭檔：「確定，但我必須尊重事實──如果那是事實的話。」

我點了點頭。

「……很好，就是這樣……當我數到『一』的時候，你就會回到那天夜裡，並清晰地看到那晚所發生的一切……」

「三……」

「二……」

「一。」

「告訴我，你現在看到了什麼？」

她的呼吸平靜而均勻。

她：「我……躺在床上……」

我：「在睡覺嗎？」

她：「是的。」

我：「發生了什麼嗎？」

她：「我……起來了……」

我：「是醒著的還是睡著的？」

她：「睡著的……」

我：「起來做了些什麼？」

她：「去了……客廳……」

我：「去客廳做什麼？」

她：「在等……在等……」

我：「等？在等什麼？」

她：「我……不知道……」

我：「你發現了什麼嗎？」

她並沒有回答我的問題：「我……我不是我……」

我：「那……」我忍著沒回頭去徵詢搭檔的意見，「那你是誰？」

她：「我……我是……我是找東西的人。」

我：「在找什麼東西？」

她：「不知道。」

我：「你在翻看屋裡的每一樣東西，是嗎？」

她似乎被什麼吸引了，而跳過這個話題：「……窗……窗外……有人……」

我張了張嘴，想了一下後決定繼續等待。

她遲疑了一會：「……有人在外面……我拉開了……拉開了……我看到了……在遠處……在遠處──」

我忍不住打斷她的重複：「什麼在遠處？」

她：「人……在遠處……」

我：「你看得清那個人的樣子嗎？」

她：「看不清……只是……輪廓……」

我：「你在什麼地方？」

她：「窗前……」

我：「剛剛拉開的是什麼？」

她：「窗簾……」

我：「之前你並沒有拉開窗簾，是嗎？」

她：「是的。」

我：「窗外是黑暗的還是明亮的？」

她：「黑……黑暗的……」

我：「你開燈了嗎？」

她：「沒……」

我：「房間裡也是黑暗的，是嗎？」

她：「是……但是那個……人能看到我……」

我：「為什麼？」

她：「他有……一雙眼睛……很大，還會亮……他……在看我……」

我：「他離你很遠嗎？你能看清他嗎？」

她：「很遠……我……看不到……只有一半……一半……」

我：「你只能看到他一半身體，是嗎？」

她：「是的……」

我：「現在你——」

她突然打斷我：「不……不要，停下……」

我：「發生了什麼事？」

她：「我……不知道……他……我不想，但是我不得不……我看不到……」

這讓我多少有點詫異，因為我給她的暗示是：她能夠清晰地看到當時所發生的一切，但從剛才起，她就表現出沒有完全接受暗示的狀態。於是我決定重複一次：「你會看到的，你能看到當時所發生的一切。」

「我……」她在遲疑，「我……看到……我……」我耐心等待著她的自我引導。

她：「我……他盯著我看……在盯著我看……我不知道……我看不清……那是……那是……」她的狀態突然變得非常不好，似乎有某種抗拒情緒。

我：「那個人還在看你嗎？」

她突然變成了以兩種截然不同的情緒和聲音快速交替的狀態：一種似乎是在拚命抗拒著什麼的嘶吼，而另一種則是淫蕩的呻吟。

我先是被嚇了一跳，然後回過頭看了一眼搭檔，他示意我結束催眠。

我：「放鬆，那只是一個夢，你很快就會醒來，當我數到『三』的時候，你就會醒來。」

「一。」

房間裡充滿了兩種完全相悖的聲音，但那是她一個人發出來的，每隔幾秒鐘交替一次。

「二。」

她終於停止了類似於人格分裂的情緒交替，開始急促地呼吸。

「三。」

她抽搐了一下，睜開雙眼。此時，她的衣服和頭髮已經被自己弄亂了，臉頰上帶著女人性興奮時特有的潮紅。

還沒等我開口，她先是皺了皺眉，然後快速在屋裡掃視了一下，就衝向垃圾桶，大口大口地嘔吐起來。

送走她後，搭檔回到催眠室。

我：「我怎麼覺得催眠失敗了？」

搭檔：「但一開始的時候很正常。」

我：「除了開始那段，後面她幾乎完全不接受我的暗示，像是按照自己的模式在進行。」

搭檔的眉頭皺得很緊：「對，這個我也注意到了。」

我：「明天要不要再試一次？」

搭檔皺著眉歪坐在沙發上：「先等等，我覺得還是有一點收穫的。從嘔吐來看，她似乎是被性侵的樣子……」

我：「嗯，我也這麼覺得。」

搭檔：「但是問題就在於最後她所做出的反應——抗拒的同時似乎還有享受的另一面？這個我暫時還不能理解。」

我：「的確，那種快速交替的情緒非常少見，似乎有精神分裂的傾向……對了，攝影機正常嗎？」

搭檔：「正常，絲毫沒有問題。」

我：「這麼說的話，不是第三類接觸了？」

搭檔笑了下：「當然不是……你不覺得她在催眠過程中所描述的，和她清醒時所描述的差異非常大嗎？」

我：「是這樣，我留意到了。」

搭檔：「看起來，這並不完全是記憶扭曲所造成的。」

我：「來比對一下吧，我覺得順著這個也許能理出問題點。」

搭檔指了指自己的額頭：「我已經比對過了。」

我：「……好吧，都有什麼？」

搭檔：「起初她聽到有人叫自己這點一致，沒有出入。但是在催眠的時候，她並沒提過關於『有光籠罩自己』以及『俯視』的問題，而是添加了『窗外有人』以及『拉開窗簾』。不過，她並沒說是怎麼知道窗外有人的。聽到？感覺到？還是窗外一直有人？而且她也沒清楚地加以說明：自己拉開窗簾。」

我：「她提到過，但是很含糊。」

搭檔：「對，我是說她沒清楚地說明過，你問了之後，她才承認了這點，我認為那是她在刻意模糊這個問題。」

我：「為什麼？」

搭檔：「剛剛催眠的時候，你給的暗示很清晰，我可以肯定她接收到了。但問題是她似乎產生了抗拒情緒而一直在抗爭……這點我不敢肯定，一會再看一遍錄影。」

我：「難道有人給她施加了反催眠暗示？」

搭檔：「不，不大可能是第三者所施加的反催眠暗示，應該是自發的抗拒。」

我在本子上記下：「嗯，繼續。」

搭檔：「我一直期待著她能在催眠的時候描述一下那個『大眼睛』，但很奇怪，她對『大眼睛』的描述也異常模糊，甚至還不如她在和我交談時說得清楚。」

我：「這個我也注意到了，會不會是記憶中的某些特定點被什麼掩蓋了？」

搭檔：「理論上來說不可能，因為在清醒狀態下能夠有清晰記憶的事情，在催眠狀態下應該更清晰才對，應該不會在催眠中反而模糊，這講不通。」

我：「對了，我想起件事：她跟你描述『大眼睛』的時候說有點像是貓頭鷹，而透過催眠她說看不清『大眼睛』，只能看到半身，這其實很合理。」

搭檔：「嗯？說說看。」

我：「大眼睛，加上只能看到上半身，是不是有點像是個貓頭鷹蹲在樹枝上的樣子？」

搭檔想了一下後，點了點頭：「嗯，的確是……有道理。這麼說來就是：大眼睛半身人這個模糊的形象，在她記憶中轉換為一個清晰的印象——貓頭鷹。她的記憶把破碎的印象完整化了。」

我：「對吧？」

搭檔：「嗯，你是對的……但我不明白的是，『大眼睛』到底有沒有離她很近？她描述的時候說『大眼睛』離自己很近，並且盯著她看。但是，她透過催眠描述的，卻直接跳到咱們說的那個快速交替反應，中間缺失了大量環節——『大眼睛』並沒湊近她看，她也沒有清醒時所表現出來的恐懼感，這很奇怪，你不覺得嗎？」

我：「嗯，缺失的還不是一星半點。」

搭檔緊皺著眉：「我覺得……也許那就是關鍵。」

我：「會不會是她真的被性侵了？例如被人下藥一類的？」

搭檔：「這個我也想過。聽描述似乎她是單身狀態，沒提到有丈夫或者男友……雖然有可能是你說的那種情況，但我覺得機率非常小。你看，她絲毫沒提過性侵痕跡和感受，對吧？假如真的有性侵的話，按理說應該會有各種跡象的。既然她沒懷疑過，就證明沒有什麼痕跡，也就是說性侵的可能性可以忽略掉。」

我：「嗯……是這樣。」

搭檔：「我整個敘述一遍比對後的結論，這樣我們就能確定哪些描述的可信度高。」

我點頭示意他說下去。

搭檔從沙發上站起來，在屋裡來回溜達著：「首先，她半夜起來了，這一點是可以確定的，但是被某個聲音叫起來的這一點有待證實。至於籠罩她的光和俯視是無法確定的，『大眼睛』同樣也是無法確定的……」

我：「等等！『大眼睛』為什麼沒法確定？我覺得她在描述和催眠的時候都提到了，所以『大眼睛』應該是客觀存在的吧？」

搭檔停下腳步：「我不這麼認為，她對『大眼睛』的描述雖然看上去很清晰，但實際上極為模糊，既沒說清楚『大眼睛』的樣子，也沒說清楚『大眼睛』對她做了些什麼，甚至無法肯定『大眼睛』是否同她有過近距離接觸，所以我認為『大眼睛』只是概念性存在，不能確定。」

我：「概念性存在……你的意思是：『大眼睛』實際上很可能只是來自她的某種錯位記憶，而不是事發當晚？」

搭檔：「對，『大眼睛』應該是她曾經的記憶整合形象。」

我：「呃……這點……我沒那麼肯定。但是你說得有道理，還有嗎？」

搭檔：「還有就是重點了——就是她跳過去的部分。在和我交談的時候，她提到有聲音，但只強調說那是不好的聲音，並沒說明到底是什麼。而在催眠狀態中，她的掙扎和呻吟……她指的應該就是這個聲音。」

我：「嗯，難以啟齒的。我猜，她在描述的時候就知道那是自己的呻吟。」

搭檔：「正是這樣。所以，最初她並沒有就這個問題說下去，而是跳到了『大眼睛』對她的凝視。可是，這個令人印象深刻的事件，她在催眠狀態下居然壓根沒提過，而是直接跳到了她最後的反應去了。所以我認為：在她身上到底發生了什麼事，並且造成了那種反應，才是重點。」

我：「為什麼我覺得搞清楚『大眼睛』才是最重要的？」

搭檔皺著眉頭：「你說的也許對，但是我的直覺是『大眼睛』似乎沒那麼重要……給我一晚上，我明天告訴你為什麼。」

我抬手看了一眼手錶：「你讓她明天什麼時候來？」

搭檔：「下午。」

我：「如果明天你還不能確定的話，要不要通知她後延？」

搭檔瞇著眼想了一會：「我有百分之九十的把握明天就能告訴你。」

第二天。

搭檔進門的時候，我看了一眼時間，已經快中午了。我留意到他雙眼布滿血絲，但看上去卻是很興奮的樣子，我猜，他喝了不少咖啡。

我：「熬夜了？」

搭檔扔下外套，伸了個懶腰：「凌晨才睡，不過，我知道她的問題了……你想知道嗎？」說著，他狡黠地眨了眨眼。

看著他得意的樣子，我就知道他已經理出頭緒了：「這個問句模式，還有表

情……不會又讓我請吃午飯吧？」

他無恥地笑了：「說對了。」

我：「先說吧。」

搭檔邊把脖子弄得咔嚓咔嚓響，邊抄起水杯：「其實不算太複雜，只是因為資訊太少，所以兜了不少圈子。但相比之下，讓我最頭疼的是怎麼解決她這個問題。」

我愣了一下：「你是說你連解決方法都想好了？」搭檔端著杯子點點頭，咧開嘴笑了。

我：「要是你錯了呢？豈不是白想了？」

搭檔：「你先聽聽看吧。」說著，他開始在屋裡慢慢溜達著，「透過昨天的接觸和催眠，我們知道了幾件事，對吧？她夜裡起來過，但是說不清是做夢還是清醒，我認為那應該是她在夢遊。」

我：「嗯……這個我昨天晚上也想到了，但夢遊的人是意識不到自己夢遊的。」

搭檔：「對啊，當然意識不到，我也沒說她記得自己夢遊啊，她記住的是自己的夢境。」

我：「明白，繼續。」

搭檔：「首先，她是在夢遊，但那只是普通的夢遊，並非什麼第三類接觸。我們都知道，夢遊大多會在孩子身上發生，在成人中並不常見，而她之所以夢遊，是因為……」

我：「壓力。」

搭檔：「叮咚！就是這個。」

我：「你說她壓力大？」

搭檔：「是的。」

我：「能解釋一下嗎？」

搭檔：「她的穿戴顯示她的收入應該相當不俗。而且她長相挺漂亮的，你不覺得嗎？昨天聽她的描述，沒有任何跡象表明她已婚或者有固定的男友。高薪、單身、三十多歲，除了工作之外，想必她的年齡也是壓力之一。」

我：「你是說婚姻？」

搭檔：「嗯，是的。也許對男人來說婚姻不是那麼重要，但是對女人來說，非常非常重要。所以我說，她的部分壓力也來源於此。雖然昨天我跟她聊了沒多久，但是能看出來她是一個自我約束力很強的人。透過她眼神的鎮定、自信，以及措詞的嚴謹性等就能認知到這一點。但是我們都很清楚，愈是這樣的人，內心深處所壓抑的東西愈具有爆發性。所以說壓力，加上她的性格，導致了我們所看到的。」

我點點頭：「你是指她的釋放方式是夢遊。」

搭檔：「不，不僅僅是夢遊。」他放下水杯，意味深長地看著我，「昨天我就說了，在她身上到底發生了什麼事，並且造成了那種反應，才是重點。」

他說得我一頭霧水，所以我沒吭聲，只是看著他。

搭檔：「她的夢遊本身只是釋放壓力的途徑，而夢遊狀態下所做的行為才是釋放，至於她夢遊都做了些什麼……看她那種讓人驚異的快速交替反應就知道了。」

我：「你不是想說她在……」

搭檔：「我想說的就是那個，她在手淫。」

我：「呃……這有點出乎我的意料了……」

搭檔抱著雙臂靠在桌子上：「實際上，以夢遊的方式來手淫已經不能釋放她

所壓制的那些情緒了，所以她的表現更極端──關鍵點就是那個我曾經百思不得其解的『大眼睛』。」

我：「你就不能痛快說完嗎？」

搭檔笑了：「昨天我說過，我認為『大眼睛』只是一個概念性存在罷了。而當我夜裡反覆看了幾遍她的錄影後確定了這點──『大眼睛』的確來自她的記憶──應該是有人窺探過她所住的地方，例如對面樓上的？使用的工具就是望遠鏡。那就是『大眼睛』的原型。」

我：「很大的眼睛……只能看到半身……有可能。」

搭檔：「雖然她很討厭那種窺探的行為，但是那個窺探本身又給了她一個釋放所需的元素：被人偷窺。至此，必要的元素都齊了，串起來就是：她的自我克制、自我施壓已經到了某種極致，必須透過扭曲的方式才能釋放出來：夢遊─手淫─給偷窺者看。」

我愣了好一陣才徹底理解他的思路：「她有露陰癖？」

搭檔：「不不，她不是真正的露陰癖，她所暴露的對象只是她根據記憶假想出來的。實際上，她並沒把自己手淫的過程展示給任何人看，她的自我克制和自我約束也不允許她這麼做。」

我深吸了口氣：「看上去……我很難想像她會這麼做，至少……好吧，我不大能接受一個那麼端莊的女人會這麼做。」

搭檔：「你對此不能接受很正常，因為實際上她的確不是放蕩或者變態的女人，她所做的這一切連她自己都不能接受──即使在夢裡。因此，她透過一種免責的方式來表現：外星人控制了自己的行為和意識，並且是在外星人的監視下進行的。即便如此，她還是無法接受──記得她情緒的快速交替嗎？一面享受，一面抗拒，那也源於她的自我掙扎。」

我：「按照這個說法，『大眼睛』其實是具有雙重性質的，既是釋放元素之一，也是免責元素之一。」

搭檔：「正是這樣。」

我：「那她的反抗會不會僅僅是一種作態？我們都知道有些女人偶爾會有被強姦性幻想[2]。」

搭檔：「這我知道，但是我能肯定她絕對不會有被強姦性幻想，她所做出的抵抗也不是作態，而是真實的。因為當催眠結束後，她的生理反應是嘔吐。」

我：「嗯……可是，我不明白她為什麼用這種方式來緩解壓力。」

搭檔：「這要看是什麼樣的環境因素所造成的什麼壓力了。沒有一件人為的事情是簡單的，沒有一個成因的動機是單純的。根據目前所知道的，我沒辦法推測出她面臨了什麼樣的壓力，這個只能問她本人了。不過，根據她的描述，我還是能推測出一些的。否則，我不可能有解決的辦法。」

我：「我正要問你這個呢，在這之前，先說你根據對她的觀察所做的推斷吧。」

搭檔：「還是等跟她再談一次之後吧，肯定會有修正的。」

我：「你昨天告訴她幾點來？」

搭檔：「下午一點，她肯定會準時的。」

---

2 有相當一部分女性會有「被強姦」或者類似於「被強姦」的性幻想，但那只限於幻想。對於女性這種想法的成因眾說紛紜，目前所公認最具有合理性的觀點是：由於人類在進化初期所面對的惡劣自然環境，女性當然會選擇健壯的、野蠻的、強而有力的異性作為配偶，從而使自身安全得到保障。也就是說，女性的「被強姦」幻想根本著重點在於男性力量，而非強姦行為本身。

她果然準時赴約，看上去她似乎和搭檔一樣，也沒睡好——臉上那精緻的淡妝下透出一絲疲憊。

　　搭檔：「沒睡好？不是又發生那種情況了吧？」

　　她做出個微笑的表情：「沒，只是睡得不踏實。我們繼續吧。還要催眠嗎？」

　　搭檔：「先等等，我想多了解一點其他的情況，否則就直接去催眠室而不會來書房了。」

　　「嗯。」她點點頭。

　　搭檔：「可能有些問題屬於私人問題，我可以保證我們談話的內容不會——」

　　她平靜地打斷他：「這些就不用說了，你的職業需要你問一些有關隱私的問題，我能理解，你問吧。」

　　搭檔笑了笑：「很好，呃，那麼，請問你是單身嗎？」

　　她：「是的。」

　　搭檔：「是未婚還是離異？」

　　她：「離異。」

　　搭檔：「理由呢？」

　　她停了下，輕嘆了口氣：「我們都很忙，忙到經常見不到面，感情愈來愈淡，最後……就是這樣。」

　　搭檔：「是不是你和前夫之間的感情本來就不是很穩定？我這麼問似乎有點冒犯，這個問題你可以不回答。」

　　她的表現很平靜：「不，不冒犯，你說對了。我們之間本來感情也不深，說是婚姻，倒不如說彼此都是裝樣子。」

搭檔：「多久以前的事了？」

她：「四年前。」

搭檔：「你的職業是？」

她：「風險投資的評估、核定，經常會飛來飛去的。」

搭檔：「收入很高吧？」

她：「所以代價也大。」

搭檔：「你平時看書嗎？」

她：「看。」

搭檔：「看得多嗎？」

她：「這個……我不清楚什麼算多，不過我不看電視，除了查必要的資料，基本上也不上網，平時閒暇都是在看書，例如在旅途中。」

搭檔：「還有做頭髮的時候？」

她笑了：「你怎麼知道？」

搭檔並沒回答她：「你沒再找男朋友嗎？」

她：「身邊沒有合適的，我也不想找同行。」

搭檔：「你和家人的關係好嗎？」

她微皺了下眉：「嗯……一般般。」

搭檔：「你的上次婚姻跟他們有關吧？」

她沒吭聲，咬著下唇點了點頭。

搭檔：「能說說嗎？當然，你可以選擇不說，這個決定權在你。」

她深吸了一口氣，想了想：「我剛才撒謊了。」

搭檔：「哪部分？」

她：「我說離婚是因為我們很忙，其實不是。」

搭檔保持著靜默。

　　她再次深吸了一口氣：「跟他結婚基本上是被家裡人逼的。他家境非常好，很有錢，也許你會覺得我的收入高，但是他的收入比我高十倍不止……所以……就是這樣。」

　　搭檔：「你前夫要你辭職，對不對？」她點點頭。

　　搭檔：「那段婚姻維持了多久？」

　　她無奈地笑了下，搖了搖頭：「一年。連維持都算不上，幾乎一直在冷戰。」

　　搭檔：「因此你和家人的關係變得很糟，對吧？」

　　她略微仰起頭，眼裡閃過一絲無奈，看上去她在抑制著悲哀的情緒。

　　搭檔：「現在還和家人聯繫嗎？」

　　她很快恢復了平靜的表情：「近一年好點了。」

　　搭檔耐心地等了一會，等她徹底平靜下來才開口：「你是不是對家人有過報復性的想法？」

　　「嗯……」她顯得有些驚訝，並且因此而略微停頓了一下，「是的。你怎麼知道？」

　　搭檔笑了笑，並沒有回答她：「讓我猜猜你的報復方式：隨便找個各方面都不如你的男人嫁了。對嗎？」

　　她點點頭：「嗯，不過，我很快就打消那個念頭了，那太可笑了，也太幼稚了。」

　　搭檔：「所以你轉而拚命工作？」

　　她：「對……不過我……我並不是那種女強人，我只是希望他們都能夠尊重我，而不是把我當作一個養老的機器，也不是成為滿足某人性欲的工具。」

搭檔：「你的想法是對的，但是你因此而自我施加的壓力太大了。」

她：「這我知道……」

搭檔：「好了，關於問題我基本上都問完了，下面我會單獨告訴你一些事情，這屋裡會只有我們兩個人。」

她：「嗯。」

搭檔：「不過，有攝影機記錄是必須的，你能接受這點嗎？」

她：「好。」

搭檔望向我，我點了點頭後，起身打開攝影機，離開書房並且關上了門。

整個下午，他們都待在書房裡沒出來，並且有那麼一陣，裡面還傳出了她的哭聲。不是抽泣，而是嚎啕大哭。我猜，搭檔觸及了她的內心深處。

當晚。

我：「嗯？你是說她手淫的行為其實是報復？」

搭檔停下筷子，抬起頭：「你一定要在我吃飯的時候問得這麼直白嗎？」

我：「自打送她走後，你遮遮掩掩、東拉西扯到現在，就是不說到底什麼情況。」

搭檔嘆了口氣：「好吧……她的父母犯了一個大多數父母都會犯的錯誤。」

我：「什麼？」

搭檔：「凡事都替她作主，並且告訴她：『這是為你好。』」

我：「So？」

搭檔：「她出於對婚姻的失敗所帶來的不滿，慢慢形成了某種扭曲狀態。如

果描述的話，是這樣一個心理過程：你們說是為我好，但是那個男人只是對我的容貌和身體感興趣，完全不知道尊重我的選擇——你們用我的身體作為交換代價，從而使你們有四處吹噓的資本，那我就用對自己身體的輕視來報復——手淫展示給猥瑣下流的偷窺男人看。」

我：「哦……原來是這樣……其實跟性欲無關，對吧？」

搭檔：「是的。」

我：「那麼，掙扎和抗拒的反應就是她的自尊部分了？」

搭檔：「是的。」

我：「這跟你上午說的不大一樣，要複雜些。」

搭檔：「嗯，昨天我在跟她談的時候忽略了她的家庭所帶來的問題，一個字都沒問過，這是我的錯，太疏忽了。」

我：「那除了手淫以外的其他部分呢？」

搭檔：「其他部分差不多……對了，還有一個我忽略的細節。」

我：「什麼？」

搭檔：「記得在催眠的時候她說在客廳找東西，對吧？並且說『我不是我』，其實那是她在做準備——做消除掉自我的準備，這樣才能實施：把自己的身體當作發洩工具，用假想的暴露和真實的手淫來宣洩報復心理。」

我：「那她所說的『找東西』是指什麼？」

搭檔：「應該是在找她所期望的感情，那同時也是在做最後的掙扎，她企圖制止自己這種行為。」

我：「嗯……還有別的嗎？例如你沒推測出來或者被忽略的部分？」

搭檔：「基本上沒了，差不多就是這樣了。哦，還有幾個細節。她描述的時候說自己被籠罩在光裡，後來跟她聊的時候，我發現那是她期望自己能夠在工

作中被矚目，成為焦點，這個源於虛榮心，倒沒什麼大問題。至於她說『大眼睛』離她很近，那是她對自身行為扭曲的恐懼感，也不算重點，忽略了就忽略了。」

我：「這麼說，基本上都在你的意料之中，對吧？雖然有細節差異，但是方向上沒錯誤。」

搭檔重新拿起筷子，揚了揚眉：「當然。」

我：「先別忙著吃，告訴我你的解決辦法。」

搭檔：「我建議她找個男友……」

我：「滾，你絕不可能用那麼低劣的建議打發她的。」

搭檔咧開嘴笑了：「現在還不知道有沒有效果呢，所以我只讓她付了一半費用，半年後如果沒問題，再付另一半。」

我愣了一下：「……你……好吧，能用錢來做賭注，證明你有十足的把握。」

搭檔：「不，只有一半多點的把握，因為我沒這麼做過，但我總得試試。」

我嘆了口氣，埋頭吃飯，沒再吭聲。

兩三個月後，有一天我獨自在診所的時候，她來了，特地來付清餘卜的費用。

虛假地推辭了一下後，我好奇地問她，那天下午搭檔到底對她說了些什麼。

她告訴我，搭檔問她喜不喜歡養植物。得到肯定的答案後，搭檔建議她養很多植物，非常非常多，布置得整個客廳都是。當她出差的時候，就請人來照

顧。

　在最初一個多月並沒什麼特別的，但近一段時間，每當她覺得很累的時候，就會夢到自己去了一個花園，坐在那些花草樹木中感受著那份安靜卻蓬勃的生機。之後，她的心情和狀態就會飛快地好起來。

　我問她為什麼。

　她眼裡閃著奇異的光芒：「你知道嗎？那是我的花園。」

【番外篇】

關於夢和催眠

來訪者：「……所以說，你選擇催眠師作為職業完全是出於偶然了？」

我笑了笑：「就是這麼回事。」

來訪者：「那你後悔嗎？」

搭檔在旁邊忍不住笑出了聲。

來訪者轉向搭檔：「怎麼了？」

搭檔：「你這問題像某個無聊的媒體才會問的。」

來訪者：「我真的這麼想。」

搭檔忍住笑：「好吧……」說著，他轉向我。

我：「呃……必須承認我也覺得這個問題很奇怪，但如果你真想知道，我認為自己沒後悔過。至於為什麼……嗯……我也說不清，總之很有趣就是了。」

來訪者：「因為能窺探到別人的內心？」

我：「我的職業要求我必須這麼做。」

來訪者：「所以，我有點羨慕你們。」

搭檔：「關於窺探隱私？」

來訪者：「不啊，關於解讀別人的夢和內心深處這件事本身。」

搭檔：「這點並不像你想像的那麼有趣，我是認真說的。」

來訪者想了想：「好吧，仔細想想有可能……好了，我們把話題轉回來，接著說夢吧。我覺得夢境所表現出來的太神奇了。」

搭檔：「哪一部分？」

來訪者：「全部！」

搭檔：「那是因為在你並不了解夢的情況下，受到把夢過於誇大的影視和文藝作品的影響罷了。」

來訪者：「關於夢的小說我看得不多，所以不清楚，至於影視……的確有些電影對夢的描述我不是很喜歡……」

搭檔：「嗯，我也不喜歡影視作品中描述的夢境，那些編劇在對夢並不了解的情況下，肆意把夢搞得無比神奇。」

來訪者：「話是這麼說……雖然我不喜歡那些誇張的描述，但是你必須承認夢很神奇，不是嗎？例如夢境對於時間的無視。」

搭檔一臉困惑：「我沒聽懂你說的是什麼意思。」

來訪者：「是這樣，你看，有時候明明睡了幾分鐘，但是為什麼做了一個很長的夢呢？夢完全無視時間的長短，難道這不是夢境的神奇之處嗎？」

搭檔嘆了口氣，轉向我：「還是你來告訴他吧。」

我點了點頭：「夢中的景象都來自你的記憶。也就是說，夢中你所經歷的場景和事物，不過是對現實記憶的提取及再加工——記憶當然可以瞬間千里，跨越時間和空間——那些場景和事件，實際上就是潛意識從記憶中抽取出場景和片段組成的，所以夢根本不需要時間流。打個不恰當的比方吧：這如同你打開電腦裡儲存的影片不需要漫長的緩衝……」

搭檔接過話茬：「所以我說，我不喜歡影視作品中描述的夢。尤其是你剛說過的『夢對時間的無視』這點，每次看到對此故弄玄虛的電影，我都會忍不住想笑。」

來訪者：「雖然打開儲存在電腦裡的影片不需要時間，但是看那些影片需要

花時間啊，這個怎麼解釋？」

我：「你定位錯誤──我所指的電腦就是你。」

來訪者：「哦……原來是這樣……但我還是有疑問。」

我：「例如？」

來訪者：「你剛才說夢中的場景來自對現實場景的記憶，這我承認自己沒想過，而且你說得很對，但是夢中所發生的事情呢？也全部來自記憶嗎？有些事情我並沒經歷過啊？例如那種恐怖電影似的夢？雖然你可以說那是從我曾經看過的電影或小說中來的，但是在夢中我會有自己的判斷，對不對？我會有自己的想法，對不對？那不是從記憶中來的吧？需要時間吧？這怎麼解釋？」

我：「還是打個比方吧。假如你在駕駛汽車，遇到紅燈或路面狀況時，你會思考很久嗎？不會吧？你會很快做出判斷，對不對？」

來訪者：「你說的是本能？」

搭檔：「那不是本能，那是你後天受到訓練所形成的制約。實際上你在夢裡所有的行為和想法，就如同駕車在路上：事件和場景是以流動形式呈現給你的，你在夢中的反應也只是根據經驗，對此直接做出判斷和選擇的制約罷了，這並不需要多長時間，一秒？甚至更短。」

來訪者仔細想了好一陣：「哦……我明白你們說的了……所以催眠師才會透過催眠來進入別人的夢裡去截取那些記憶，對吧？」

我：「不完全對，催眠和睡覺是兩回事，但催眠的確是在模仿做夢的狀態。」

來訪者：「咦？催眠不是讓人睡著？」

我：「呃……不是……」

來訪者：「那為什麼叫做催『眠』？」

搭檔：「河馬並不是馬，鱷魚也不是魚。」

來訪者：「……好吧，我一直以為催眠就是讓人做夢，然後趁著對方做夢的時候去問一些自己想知道的問題呢……」

搭檔邊笑邊看我。

我：「催眠是透過某種手段讓被催眠者交出部分意識，這樣就能獲取被催眠者潛意識中的一些想法或者某些記憶。」

來訪者：「交出部分意識？這是怎麼回事？」

搭檔：「他指的是主控權。被催眠者在進入催眠狀態後，會接受催眠師的引導——其實這就是交出意識的控制權。」

來訪者：「被催眠的時候，不具備思考能力？」

我：「不，喪失的不是思考能力，而是部分防備能力。」

來訪者：「就是別人說什麼自己答什麼，對吧？」

我：「差不多是這樣。」

來訪者：「那這個回答是經過思考的嗎？」

我：「嗯……與其說是回答，倒不如說是制約。這樣你就能理解了吧？」

來訪者：「我懂了，制約是最直接的，沒有任何防備……那你剛才說催眠是模仿做夢，是不是指剛才你們說的那個？面對記憶流的直接反應？」

搭檔：「實際上更深層一些，透過催眠所面對的，實際上是被催眠者的潛意識部分。」

來訪者：「關於潛意識的問題我回去再查。我有兩個問題，一個是：潛意識不會被意識到嗎？另一個是：我想知道為什麼要這麼做？」

搭檔：「對，當然不會被意識到，所以被稱之為『潛意識』。至於為什麼這麼做……因為雖然我們無法意識到潛意識，但是我們的一言一行基本上都被潛

意識所影響著。」

來訪者：「那本能呢？本能不能操控我們的行為嗎？」

搭檔：「本能是原始出發點。比方說你餓了，你會找食物，但是你的潛意識則在你尋找食物種類時加上了一些特徵。假如你潛意識中有節食的傾向，那麼你在尋找食物的時候會更偏向於低熱量、低脂肪。若是你對某種能夠成為食物的動植物有特殊的經驗，比方說你小時候被豬追過，這個記憶在你心理上留下陰影，那麼你在選擇食物上有可能更偏愛豬肉，這是因為報復心理，或者很排斥豬肉，這又是因為泛規避危險心理聯想。因此，你的行為動機就變得極為複雜，但是表現出來的形式卻很簡單：你飢餓時，喜歡首選豬肉或者完全不選擇豬肉。」

來訪者笑了：「你小時候才被豬追過呢！不過，我聽懂你的意思了，細想的話的確是這樣。」

我：「所以說，催眠師透過各種手段去獲取被催眠者的潛意識中的資訊，其實目的就是解釋行為。剛才他說過了，行為的表象簡單化掩蓋住太多太多行為動機了。」

來訪者：「真有意思啊！這些是我原來完全沒想過的問題……對了，還有，你剛才說催眠是在模仿夢境，也就是說夢境其實是一種潛意識的表現形式囉？」

我：「嗯，根據目前的觀察和認知來看，是這樣的。」

來訪者：「那這麼說吧，實際上，潛意識是趁著睡眠時期意識停滯才會主導夢的，對嗎？但是有時候我會意識到自己在做夢，這怎麼解釋？」

我：「睡眠時期的意識不是停滯的，而是淺淡、低頻率、低範圍的活動，所以有些時候你會有那種『知道自己在做夢』的體會。」

來訪者：「催眠的時候呢？會不會有這種可能性？就是被催眠者的意識跟催眠師爭奪控制權？」

我：「會，還很常見。」

來訪者：「那什麼情況下會發生這種事？」

我：「不信任的情況下。實際上，心理分析、心理誘導、心理暗示和催眠一樣，基本上都是建立在信任的基礎上，否則很容易失敗。」

來訪者：「有例外嗎？」

我：「有。」

來訪者顯得有些驚訝：「難道真的有輕輕鬆鬆就可以給人催眠的？」

搭檔：「並不輕鬆，那種快速催眠也要精心挑選被催眠對象的，例如意志薄弱的人或者在某人意志薄弱的時候。」

我補充了一句：「還有群體催眠。」

來訪者：「同時對很多人催眠反而容易？」

我：「相對容易一些。有個說法可能你聽說過：騙十萬人比騙一個人容易。」

來訪者：「為什麼會這樣？」

我：「人在群體中的時候防備會降低很多。群體催眠看似並非具有個體針對性，但實際上還是有的。加上人與人之間的情緒相互感染，平時那些不易被催眠的人反而會受到身邊那些容易被催眠的人的影響而被催眠。」

來訪者：「聽上去好像洗腦……」

我：「實際情況就是這樣，因為情緒的感染和擴散起了很大作用。」

來訪者：「以後我得留意一下這種活動。」

我：「觀察？」

來訪者：「嗯……我想觀察一下……對了還有，既然做夢本身就是一種潛意識的釋放，你也說了，催眠在某種程度上是模仿做夢，那是不是可以在別人睡覺的時候像催眠那樣去問問題呢？」

我：「可以是可以，但是由於對方的催眠狀態不是你引導的，所以你的問題很可能把對方的意識喚醒。」

來訪者：「哦，是這樣啊……我還以為可以趁著對方睡覺時隨便問呢。」

搭檔：「某些時候可以，但是成功率偏低。」

來訪者：「說到現在，似乎所有問題都集中在潛意識上了，對吧？如果說做夢本身是潛意識的釋放，我可不可以這麼說：其實做夢的時候才會觸及自己的……自己的……內心？靈魂？自我？你們明白我指的是什麼嗎？」

搭檔點了點頭：「明白你指的是什麼，可以這麼說。」

來訪者：「也就是說，夢極其重要，對嗎？」

我：「引用拉岡[3]的一個觀點吧：拉岡認為，潛意識是人類一切行為的源頭，我們所有的感受、判斷、分析和選擇都源於潛意識。所以，既然夢是潛意識的釋放，那麼我們所說的現實只是虛幻，夢才是真實的。現在的問題是：我們該怎麼用虛幻去解析真實呢？」

來訪者：「我的天……的確是這麼回事！」

搭檔：「你把他嚇到了。」

來訪者似笑非笑地看著搭檔：「還好……當初聽說你從事這個的時候，我還以為是個很無聊的職業呢，沒想到你們的工作這麼有意思，我還是挺感興趣

3 雅各‧拉岡（Jacques Lacan, 1901-1981），法國著名心理學家、哲學家、醫師和精神分析學家，結構主義的主要代表，被譽為「法國的佛洛伊德」。

的……」

　　搭檔：「我們不招人。」

　　來訪者嘆了口氣：「還是那麼滴水不漏。」說完轉向我：「謝謝你，今天真
的了解到不少東西。」

　　我回報一個微笑：「客氣。」

　　來訪者：「時間差不多了，咱們一起吃飯吧？我埋單。」

　　搭檔：「終於說到正題了。」他轉向我：「走吧。」

　　我點了點頭，起身去拿外套。

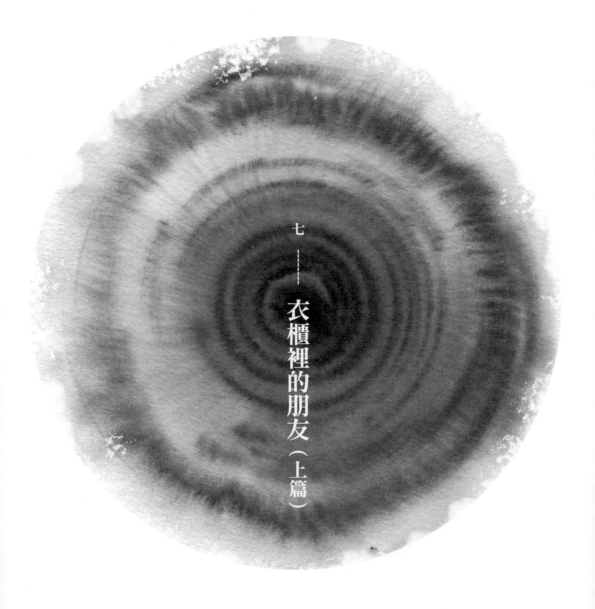

七 ——————

衣櫃裡的朋友（上篇）

掛了電話後，我就開始走神，以至於不知道搭檔什麼時候從書房溜出來，坐到催眠用的大沙發上好奇地看著我。

搭檔：「你……怎麼了？」

我茫然地抬起頭看著他：「什麼？」

他似笑非笑地看著我：「你從剛才接完電話後就走神，失戀了還是找到你親生父母了？」

我完全回過神：「什麼親生……你才不是親生的呢。剛才一個朋友打電話說了件奇怪的事。」

搭檔：「有多奇怪？」

我想了想，反問他：「你相信鬼嗎？」

搭檔：「你是指和愛情一樣的那個東西？」

我：「和愛情一樣？你在說什麼？」

搭檔：「大多數人都信，但是誰也沒親眼見過。」

我嘆了口氣：「我沒開玩笑，你相信有鬼魂的存在嗎？」

搭檔略微停了一下：「相信。」

他的答案多少讓我有些意外：「我以為你不會信……」

搭檔：「幹麼不信？用鬼來解釋很多莫名其妙的事情會方便得多，而且這種神祕感也正是我們所需要的——否則這個世界多無聊。你剛才接電話就是聽了

這麼個事？」

我點點頭。

搭檔露出好奇的表情：「打算說嗎？」

我：「嗯……是這樣。剛打電話的那個朋友說到他遠房親戚家裡的問題。那兩口子有個兒子，原本挺聰明的，後來大約從十三歲起，就能看到自己衣櫃裡有個女人。那女人穿一件白色的長裙，類似睡袍那種，長髮。」

搭檔：「嗯……標準女鬼形象。」

我：「開始的時候，男孩跟家人說過，但是沒人當回事，覺得他在胡鬧。後來，他們發現男孩經常一個人在房間裡自言自語，他們就問他到底在跟誰說話。男孩說，衣櫃裡那個女人有時候會跑出來跟他聊天，並且勸他：『活著很沒意思，上吊自殺吧……』」這時，我留意到搭檔的表情已經從平常的散漫轉為專注，於是停下話茬問他，「怎麼？」

搭檔：「嗯？什麼？我在聽啊，繼續說，然後呢？」

我：「然後這家人被嚇壞了，找和尚、道士什麼的作法，家裡還貼符，甚至還為此搬過兩次家、換了所有家具，但是沒用，那個衣櫃裡的女鬼還是跟著他——如果沒有衣櫃，就轉為床下，或者房間的某個角落。依舊會說些什麼，並且勸男孩上吊自殺。就是這麼個事。」

搭檔點了點頭：「真有意思，一個索命害人的吊死鬼找替身……現在還是那樣嗎？」

我：「對，還是這樣。」

搭檔靠回到沙發背上，用食指在下唇上來回滑動著：「傳說自殺的人，靈魂是無法安息的……」

我：「嗯，我也聽說過這個說法，所以我剛才問你信不信鬼的存在。」

搭檔：「那是什麼時候的事？那個男孩現在多大了？」

我：「大約三年前，那孩子現在十六歲。因為經常自言自語，並且行為怪異，現在輟學在家。」

搭檔：「哦……這樣啊……可以肯定他父母都快急瘋了。那現在他們住在哪？」

我說了一個地名，那是離這裡不遠的另一個城市。

搭檔沉吟了一下：「不遠嘛……要不，我們去看看吧？」

我嚇一跳：「怎麼個情況？」

搭檔：「我感興趣啊，有可能我會有辦法。」

「這個事……」我疑惑地看了搭檔一眼，「超出我們的領域了吧？」

搭檔瞇著眼想了一下：「不，這的確在我們所精通的領域中。」

大約一週後，我們溝通好一些所需條件，驅車去了那個男孩所在的城市。

在路上的時候，我看到搭檔臉色有些陰鬱，並且顯得悶悶不樂。我問他是不是後悔了，他點了點頭。

我：「你感覺沒什麼把握？」

他搖了搖頭，又嘆了口氣，好一陣才緩緩地說道：「這趟酬勞有點低。」

接下來是我嘆氣。

由於拉著厚厚的窗簾，房間顯得很陰暗。少年此時正靠著床坐在地板上。他並沒有我想像中的那樣木訥與偏執，看上去是個身材消瘦、面容蒼白的少年。

搭檔拒絕了他父親遞過來的椅子，在離少年幾步遠的地方慢慢蹲下身，也盤著腿坐到了地板上。

我也跟著坐了下去。

少年的父親退了出去，並且關上門。現在房間裡只有我們三個人。

當眼睛適應黑暗後，我發現少年此時正在用警惕和審視的目光打量著我們。

搭檔保持著沉默，看背影似乎是在發呆。

「你們……不像來作法的。」先開口的不是我們。

搭檔：「嗯，不是那行。」

少年：「那你們是幹麼的？」

搭檔：「我是心理分析師，我身後那位是催眠師。」

少年顯得有些意外：「有這種職業嗎？」

搭檔點點頭。

少年：「你們不是記者？」

搭檔：「我像你這麼大的時候，有過從事新聞行業的打算，後來放棄了。」

少年：「為什麼？」

搭檔：「我不喜歡站在中立的角度看事情，而喜歡站在對方的角度看事情。」

少年似乎沒理解這句話：「中立的角度？對方的角度？有什麼區別嗎？」

搭檔：「有，一個是足球裁判，一個是某方球迷。」

少年：「哦……你們來幹麼？」

搭檔：「聽說，你有一個與眾不同的朋友。」

少年點點頭。

搭檔：「她現在在衣櫃裡嗎？」

他抬起手臂指向衣櫃：「她就在那裡。」

搭檔：「我們現在打開衣櫃也看不到，對吧？」

少年依舊沒吭聲，只是點點頭，看上去他似乎一直在觀察我們。

搭檔：「她長什麼樣子？」

少年想了想：「她有一頭黑色長髮，很瘦，穿著白色的長裙，臉色也很白。昨天你們不是來過嗎？我爸我媽不是都告訴過你們嗎？」

搭檔：「你自己說出來比較有趣。我能打開衣櫃看看嗎？」

少年好奇地看了一會搭檔，遲疑著點了點頭。

搭檔緩緩地起身，走到衣櫃前，慢慢拉開衣櫃。

由於房間裡比較昏暗，此時我腦子裡全是恐怖片中高潮部分的畫面。適應了一會之後，我看到打開的衣櫃裡滿滿地堆著各種書籍，沒有一件衣服。

搭檔扶著衣櫃門，歪著頭仔細看了一會：「看樣子她在這裡比較擠啊。」

少年輕笑了一下：「她不需要我們所說的空間。她從衣櫃中出現，也消失在衣櫃裡。」

搭檔：「現在她在嗎？」

少年：「在，正在看你。」

搭檔：「盯著我看？」

少年：「盯著你看。」

搭檔：「她經常跟你說話嗎？」

少年：「嗯，她知道我在想什麼，所以總能安慰我。」

搭檔：「還有嗎？」

少年：「她勸我：『上吊吧，活著真的很沒意思。』」

搭檔不動聲色地「哦」了一聲，隨手抄起一本書翻了翻：「《天邊的骷髏

旗》？寫海盜的？」

少年：「不是。」

搭檔：「那是寫什麼的？」

少年：「寫傭兵的。」

搭檔：「為了錢賣命那種？」

少年：「為了錢出賣殺人技巧的那種。」

搭檔：「而且還是合法的。」

少年：「對。」他重新上下打量了一下搭檔，「現在能說說你們到底來幹麼了嗎？」

搭檔把書放回衣櫃，然後關上櫃門，坐回到離少年幾步遠的斜對面：「我們主要是來看你。」

少年：「給我做心理分析？」

搭檔：「嗯，有這個打算。」

少年不羈地笑了笑：「你們真有本事。」

搭檔保持著平靜：「為什麼這麼說？」

少年：「你們是不是認為我有自閉症，或者因為父母吵架打算離婚，就導致我希望用這種方式來獲得他們的關注，最後久而久之成了精神分裂，對吧？」

他的話讓我大吃一驚，因為昨天晚上在賓館的時候我們還在聊這個問題，只不過這些話是我說的，而不是搭檔說的。

搭檔：「你當然不是自閉症，自閉症的人嘴不會這麼厲害。」

少年懶散地把頭靠在床墊上：「讓我來說明一下整個過程吧。當你們聽說我的事之後，就跑來這裡，故作鎮定地想跟我慢慢聊聊，然後再花上一段時間讓我敞開心扉，最終我抱著你們之間的一個痛哭流涕，說出你們想要的所謂真

相，這樣你們就可以從我爸媽那裡收費，並且坦然接受他們的感恩，然後心滿意足地走了。如果你們虛榮，可能還會在某天吹噓整個經過……是這樣吧？如果是我來說這個故事，我一定用講鬼故事的方式作為開頭，這樣才能吸引人，幾度峰迴路轉之後，漸漸披露真相。對不對？」

搭檔保持著平靜：「你漏了一點。」

少年：「什麼？」

搭檔：「按照你的思路，我還會告訴你：我是來幫助你的。」

少年笑了：「對，這個細節我忘了。這樣吧，我們做個交易好了。」

搭檔：「說說看。」

少年：「我們按照這個方式演下去，然後你們拿到你們要的錢，我假裝好一陣。」

搭檔：「那你能得到什麼呢？」

少年：「你們就此滾蛋，別再煩我，怎麼樣？」

搭檔歪著頭想了想：「那我也有一個建議。」

少年：「比我的更有趣嗎？」

搭檔：「當然。」

少年漫不經心地把眼睛瞟向天花板，並學著搭檔的口吻：「說說看。」

「是這樣的……」說著，搭檔半蹲在地板上，前傾著身體，「不如……」

話未說完，他猛地一把卡住少年的脖子，俯在他耳邊用一種我從未聽過的凶惡語氣壓低聲音說道，「別為自己那點小聰明揚揚得意了，你編了個低劣的鬼故事玩了這麼久，只能證明你很幼稚。我明天還會來，如果你像個小女孩那樣扭扭捏捏，那到頭來只能證明你只是縮在父母翅膀下的小鳥罷了。記住，嘴巴放乾淨點，別再惹我。」說完，他慢慢鬆開雙手，站起身，看了少年一會，然

後回頭示意我準備走。

此時，他的表情看上去像是個狂暴的惡棍。

反應幾秒鐘後，我才連忙站起身。

出房間時，我回頭看了一眼，少年顯然被嚇壞了，摸著脖子目瞪口呆地望著搭檔的背影。

當車開到路上的時候，搭檔解開領口鬆了口氣。

我：「你……嗯……怎麼了？」

搭檔：「沒怎麼。」

我：「呃……我們不會被那孩子的父母告吧？」

搭檔不屑地哼了一聲，看樣子他並不想說下去，這讓我很詫異。最初我還以為他會揚揚得意地跟我說明自己為什麼這麼做。

「好吧……當你想說的時候……」我嘆了口氣，繼續開車。

快開到賓館的時候，搭檔突然沒頭沒腦地冒出一句：「這傢伙，跟我小時候一模一樣。」

晚飯的時候，搭檔才完全恢復到平時的表情：散漫、鎮定，就彷彿下午那事不是他幹的。

我：「聽你們下午的對話，似乎不是什麼靈異事件。」

「當然不是。」搭檔邊說邊慢條斯理地用餐叉把盤子裡的麵條捲成一小團。

我：「你是什麼時候確定不是靈異事件的？昨天跟他父母聊的時候？」

搭檔：「在你跟我說到這事的時候。」

我：「你始終沒告訴我為什麼你認為這不是靈異事件。」

他把捲在叉子上的麵條蘸勻醬汁，然後抬起頭：「那時候我還沒見到他本人，所以沒法確定。」

我停了一會，說出自己擔心了一下午的事情：「他父母會起訴我們嗎？」

搭檔：「他不會對他爸媽說這件事的。」

我：「你怎麼能確定？」

搭檔：「他太像我了。如果是我，我就不會說的。」

我總算鬆了口氣：「那他是什麼情況？」

搭檔：「也許你會覺得我這麼說像是有點在拐著彎自誇……實際上他很聰明，這點從他所讀的那些書就能看出來。」

我：「都是什麼書？當時衣櫃裡太暗，我沒看清。」

「都是些遠遠超過他閱讀年齡的書。」說著，他輕笑了一下，搖了搖頭，把那捲麵條送進嘴裡。

我：「對了，還有，你不覺得掐他脖子這事……有點過分嗎？」

搭檔沒吭聲，點了點頭。

我：「作為你的搭檔，從職業角度我要提醒你，最好不要再有這種事了，雖然你沒傷到他，但是你嚇到他了。」

搭檔表情認真地抬起頭：「你認為我會再做第二次？」

我：「嗯，你的那個樣子我從來沒見過……呃……像是個在街頭混的。」

他咧開嘴壞笑了一下：「好吧，我不會再有那種行為了。」

我：「咱們再說回來吧，到底他是怎麼個情況？」

搭檔：「我還不知道原因。」

我：「那就略過原因。」

搭檔把手肘支在桌面上，嘴裡叼著叉子尖，看上去像是在措詞，但是我知道

他不是：「嗯……讓我想想啊……看上去他是受了什麼打擊，那個打擊對他來說傷害很深，所以他故意用這個方式裝一齣鬧鬼的惡作劇來換取他想要的。就像他今天說的那樣，假裝被我們搞定這件事，好讓咱倆滾蛋，他繼續保持現狀。」

我：「什麼現狀？」

搭檔：「就是不用去他所討厭的學校，不用面對那些對他來說白痴的同學，自己在家看自己喜歡看的，只需要偶爾自言自語，裝神弄鬼。」

我：「你是說他不想上學了嗎？」

搭檔：「正是這樣。」

我：「所以編造了這個故事，並且維持了三年？」

搭檔：「沒錯。」

我深吸了一口氣：「我覺得這比鬼故事更離奇。」

搭檔：「一點都不，從昨天說起吧。昨天他父母說過，他小時候學習成績非常好，幾乎所有人都認為他是個天才。上了中學之後，開始一段時間還好，但是慢慢地，他似乎對上學和功課失去了興趣，學習成績也直線下跌。為此，他父母頭痛得不行，甚至還請了家庭教師輔導。結果，那些家庭教師都被他轟走了。然後不到半年，他就是現在這個樣子了。」

我：「對，大致上是這麼說的。」

搭檔：「有件事情他們說錯了。」

我：「哪個？」

搭檔：「他不是對學習失去了興趣，而是對優異成績所帶來的成就感失去了興趣。」

我：「你的意思是他能做到很優秀，但是他對此感到膩了？」

搭檔叼著叉子點點頭。

我：「我還得問，為什麼？」

搭檔：「他的聰明已經遠遠超過了同齡人，他的思路、見解，以及看事情的成熟度甚至不亞於成年人。打個比方吧，現在的他更像是一個擁有少年身體和外表的老人。而且，他還會受到青春期體內內分泌的干擾。」

我：「那……豈不是很可怕？」

搭檔：「沒那麼糟，也並非沒有破綻。」

我：「例如？」

搭檔：「他畢竟還是個孩子。」

我：「但他現在的狀態，我們拿他有辦法嗎？」

搭檔放下餐叉，舔了舔嘴唇：「當然有。」

我：「什麼？」

搭檔望著我：「你忘了嗎？我說過的——這傢伙和我小時候一個德行。」

第二天下午去他家的時候，少年的父母並未有什麼異樣的表情，這讓我如釋重負，他果然沒把搭檔的暴力行為告訴父母。

少年還是悠閒地坐在地上，並立著一條腿，把手臂搭在膝蓋上。在他身邊散放著幾本書，由於光線太暗，我看不清都是些什麼書。搭檔靠著衣櫃門坐下，我則坐在離門口不遠的地方。

看上去少年並沒有因為昨天的事而懼怕搭檔，反而表現出對他很感興趣的樣子。這時，由於逐漸適應了昏暗，我看清了他身邊那些書，其中有一本書的封面很眼熟，我認出那是《心理學導論》。

等他父母出去後，依舊是少年先開的口：「昨天我不該那麼說，很抱歉。」

搭檔：「我也為昨天的事道歉，你還好吧？」

少年：「這沒有什麼，比他們打得輕多了。」

搭檔：「他們打你？誰？」

少年：「那些白痴同學。」

搭檔：「為什麼？」

少年：「因為我不告訴他們考試答案，反正都是些無聊的原因。」

搭檔：「你還手嗎？」

少年：「想還手的時候還手，不想還手的時候就不還手。」

搭檔：「你是怎麼還手的？」

少年：「打一群我打不過，所以我就揪住一個打。」

搭檔笑了：「是把被揪住的那個人往死裡打吧？」

少年略微有些不好意思地撓撓頭：「嗯……」

這讓我有些擔心，我是指少年的暴力傾向。

搭檔：「這些你跟你父母說過嗎？」

少年：「從沒。」

搭檔：「他們問過嗎？」

少年：「問過，我說是體育活動那類造成的。」

搭檔：「他們懷疑過嗎？」

少年：「我沒有任何情緒，他們就不會懷疑。」

搭檔：「你為什麼不告訴他們呢？」

少年：「那樣只會讓他們乾著急，也沒有好的方式處理，不如不說。」

搭檔：「那你為什麼告訴我？」

少年：「呃……嗯……這個……我覺得，似乎你和原來來過的那些人不一

樣。」

搭檔：「因為昨天我對你做的？」

少年想了想：「我也說不清，有可能是因為我見到的成年人都在我面前裝寬容大度吧？不過你不是，你不會因為我的年齡比你小就裝模作樣⋯⋯大概是這樣。」

我發現這個男孩的思維非常敏捷。

「你為什麼要看這個？」搭檔指了指地上那本《心理學導論》。

少年：「去年買的，一直沒看。昨天你們走後，就找出來翻了翻。」

搭檔：「你確定僅僅是翻了翻？」

少年：「好吧，我是認真看的。」

搭檔：「覺得有意思嗎？」

少年：「還行吧⋯⋯」他瞟了搭檔一眼，「呃⋯⋯我是說，挺好看的⋯⋯似乎我沒辦法騙你，對吧？」

搭檔笑了：「你騙了那些在我們之前來的人？」

少年：「嗯⋯⋯差不多吧，一年半以前，我見過一個所謂的『青少年心理專家』，我討厭他的口氣，所以編了好多謊話。看著他如獲至寶的樣子，我覺得很好玩。」

搭檔：「從欺騙中找到樂趣。」

少年：「這要看對誰了。雖然我知道你的目的，也知道你打算怎麼做，但是我覺得你比較有趣。」

搭檔：「我的目的？」

少年點點頭：「你打算讓我回去上學，讓我爸媽就此解脫，對吧？」

搭檔：「不，你父母會為此付錢，我就來了。」

少年笑了：「你喜歡錢？」

搭檔：「非常喜歡。」

少年：「為什麼？」

搭檔：「它能讓你體會到舒適，遠離很多不爽的東西。」

少年想了一下：「哦，你指金錢帶來的方便？成年人大多不會像你這樣直接承認自己喜歡錢，認為那很髒──」

搭檔打斷他：「錢不髒，髒的是人。」

少年：「你看，我說你不會在我面前裝模作樣吧。那你從事這份職業是因為錢囉？」

搭檔：「不僅僅是。這種職業相對自由一些，不會太累，而且還能接觸很多有意思的人。」

少年：「那些有嚴重心理問題的人不會讓人感覺很累、很麻煩嗎？」

搭檔：「不會啊，他們當中的許多人只是缺乏安慰、缺乏安全感罷了。至少我不覺得累。」

少年：「如果他們讓你感到煩了，你不會揍他們嗎？」

搭檔：「當然不會，我昨天對你也只是做個樣子罷了，如果你真的反抗，我就跑。通常情況下，我會苦口婆心地消除他們和我的隔閡，等取得信任後，我就可以在他們感情脆弱的時候乘虛而入，尤其對女人。心理醫師的最高境界是和患者上床。」

少年忍著笑：「你說的是真的？你在騙我吧？」

搭檔：「當然是真的，所以當初知道你是男的後，我失望了足足半天。」

少年大笑起來。

搭檔默不作聲地看著他。

笑夠了後，少年問：「你是多大決定做這行的？某次失戀以後？」

搭檔認真想了想：「不，更早，大約像你這麼大的時候。」

少年：「之前呢？本來打算做個記者？」

搭檔：「之前我設想過很多，但是僅僅是停留在設想。你呢？對未來所從事的職業有什麼想法嗎？」

少年：「想法談不上，我打算隨便當個什麼臨時工，就是體力勞動者，什麼都成。」

搭檔：「你覺得那樣很有趣？」

少年：「正相反，很無聊。反正做什麼都一樣無聊，所以就隨便了。」

搭檔：「你沒試過就說無聊？」

少年：「因為可以想像得出。就拿你現在的職業來說吧，面對我這樣令人討厭的人，要是我，可沒這個耐心，恨不得一腳踢出窗外！明知道自己有問題就是藏著不說，然後跟你東拉西扯地閒聊。」

搭檔：「可是你想過沒，要是你面對的人並不真正清楚自己的問題所在呢？」

少年愣了一下：「嗯……也許有，但我恐怕不是。」

搭檔：「你確定？」

少年：「確定。」

搭檔重複了一遍：「你確定？」

少年盯著搭檔的眼睛，一字一句地說道：「我，確，定！」

搭檔微微笑了一下：「那就好。」說著，他站起身，「只是有一點我不明白，你看了衣櫃裡那麼多書，你每天花很多時間思考，你編了個瞎話像個兔子一樣整天縮在這裡只做自己喜歡的事，然後你告訴我你沒有職業方向，也沒有

未來規劃，這一切就是因為你很清楚自己的問題所在，對嗎？」

少年也站起身：「你要走？」

搭檔並沒理會他的問題：「你真的知道你要做什麼嗎？你確定成年人的世界都是你想像中那樣無聊的嗎？」

少年：「我爸媽會付你錢，所以你不能說走就走，你得陪著我聊天。」

搭檔笑了：「他們的確打算付給我錢，但是那是他們，不是你。假如將來有一天你做了一個大樓的清潔員或者在某個工地當工人，自己掙了錢並付錢給我的話，我陪你聊。只要你給的錢足夠，想聊多久聊多久。至於現在，你只是個窩在洞裡的兔子、藏在母雞翅膀下面的小雞罷了，除了膽怯，你什麼都沒有。我不想陪你玩了。」

少年並未因搭檔的話而憤怒，反倒是顯得有些焦急：「如果不能解決我的問題，你豈不是失敗了嗎？你不是那種甘心失敗的人吧？」

搭檔：「失敗？你在說我？」

少年：「我就是在說你。」

搭檔：「好，那麼你告訴我，怎麼才算是成功，你能用自己做個例子嗎？」

少年：「我……」

搭檔：「問題難住你了？那我換個問題吧，告訴我你想要什麼？你將來會是怎麼樣的一個成功人士？」

少年：「那個……問題不是這麼問的……」

搭檔：「告訴我你想要什麼？」

少年：「這不公平，你……」

搭檔盯著他的眼睛：「告訴我，你想要什麼。」

少年：「你得等我再想想。」

搭檔搖了搖頭，走到門口抓著門把手：「其實你沒有答案，對吧？你不清楚自己到底想要什麼。」

　　少年不知所措地站在床邊，一言不發。

　　搭檔：「如果你明天想好了，來找我。」他說了我們所住賓館的名字和房號後，對我點點頭：「我們走吧。」

　　回到賓館後，我問搭檔：「今天一開始不是很好嗎？他不排斥你，你為什麼不繼續，反而走了？」

　　搭檔閉著眼枕著雙手，鞋也沒脫就躺在了床上：「如果不讓他想清楚，再好的開端也沒用。」

　　我點點頭：「他似乎對你很感興趣。」

　　搭檔：「嗯，讓他明白我和別人不一樣是正確的。其實他很茫然，確定不了自己的方向。而且還有，從他說隨便找份工作就能看出問題。」

　　我：「什麼問題？」

　　搭檔：「我認為他在報復。」

　　我：「報復？報復誰？」

　　搭檔：「有可能是他的父母，或者是某個他曾經喜歡的老師。」

　　我：「你指的是他的父母或者他的老師讓他失望了嗎？」

　　搭檔：「是這樣，就是昨天我所提到的、對他造成改變的『打擊』。不過，我猜不出到底發生了什麼事，有可能不是一件事，也有可能是慢慢累積成的。這個成因如果不讓他自己說出來，那恐怕我們解決不了現在的問題……唉……今天神經繃得太緊張了。」

　　這讓我有些驚訝：「緊張？你不是和他聊得很輕鬆嗎？」

搭檔：「才不是，幾乎每一句都是考慮過之後才說出來的，稍微鬆懈一點，他就會對我失去興趣。好久沒這麼累了。」

我：「好吧，這點我都沒看出來。」

搭檔：「重要的是他也沒看出來，畢竟還是個孩子。」

我：「他明天會來嗎？」

搭檔蹬掉鞋從床上坐起來：「會。」

我：「你有把握？」

搭檔：「嗯，因為我讓他重新開始思考一些問題了，例如：自己的未來。」

我：「……好吧，這趟沒我什麼事。」

搭檔：「不見得……」

我：「要我做什麼？」

搭檔：「直接對他催眠似乎……我不知道這樣做對不對。」

我：「你更希望在他清醒的時候說出來？」

搭檔：「是的，這很重要。這次你來當幕後指導吧！」

我：「沒問題，你想知道什麼？」

搭檔：「催眠除了暗示還有什麼重點？我想借鑑你進行催眠時的方式來引導談話。」

我：「用語言的肯定作為即時性獎勵，或者用一種比較隱晦的方式：順著話說。」

搭檔：「這是我的弱項，所以我做不了催眠師。」

我：「並不複雜，你只需要快速捕捉對方的反應。」

搭檔：「這就開始傳授祕訣了嗎？」

我笑了笑：「是的。」

我很少見到搭檔這麼興奮，雖然有時候他會因為某個問題而冥思苦想，可那並不能讓他的情緒產生任何波動。他就像是一個歷經風浪的老水手一樣，永遠保持著冷漠和鎮定。但這次很明顯不一樣，他的情緒有了變化。我很清楚這是為什麼——沒有人會放過那個機會：面對曾經的自己。

八 ————— 衣櫃裡的朋友（下篇）

第三天。

我和搭檔吃完午飯回到賓館的時候已經是下午了，一出電梯，我們就看到了少年和他的父親站在房門口。

簡單寒暄後，少年的父親告訴我們，少年要留在這裡幾個小時，等時間到了他來接。看得出來，他的表情有些驚奇，因為他這個兒子已經幾年沒有主動要求出門了。

送少年的父親進了電梯後，我回到房間。此時少年正在翻看桌子上我們帶來的幾本書，還時不時地四下打量著。搭檔則抱著肩靠在窗邊看著他。

少年：「在短途旅行中，看書是最好的消遣方式，只不過現在很少有人看書了，大多像個白痴一樣拿個掌上型遊戲機。」說著，他撇了撇嘴。

搭檔：「每個人都有不同的消遣方式，你可以不那麼做，但是要接受不同於自己的存在。」

少年點了點頭，扔下手裡的書去臥室掃了一眼，又回到外間東張西望著。

搭檔：「你在找廁所？在門口那個方向。」

少年：「不，我在看你們。」

搭檔：「看到了什麼？」

少年聳聳肩：「你們是非常好的組合，很穩定。」

搭檔：「為什麼這麼說？」

少年：「你的性格看上去外向，實際是內斂的，而且你的內心比較複雜。你搭檔的性格跟你正相反，並且能用沉穩讓你鎮定下來，所以面對問題的時候，你們能夠互補。沒猜錯的話，你搭檔的沉穩正好可以彌補你的混亂。」

搭檔：「我混亂嗎？」

少年凝視了他一會，又繼續翻書：「某些方面。比方說我可以輕易分清哪本書是你在看的，哪本書是你的搭檔在看的。亂摺頁腳的一定是你，而你的搭檔使用書籤。有意思的是，你從不會在書裡亂畫重點或者批註什麼，而你的搭檔則習慣做標記，大概就是這樣吧……我在這一個掌上型遊戲機都沒找到，看來你們兩個不是白痴。」

搭檔：「沒有遊戲機是因為我們開車來的，開到這裡要四個小時。」

少年撇了撇嘴：「我這麼認定還有別的原因，例如電視遙控器就放在電視機上面，看樣子擺得很規矩，應該是酒店的人擺的，你們從昨晚到上午都沒開過電視機。」說著，他頭也不抬地指了指電視機所在的方向。

搭檔：「你怎麼確定不是在我們吃午飯的時候打掃房間的人來過？」

少年：「清潔工不會不清理菸灰缸，也不會讓裡面的兩張床亂七八糟的。所以我說從昨晚到今天上午你們都沒開過電視機。昨天之前我不能確定，因為清潔工來過。」

搭檔：「嗯，你說對了，我們都不怎麼看電視。」

少年：「常看電視節目的人也是白痴。」

搭檔：「這個說法太極端了。」

少年扔下手裡的書，拉開衣櫃上下打量著：「不是我走極端，真的是那樣。電視節目的內容是固定的，獲取資訊非常被動，一點自由度都沒有──雖然看上去有自由度：你可以選臺，實際上你的選擇還是在一定範圍內的。我知道那

滿足不了你。」

　　搭檔：「你怎麼知道電視節目滿足不了我？」

　　少年：「你的搭檔只帶了一本書，而剩下那些都是你帶來的。我注意到那幾本書不是同一類型的，各個領域都有，你的興趣面很廣，證明你的知識面很廣。不過我很高興沒看到《天邊的骷髏旗》，就是那天你在我那裡看到的那本。」

　　搭檔：「為什麼？」

　　少年：「假如你只是因為看到我曾經讀過，為了了解書的內容而買一本並且企圖用這種方式來了解我，那只能證明你不過是個白痴。很顯然，你不是。」

　　搭檔：「謝謝誇獎。」

　　少年關上衣櫃門，走到窗邊向下張望著：「我沒誇你，我在說事實……從這裡看下去，風景不錯嘛……對了，有一點你們做對了。」

　　搭檔：「哪點？」

　　少年鎮定地直視著搭檔：「你們並沒有因為自己的主觀意識把我判斷為一個自閉或者是有亞斯伯格症候群[4]的人，最初你們也並沒對此做過更多的假想，這挺好，否則一旦我察覺你們有那種想法的話，我肯定會裝神弄鬼，又哭又笑地把你們轟走了。」

　　搭檔：「嗯，但是我們路上猜測過你是不是有亞斯伯格症候群。」

　　少年聳聳肩，走到沙發邊坐下，並看著自己的手掌：「現在呢？你沒想過我

---

4 亞斯伯格症候群（Asperger Syndrome），屬於泛自閉症的一種。主要表現為社交障礙及異常興趣行為模式等特徵，但仍會有語言及認知發展（相對）。據目前已知，這種泛自閉症自癒性很高，可以不用治療，通常都以心理引導方式加速自癒。

可能跟學者症候群[5]有關係嗎？」

搭檔：「不可能。」

少年：「為什麼這麼肯定？」

搭檔：「你可以生活自理。」

少年大笑起來：「哈哈哈！好吧，這個理由足夠了。實際上，我只是在多數情況下能過目不忘罷了。也許，再加上資訊整合的能力，有些書裡的內容會在我腦子裡自動串聯，最後成為完整的資訊——你明白我說的嗎？我會把所有的事情串聯起來——假如它們有關聯度的話。所以，很多事情不必去接觸，我就能知道那是怎麼一回事，沒什麼大不了的。」

搭檔點點頭：「你的問題也就出在這裡了。」

少年：「問題？例如說？」

搭檔：「你很清楚人類社會結構的理論，但是你並未置身其中去體會那到底是怎麼樣的；你明白愛情是一種化學分泌的結果，但是你並不知道那能帶給自己多麼美妙的感受；你可以想像出美麗的風景，但是你卻沒經歷過目睹的震撼；你從書中看到過歷史，但你看不到字裡行間的滄桑；你讀懂了高等數學的深奧，但是你讀不懂那曾經讓人廢寢忘食的數字屏障；你學會了兩種以上的語言，可你並不了解藏在那節奏中的內涵；你明白什麼是心理學，但你並未去探究過那些複雜的成因。你的聰明，讓你能想像並推測出很多正確的結論，但也正是你的聰明，讓你只是停留在想像。

---

5 學者症候群（Savant Syndrome），嚴重自閉及認知障礙，智商普遍低於七十，但在某一方面卻有超乎常人的能力的人（多體現在數學和藝術方面），即所謂的天才白痴。

「你什麼都沒經歷過，你不知道什麼是殘酷，什麼是感動，什麼是熱情，什麼是悲傷，你擁有的只是冷漠。你對戰爭的了解只是一些零碎的詞彙，槍林彈雨、政治陰謀、軍火商、部隊編制？你不知道看著戰友倒在身邊，吐出最後一口氣會是什麼樣的心情；你對男女之間的了解也只是另一些詞彙，繁衍、荷爾蒙、腎上腺素？但你並不明白能夠讓你動心的那一刻足以影響到你的未來。

「你只是個孩子，我打賭你沒離開過這個城市。大多數情況下，你的活動半徑不超過十公里，但是你的聰明和天賦讓你透過書以及各種管道將所獲得的資訊整合起來，並藉此想像出了一個完整的世界，但是你確定真正的世界就是那樣嗎？沒有任何驗證就認定了？你之所以不知道自己要什麼，也看不到自己的未來，是因為你的一切都停留在你認定的那些概念和結論上。除此之外，你什麼也不知道。也是正因如此，甚至連你編造的謊言都是個標準的模式：白衣女鬼、勸人上吊自殺、只有你才能看到……不過我必須承認，你的確只有衣櫃裡的朋友——那些書。除此之外，你什麼都沒有。你甚至把自己的心和思維全部關在一個黑暗的小屋裡，只需要，也只能由衣櫃裡的朋友陪著。你在看書嗎？你看過很多書嗎？可是你看懂了嗎？」

少年默不作聲地愣在沙發上，看上去他腦子有些亂。

搭檔：「就像我不會去買一本書並且企圖透過它來了解你一樣，你也同樣無法透過任何書籍了解我，所以你更不可能透過書籍來真正了解這個世界。在什麼都沒做之前，你不可能明白『體會』是一件多重要的事情，你只是從文字間知道了淺淺的一點而已。說到這，我可以理解你的茫然了，換成我，我也會茫然，我也會不知所措。你還是個孩子，你需要經歷的太多了，雖然你很聰明。

「到目前為止，你對我所做出的推論都是正確的，可是你不知道我為什麼會這樣，因為你不知道我是怎麼走過來的，那些記憶裡有太多你無法想像的東西

了。沒經歷過,你就不會弄懂什麼是友情,什麼是愛情,什麼是絕望,什麼是震驚,什麼是無可奈何。在你經歷之前,它們只是詞彙,僅此而已。

「也許在你看來,衣櫃裡的那些書就是你最真摯的朋友,可是,我想再重複一遍,你真的看懂了嗎?你知道你衣櫃裡的朋友最希望看到的是什麼嗎?」說到這,他停頓了一下,深吸了一口氣,「她希望你能從心裡那個黑暗的小屋裡走出去,頭也不回,就此離開。」

少年又愣了好一會才開口:「我承認,你所經歷的比我多,我的確是像你所說的那樣,並沒真的去接觸什麼,其實你我的差距就這麼一點。」

搭檔點了點頭:「你說得沒錯,但是這要等你經歷之後才有資格說。」

少年咬著下嘴唇想了一會,沒再吭聲。

接下來的十幾分鐘裡沒有人說話,我們三個都保持著沉默。

最終,少年打破了沉默:「就這麼尷尬著嗎?你們說點什麼吧?要不,給我催眠吧?我還沒試過呢。」

搭檔搖搖頭。

少年看了一眼我放在桌上的手機:「離我爸接我還有一個多小時。」

搭檔:「那我們就坐一個多小時。」

我們真的就沉默著坐了一個多小時,直到響起敲門聲。臨走的時候,少年問搭檔:「明天我能來嗎?」

搭檔點點頭。

少年:「嗯……如果我還是不想說呢?我們還是這麼坐著?」

搭檔依舊點點頭。

少年嘆了口氣,轉身和他父親離開了。

看著電梯門關上後，我問搭檔：「明天真的就這麼繼續沉默著？」

搭檔掏出香菸點上，打開走廊的窗子望著窗外：「對。」

我：「呃……其實你已經說動他了，只差一步。」

搭檔：「但是這一步必須他自己跨出去，否則沒用。」

我：「他會嗎？」

搭檔：「不知道，但是他知道該怎麼做，因為我已經把鑰匙交給他了。」

接下來的兩天裡，每天下午少年都如期而至，但是我們每天都這樣沉默著坐足三個小時，誰也沒說過一個字，搭檔甚至還把手機關了。雖然我很想出去走走，但是我不希望錯過任何一個看到轉折的機會，於是這兩天我只好都窩在房間裡看書，哪也沒去。

當我們在這個城市待到第六天的時候，轉折出現了。

少年這次來了之後，只坐了不到五分鐘就開口了：「你結婚了嗎？」他問的是我。

我搖搖頭。

少年又轉向搭檔：「你也沒結婚吧？」

搭檔點點頭：「沒有。」

少年：「你為什麼沒結婚呢？」

搭檔：「我為什麼要結婚呢？」

很顯然，少年被這個反問問愣了：「嗯？嗯……對啊，為什麼要結婚呢？嗯……我覺得……是……好吧，我們換個話題好了。你戀愛過吧？」

搭檔：「當然。」

少年：「你曾經對你的戀愛對象做過什麼過分的事情嗎？」

搭檔：「過分的事情？指什麼？」

少年：「呃，就是不太合常理的那些……」

搭檔：「我還是不明白你指的是什麼，但是從字面上說的話，應該沒有過。」

少年：「我做過。」

搭檔：「你是說你戀愛過？」

少年：「其實不是，那時候我才五歲。我非常喜歡幼稚園的一個老師，每次見到她，我都會撲上去抱住她的腿。」

搭檔忍住笑：「但你並不明白那意味著什麼，只是一種衝動行為，對吧？」

少年：「對，非常原始的那種衝動。那個漂亮老師對我的表現沒有什麼特別的反應，每次她都會像撕下一塊膏藥那樣，非常耐心地把我從她腿上撕下來。」

搭檔笑了起來：「你抱得有那麼緊？」

少年也在笑：「非常緊。因為我很失望她沒有任何驚喜的表現，所以有一次我決定做出一件讓她誇獎我的事。」

搭檔：「你做了什麼？」

少年拚命忍住噴笑堅持講完：「我把一大坨鼻涕蹭在了她的裙子上。」

搭檔笑著問他：「你為什麼認為自己那樣做會得到誇獎？」

少年：「因為我曾經把鼻涕擦到我媽的一條手絹上，然後被我媽誇，而那天幼稚園老師裙子的花色跟手絹非常接近！」

我們三個都忍不住大笑了起來。

笑夠了後，搭檔問：「後來那個老師再讓你抱過她的大腿嗎？」

　　少年：「當然沒有，不僅如此，從那之後，她每次見到我時，如果空間足夠的話，都是以我為中心點，繞一個半徑兩米以上的圓。」

　　搭檔笑著點點頭：「可以理解。」

　　少年：「但我有那麼幾年並不明白為什麼，我覺得我做得很好……」他笑著搖了搖頭，「當然，後來我明白了。」

　　搭檔：「你弄懂男女那點事之後，戀愛過嗎？」

　　少年：「沒有，我從十三歲起就沒怎麼出過家門，搬家那兩次不算。你想像不到，當我爸媽從我嘴裡聽說我要來找你們的時候有多驚訝。提到你們，我媽甚至是帶著一種虔誠的態度。」

　　搭檔：「聽上去你似乎覺得很過癮？」

　　少年：「並不是，我只是覺得好笑。」

　　搭檔：「為什麼？」

　　少年：「我只是來見朋友，他們就……呃……我是說朋友嗎？好吧，朋友。」

　　搭檔微笑著點了點頭。

　　少年：「我現在明白了，交流的確是一件非常有趣的事。能有同等級但是不同模式的思維比我想的要好玩得多。」

　　搭檔：「還有呢？」

　　少年：「嗯……你知道，我沒太嘗試過這種情況，說不大清楚，但是我覺得很滿足。你會不會因此而得意揚揚？」

　　搭檔：「你從我的表情上看到了嗎？」

　　少年聳聳肩：「沒有。」

搭檔：「所以我並沒得意揚揚。」

少年：「那你現在是什麼感覺？」

搭檔想了想：「當我說出我的感受時，可能會讓你有『這傢伙在得意揚揚』的錯覺，但是我確實沒有。我彷彿是在同多年前的自己對話。」

少年：「真的？」

搭檔：「當然，以你的觀察力，我是騙不了你的。」

少年：「嗯，就好像我在你面前沒法撒謊一樣，這也是我覺得你有趣的原因之一。」

搭檔依舊微笑著點點頭。

少年：「那，你精通的是什麼？我說過，我能記住我看過的大部分書，為什麼我也不清楚。除此之外，我還能把那些看似不相干的東西連結在一起。你呢？」

搭檔：「我沒有什麼驚人的天賦。」

少年：「不可能，如果是那樣，我不會覺得你有趣的，你身上一定有點什麼特殊的。別藏著，說吧。」

搭檔歪著頭想了一下：「文字在我看來有很強的場景感，哪怕是一段枯燥的理論或者數學公式。」

少年：「Cool！還有嗎？」

搭檔：「我也能記住不少內容，不過我不是像你那樣記住全部文字，我所記住的是文字在我腦海中形成的場景，也許是很抽象的圖案。」

少年：「有意思，回頭我也試試能不能這樣⋯⋯好像這樣更有效率，對吧？我指編碼。」

搭檔：「是的，這樣不需要記住很複雜的東西，用元素化的形式把資訊組成

編碼就可以了。」

少年：「而且那些編碼是基礎元素，不會干擾到資訊本身，同時還能拆分……嗯，真的是非常有效率的方式！你是怎麼發現的？」

搭檔：「我也不清楚，甚至忘了從什麼時候起就那麼做了。」

少年若有所思地點點頭：「這個我可以借鑑……對了，假如你們想抽菸，不用忍著，我無所謂的。」

搭檔看著他：「不，現在不想。」

少年略微停頓了一下：「呃……我又想不起該說什麼了……我能問一些事情嗎？」

搭檔：「例如？」

少年：「你做這行是因為興趣，還是你覺得自己有問題？」

搭檔：「後者。」

少年：「沒有安全感？」

搭檔：「對，你怎麼知道的？」

少年：「你從不會背對著窗戶或者門坐，這應該是心理問題所遺留下來的行為痕跡吧？」

搭檔點點頭：「你說對了。」

少年：「我倒是不在乎這個。」

搭檔：「你在乎的是人。」

少年：「我們是在交換祕密嗎？」

搭檔：「不，不需要等價交換，這不是煉金術。」

少年咧下嘴點點頭：「好吧，我承認，我更在乎人。」

搭檔：「你的父母並不知道你對他們的不滿吧？」

少年愣了一下：「你⋯⋯是透過什麼發現的⋯⋯」

搭檔：「因為，你肯定清楚父母對你目前的狀態很著急，可你從未對你自己的行為有過一絲歉意，甚至你會因為把他們耍得團團轉而很開心。」

少年的臉色變得陰鬱起來：「我⋯⋯」

搭檔：「他們曾經為你驕傲，對嗎？」

少年點點頭。

搭檔：「你的老師也是這樣，對吧？」

少年：「對⋯⋯」

搭檔：「你更喜歡你的小學老師？」

少年：「是的。」

搭檔：「因為他們從不逼迫你什麼？」

少年：「嗯。」

搭檔：「你想過為什麼嗎？」

少年：「我⋯⋯沒想過。」

搭檔：「你的小學老師拿你當個孩子，即使你所表現出的再令他們驚訝，他們也會認為你是個孩子。」

少年點點頭。

搭檔：「但這一切到了中學就變了。雖然你在那些老師當中很受寵，但是他們對你的態度不再像小學老師那樣了，他們甚至會要求你去承受一些成年人才會面臨的壓力。是這樣吧？」

少年：「嗯⋯⋯從讀中學起，我幾乎一直在參加各種各樣的競賽，有一些無聊透了。那些老師，還有校長根本不來問我是不是感興趣，他們只是和我爸媽談，然後就做決定。」

搭檔：「你抗議過嗎？」

少年：「有過。」

搭檔：「結果呢？」

少年：「爸媽告訴我這是整個學校對我的厚愛、期許，同時也是為學校爭光的機會，他們會為我驕傲。」

搭檔恰到好處地保持沉默，並等待著。

少年：「在那一年多的時間裡，我都記不清自己背了多少無聊的垃圾，解了多少故弄玄虛的數學題，寫了多少假話連篇的作文。我實在編不下去了，憑藉著記憶四處抄襲、拼湊，但是每個人都誇我寫得好，那些白痴同學還表示自己有多羨慕。也就是從那時候起，他們都開始疏遠我，放學之後，我從來都是一個人留在老師的辦公室，全體老師都像是圍觀珍稀動物那樣對我。就算是我喜歡吃巧克力，他們也會一窩蜂地去買我吃的那個牌子，就好像吃了那東西智商會瞬間提高一樣……都是一群蠢貨。

「接下來，他們對我提出了更多的要求，不讓我看書，不讓我做自己喜歡的事情，可是他們卻要求我給他們更耳目一新的東西，這怎麼可能呢！我沒有朋友、沒有娛樂、沒有遊戲機，不會打籃球、不懂足球規則，不知道什麼是網路遊戲！在所有人眼裡，我只是個過目不忘的機器，我……」他哽咽著停了一會，「我甚至有一次當著全班同學的面，舉著一片不知道誰塞進我課桌的衛生棉，問：『這是什麼？』看著他們大笑，我恨不得把他們全殺了！而當我把這一切告訴老師的時候，他們居然也開始笑，等笑夠了告訴我，我只需要好好學習就行了，別的我不用擔心，我有著不可估量的前途，我是天才！然後他們要我繼續看那些該死的參考書、做該死的卷子。同時還要求我要有創造性的解答！可是，我覺得那段時間我活得像個實驗動物，但沒人同情過我，沒人安慰

過我，甚至沒人真的在乎過我，沒人！沒他媽一個人！」

搭檔走到他面前蹲下，注視著他：「這不是你的問題，這一切不是你的問題……」

少年抬起頭抽泣著：「我寧願我是個白痴！」

搭檔輕輕拍著他的後背：「相信我，真的不是你的錯。」

少年拚命克制著不讓自己的情緒爆發：「我該怎麼做？我真的不想當他媽的什麼天才，我怎麼才能不要這種能力？」

搭檔：「我知道的，我都明白了，這一切都不是你的錯。」

雖然少年咬著嘴唇努力忍耐著，但是我能看到眼淚在他的眼眶裡愈聚愈多。

搭檔凝視著他的眼睛：「你沒有任何錯，而你只是個孩子。」

少年再也忍不住了，俯在搭檔肩膀上聲嘶力竭地嚎啕大哭：「他們剪掉我的翅膀！卻又要我飛翔！」

他哭得撕心裂肺，放肆而任性。

這是我們都期待已久的──那個孩子回來了。

第七天。

少年笑著對搭檔說：「我媽抱著我哭了大半夜。」

搭檔也笑了：「沒睡好？」

少年：「嗯，我們全家一夜都沒睡好。」

搭檔：「你怎麼知道的？」

少年：「我聽著爸媽在他們臥室聊到天亮。」

搭檔：「你沒提醒他們今天付費的時候不要看合約，要多給？」

少年大笑：「不，我不會跟他們說這些。」笑夠了後，他停下看著搭檔，「等我有經濟能力的時候，會付給你。」

搭檔笑著搖了搖頭：「我是開玩笑的。」

少年：「呃……我也是……」

搭檔：「……」

少年看了一眼我們收拾的幾件行李：「嗯……你們今天晚上走還是明天走？」

搭檔：「等下午送你回去，收了錢就走。」

少年：「心疼房間費？」

搭檔：「不，趁著事情還沒急轉直下，趕緊拿錢跑。」

少年忍不住又笑了：「你真是我見過的對金錢最不掩飾的人了。」

搭檔：「我奉行『有付出就得有回報』的原則。」

少年：「我很棘手嗎？」

搭檔想了想：「但是值得。」

少年：「留下來吃晚飯吧？我爸媽一定會堅持的。」

搭檔：「明天還有別的事情要做，所以一會你要替我們說話。」

少年：「嗯，好吧，我知道了……還有，那個……」

搭檔：「怎麼？」

少年：「假期的時候，我能去看你們嗎？」

搭檔：「你最好徵得他們同意。」

少年：「嗯，我會的……謝謝你。」

搭檔點點頭：「我接受，不過我要提醒你：如果沒有催眠師臨時教給我一些

深入引導的技巧，恐怕再多一週也不會有什麼結果。」

　少年轉向我：「也謝謝你。」

　我點點頭做了個回應。

　少年：「其實你不知道吧？起初我一直以為你是幕後策劃人，而他只是喉舌。」

　我微笑著望了一眼搭檔。

　少年：「有機會的話，我想試試催眠。」

　我：「恐怕很難。」

　少年：「真的嗎？為什麼？」說著他轉向搭檔。

　搭檔：「因為你很可能會笑場。」

　少年想了想：「有這個可能……那我不堅持了，有機會你會教我心理學嗎？」

　搭檔：「我可以教你打遊戲。」

　少年：「你會？」

　搭檔：「當然！」

　少年露出個輕鬆的笑容：「OK，那我們可就算說好了。」

　車開上高速路後，搭檔長長地出了一口氣。

　我：「幹麼如釋重負一樣？」

　搭檔：「說不好是什麼感覺，描述不出來。」

　我：「你說過他和曾經的你很像。」

搭檔：「大體上吧。」

我：「你曾經也裝神弄鬼過？」

搭檔扶著方向盤笑了笑，沒吭聲。

我：「當年你都做了些什麼？」

他的表情有些嚴肅：「我面臨的問題更嚴重。」

我：「例如說？」

搭檔嘆了口氣：「我像他這麼大的時候，喜歡上一個女孩。」

我：「早戀？」

搭檔：「是的。」

我：「結果呢？」

搭檔皺了皺眉：「沒有什麼結果。」

我：「我指的是成年之後。」

他搖搖頭。

我：「我以為按照你的性格，你會堅持自己的選擇……」

搭檔：「有些原因是不能抗拒的。」

我：「你是指和那個女孩分手？」

搭檔：「對。」

我：「是來自雙方家長的壓力？」

搭檔：「比這個還嚴重。」

我：「你不會是把人家給……」

搭檔：「當然不是！」

我：「那是什麼原因？」

搭檔：「因為其實我們倆是失散多年的兄妹！」

我愣了一下，轉頭看著他，卻發現他笑得幾乎扶不穩方向盤。我罵了句髒話。

　　笑夠了後，搭檔問我：「你要聽我真正的初戀嗎？」

　　我點上菸看著窗外，頭也不轉地「回敬」了一個字：「滾！」

九

———

見證者

「　醒過來之後，我發現自己被捆在一把椅子上，嘴裡不知道被塞著什麼東西。我花了好一陣才看清自己在什麼地方——地面是灰色的水泥，更遠的地方還有方方正正的水泥柱子，似乎這是某個還沒裝修過的辦公大樓樓層？我看不到身後。在我前方五、六米遠是一排高大的落地窗，窗前站著一個人，我只能看到背影。看上去應該是個女人的背影，當時她正站在窗前看著外面。

　「我試著掙扎了幾下，因為捆得很牢，所以我根本不能動。那個女人雖然沒回頭，但已經發覺到我醒了。她側過臉，似乎在用眼角的餘光打量著我。逆光使我根本看不清她的臉，不過那個側面看上去很……很漂亮。

　「『別害怕，我不會傷害你的。』她說，『你知道嗎？這個世界，是假的。眼前的這一切，這些熙熙攘攘的人群、這些忙碌的身影，其實都不存在，他們都是假的。只是，他們並沒意識到這點而已。當然，你在我說完之前和他們是一樣的，但當我說完之後，你和那些人就不一樣了。那時候，你自然會明白我為什麼這麼說，也會明白我為什麼要這麼做。今天我所告訴你的，對你來說很重要。它將影響到你的一生。』」

　某天上午，一個留著平頭的男人來到診所，說需要我的幫助。

　我認識這個人，他是員警。我們送那個為了逃避罪責而出家的殺人犯投案時，就是他接待我們的，並且做了筆錄。他今天來是因為有個比較棘手的案

子需要幫助——準確地說，是需要我的幫助。一個年輕女人從十幾層樓上掉下來，摔死了，而員警在女人破窗而出的那個樓層發現了一個被綁在椅子上的男人。據說當時那個男人精神恍惚，情緒也很不穩定。更重要的是：他只記得案發幾小時前自己見過那個墜樓而死的年輕女人，其他什麼也不記得了。在經過精神鑑定後，這個現場目擊者兼重要嫌疑人有逆向思維空白症狀，也就是說，他失憶了。

員警：「催眠可以找回他失憶的那部分嗎？雖然沒有證據說明是他殺的，可是也沒法排除他的重大嫌疑。」

我：「這個我不能肯定。在見到他本人之前，我什麼都不清楚，我得確認。」

員警：「那，你願意接這單嗎？我們想知道，在那個女人死前，到底發生了什麼。」

我想了想：「這不是我一個人說了算，我搭檔出差了，我需要打個電話商量下。稍晚些我告訴你，還是明天告訴你？」

員警：「方便的話，現在就打吧。我可以等。」

於是，我打通了搭檔的電話，把大體情況跟他描述了一下。

「真可惜我不在，記得把資料都備份，我回來看。」聽上去，電話那頭的搭檔似乎對這件事很感興趣。

「你的意思是我自己來接這個？」我在徵詢他的意見。

搭檔：「對啊，反正只需要催眠，也沒我什麼事。別忘了備份，我想知道結果。」

我：「好吧。」

「嗯，有什麼問題聯繫我。」然後，他掛斷了電話。我放下聽筒，轉過頭對

員警點點頭。

「我並不明白那個女人為什麼要這麼說，我只是覺得很害怕，有那麼一陣，我甚至想不起來發生了什麼，為什麼會在這裡。當時給我的感覺就像是拼圖一樣，我花了好久才從七零八落的記憶碎片中找出了線索。那些線索愈來愈清晰，慢慢組成了完整的畫面——我想起是怎麼回事了——我是指在我昏過去之前所發生的事情。這時，那個女人慢慢轉過身望向我這邊，但是我依舊看不清她的樣子，逆光讓我什麼都看不清，而且我的頭還很疼。

「『很抱歉我用了強迫性手段讓你坐在這裡聽我說這些，但是我只能這麼做。因為之前我嘗試過勸一些人來聽，並且請他們做見證人，遺憾的是，我找來的男人大多會說一些連他們自己都不會相信的廢話。例如：生活很美好啊，你怎麼能有這種想法呢？你是不是失戀了？你的工作壓力很大嗎？你有孩子、有父母嗎？你想過他們的感受嗎？你要不要嘗試下新的生活？你現在缺錢嗎？是不是生活中遇到了什麼困境？你嘗試一下感情吧！我們交往好不好？這些都是男人的說法。而女人則表達得更簡單直接：你是神經病吧？或者尖叫著逃走。所以，在經過反覆嘗試和失敗後，我決定用強迫性的方法來迫使一個人坐在你現在坐的位置上，耐心地聽我說清一切。』說完，那個女人聳聳肩。

「這時候我更害怕了，我不知道她要做什麼，因為我已經徹底想起了之前發生了什麼事。」

第二天，幾個警方的人帶著那個失憶的男人來了，我快速觀察了一下他。

他看上去二十六、七歲的樣子，身高、長相都很普通，看不出有什麼特別的，也沒有撒謊者的那種偽裝出的鎮定或者偽裝出的焦慮。初步判斷，我認為

他是真的失憶了，因為他略顯驚恐不安的眼神裡還帶著一絲困惑和希望——他很希望自己的那段空白記憶能被找回來——假如沒有受過專業表演訓練的話，這種複雜的情緒是很難裝出來的，非常非常難。

稍微進行了一些安撫暗示後，我就開始了例行的詢問。在這之前，我反覆囑咐警方的人：絕對不要打斷我和失憶者的對話，不可以抽菸，不可以發出聲音，不可以走來走去，不可以聊天——我不管他現在是不是嫌犯，既然你們讓我找回他的記憶，那麼就得聽我的。

警方的人互相看了看，紛紛點頭表示同意。我想，我可以開始了。

我：「你能記起來的有多少？我是說那段空白之前。」

失憶者：「呃……只有一點……」

我：「好，那說說看你都記得什麼。」

失憶者：「那天中午我一直在忙著工作的事，到下午才跑出去吃午飯。因為早就過了午飯時間，所以我一個人去的，平時都是和同事一起。吃過飯回公司的路上，在一棟剛剛施工完，還沒進行內部裝修的辦公大樓拐角旁，有個女人被什麼東西絆了一下，差點摔倒，她手裡的一大摞文件散落得到處都是。」

我：「你去幫忙了？」

失憶者：「是的，呃……看上去她身材似乎很好，所以我從很遠就注意到她了……我跑過去幫她收拾那些散落在地上的文件時發現，那些紙都是空白的，什麼都沒有。然後就不記得發生什麼了。」

我：「當時你是蹲在地上的嗎？」

失憶者：「對。」

我：「在那之後就沒一點印象了？」

失憶者皺著眉：「可能有一點點，但是說起來有點怪。」

我：「為什麼？」

失憶者：「就像是……就像是溺水那種感覺。」

我：「你指窒息感？」

失憶者：「嗯，就像在水裡掙扎著似的──你不知道下一口吸到的是氣還是水……」

「那個女人從窗邊走了過來，我逐漸能看清她的臉了。對，就是她，我記起來了。她非常漂亮，而且笑起來的樣子很好看，但是當時我怕到不行，因為我想起了當我幫她撿起散落在地上的紙時，她做了什麼：她從口袋裡掏出了一個噴霧罐子，就在我抬頭的瞬間，她把什麼東西噴到了我的臉上，接下來我就失去了意識。而醒來時，我就被捆在這裡了。

「『我說過我不會傷害你的，對於這點你也許有些懷疑，但是假如你想想看就能知道，我除了把你捆在這裡，再也沒有別的打算了。否則的話，我不會等到你醒來再跟你說這些，因為在你昏迷時，我有足夠的時間傷害你，或者把你殺掉，對嗎？所以，平靜下來聽我說吧。』那個女人蹲在我的面前，語氣就像是在說服一個不聽話的孩子，表情也是。

「當時我的選擇只有點頭或者搖頭，除此之外什麼也做不了，所以我選擇點頭──我怕假如不這麼做，會激怒她。

「『很好。』她真的像是對待孩子一樣，摸了摸我的頭髮，然後站起身，俯視著我，『還記得在你剛醒來時我跟你說過的嗎？我說，這個世界，你所看到的一切，都是假的。』

「我繼續點頭。

「『也許在你看來，這個世界有著諸多未知，你不知道明天會發生什麼，不

知道一小時後會發生什麼，甚至無法猜測到一分鐘之後會發生什麼。你不知道樓下那些人都在想什麼，不知道我在想什麼，你唯一能知道的是自己當下在想什麼。但是，你不知道自己一個小時後會想些什麼。這聽上去讓人很惱火，對嗎？我們幾乎什麼都無法控制，什麼都不在我們的意料之中，什麼都沒有把握，我們看上去就像是在迷霧中摸索著前行一樣，下一秒都是未知。』她站起身走到不遠處一根粗大的方型水泥柱旁，並靠在上面，絲毫不在乎衣服被弄髒。『但是，這一切都是錯的，我們並非生活在未知中，這一切都是早就設定好的，早就被深埋了起來，早就有了方向和決定。遺憾的是，大多數人都不相信這點。』」

「那麼，」我看著失憶者的眼睛，「對於後面發生的事，你還能想起些什麼來？」

失憶者：「沒有了，我這幾天想到頭疼，但是什麼都沒有，一片空白。」

我點點頭：「嗯，那就說一下你還記得的吧。」

失憶者：「我……我記得的時候，就被捆在一把椅子上，兩隻手的拇指被什麼東西勒得很緊。」說著，他抬起雙手給我看——兩個大拇指現在的顏色還偏青，「手腕上還纏了好多膠帶——我能感覺到，因為它們弄得我的皮膚很不舒服。把我整個捆在椅子上的也是膠帶，捆得非常牢，我根本沒辦法動一點。後來員警來的時候，也花了好久才把我解開。」

我：「你一直是被堵著嘴的嗎？」

失憶者：「呃……對，是……我自己的襪子。」

我：「是員警把你叫醒的嗎？」

失憶者：「我說不清，好像我被捆在椅子上的時候睡著或者昏過去了，到底

發生了什麼，我沒有一點印象。」

我：「當時你感到害怕嗎？」

失憶者：「不是害怕……說不明白是什麼感覺……原來看小說和電影的時候覺得失憶是個很有意思的事情，等真的發生在自己身上……」說到這，他苦笑了一下，「……這並不好玩。」

我：「是的，失憶並不有趣。醒來之後，你還記得別的什麼嗎？」

失憶者：「我面對著一排落地窗，就是辦公大樓那種很大的窗，離我大約……嗯……五、六米遠吧。正對著我的那扇窗的玻璃被什麼東西砸開了，一地的小碎塊……」他指的是現場鋼化玻璃碎片，我從警方那裡看過照片。

我：「你知道為什麼會那樣嗎？」

失憶者：「剛開始不知道，後來聽救我的員警說，那個女人……掉下去死了。」

我：「是她把你捆在椅子上的嗎？」

失憶者：「好像……是吧？這個我不知道。」

我：「但你為什麼說好像是呢？」

失憶者：「因為在那段記憶空白之前，我見到的最後一個人是她，所以我就覺得應該和她有關係……但我沒法確定，只是那麼覺得。」

我瞟了一眼警方的人後，點了點頭。我相信眼前這位失憶者沒撒謊，自動化思考讓他有這種認知再正常不過了。

我：「還有嗎？我指感覺，當時你還有什麼感覺嗎？」

失憶者：「後面的可能你都清楚了。員警解開我之後，不知道是怎麼了，我吐得到處都是，而且渾身無力，腿軟到不能站起來，是被醫護人員放在車上推出去的。」

我點了下頭：「嗯……好吧，大體上我知道了。你先稍微休息一會，我們分析一下要不要催眠。」

「『我們的一生，從胚胎完全成形之前，從第一個細胞開始分裂的時候，就已經決定了。那個瞬間，決定了我們是男人還是女人，個頭很高還是很矮，長得很醜還是很美，眼睛的顏色，頭髮的顏色，手指的長度，智商的高低，有沒有心臟病，將來會做些什麼……總之，那個瞬間決定了我們的一切，我們的所有事情都已經成為定數了，能翻盤的機率很小很小，除非是很極端的外部環境——例如發育期嚴重的營養不良會讓我們長不了原定那麼高。要是沒有極端環境的話，就不會改變早就決定好的那一切。』那個女人從口袋裡掏出一盒菸，抽出一根點上，『對於我說的這些，你肯定不會相信，認為我只是個胡說八道的瘋女人，或者是個推銷宿命論的精神病人，對吧？但是，我很好，我也很正常，我剛剛所說的也沒有一點錯誤。只是很多人並不知道這個事實罷了。當然，我有足夠的證據。你要聽嗎？』她用夾著香菸的兩根手指指著我。

「除了點頭，我什麼也做不了。

「『恐怕你現在沒別的選擇。不過，我保證會用最通俗的詞彙，讓你能聽得懂。』她笑著重新回到我面前，摸了摸我的頭髮，然後坐在不遠處一個破舊的木頭箱子上。『你知道DNA嗎？你一定聽說過的。那基因呢？你一定也聽說過囉？但是我猜你並不明白這兩者是什麼關係，對不對？讓我來告訴你吧，DNA指的就是那個雙螺旋，而基因包含在DNA中。這回明白了？嗯，我要說的就是基因。也許你聽說過一個說法，就是說，基因操縱著我們的一切。那個說法是對的，但是用詞有些不精準。實際上，從那個小小的胚胎成形後，基因就不再有任何活動，它不可能，也不需要操縱我們，因為我們的行為早就被基因

九　見證者

1
8
7

決定了下來。你的舉手投足都已經是定數。你註定會長大，並且長成基因要你長的樣子；你註定會做出各種選擇，那是基因要你做出的選擇。你也許會很奇怪——不是說基因是不活動的嗎？是的，它們從你成形起就不再活動了，但在你還是一個小胚胎的時候，你的一切都被基因編好了程式，你只會按照設定的模式活著，不會違背它為你設定的行為準則和思維模式。聽懂了吧？我們，被牢牢地困在了一個籠子裡，哪也去不了。我們是聽話的提線木偶，沒有那些牽線，我們就什麼都不是。』

「也許是因為嘴被堵住，也許因為她噴向我的那些不明液體的作用，也許是捆得太牢，血液流動不暢，我的頭昏昏的，但是她說的每一個字我都聽進去了，並且聽懂了，不知道為什麼，我覺得這一切很可怕。

「她扔掉手裡的香菸，看了我一會：『假如我沒堵著你的嘴，這時候你一定會跳起來反駁我。真的是那樣也算正常，因為，我所說的刺痛你了。』」

「透過催眠能讓他想起那段空白的記憶吧？」員警問我。

我：「不見得。」

警方：「可是電影裡……」

我搖搖頭：「別信電影裡那種催眠萬能的說法，那都是瞎說的。他目前的情況是受到某種刺激後自發性地阻斷記憶，很棘手，所以我什麼都不能保證。」

警方：「那你能有多大把握？」

我：「不知道，在催眠之前，我沒法給你任何保證。因為他的情況是潛意識對這段記憶產生了排斥，而催眠所面對的就是潛意識——也就是說，他並不是真的忘了，而是排斥那段記憶才產生記憶空白的。」

警方：「我聽說過一個說法，不存在真正的失憶。」

我點點頭：「對，的確是這樣。你看，他還記得自己的名字，記得自己是做什麼的，記得之前，記得之後。正因如此，我才會說他是潛意識排斥所造成的刻意失憶。說白了，就是選擇性的。」

警方：「那就是說他是成心的了？」

我：「不。」

警方：「你剛才說是選擇性的……」

我：「我指的不是他意識的選擇，而是他潛意識的選擇——潛意識是無法被自己操縱的，否則也不會被稱為潛意識了。」

警方：「哦，我懂了，就是他自己也沒辦法決定的，對吧？」

我：「就是這樣。所以我想再問你們，需要催眠嗎？我沒有把握能找回他的記憶。」

警方：「嗯……試試看吧。因為目前來說沒更好的辦法了。」

我：「OK。」

準備好攝影機和相對偏暗的環境後，我對失憶者做了催眠前的最後安撫暗示。這讓我用去了很長的時間，因為他的緊張情緒讓他很難放鬆下來。我認為那是他的潛意識對於喚醒記憶的一種間接排斥方式。

不過，雖然耽誤了一會，但我還是做到了。

看著他逐漸交出意識主導權後，我鬆了口氣，開始問詢引導。

我：「你在什麼地方？」

失憶者：「……我被捆在一張椅子上……」

我：「是誰把你捆在那裡的？」

失憶者：「是……一個女人……」

我：「你看得到她嗎？」

失憶者：「是的，她就站在⋯⋯落地窗前⋯⋯」

我：「死了的那個女人？」

失憶者：「是的。」

「『你從小到大聽說過無數個描述，描述人類的偉大之處──我們的出現，改變了這個世界，我們削平高山，製造出河流，堆砌出高大的建築，創造出輝煌的文明。如果我們願意，我們可以徹底消滅掉一個物種；如果我們願意，我們也能挽救某個即將被自然淘汰掉的生靈。我們位於食物鏈的頂點，藐視著其他生物，我們可以不因為飢餓，只是因為貪婪而去殺戮，我們還可以帶著一副慈悲的表情赦免掉某個動物的死刑。我們幾乎是這個星球的神，我們創造出的東西甚至遠遠超出了我們的需要。這就是你所知道的，對吧？我們是多麼了不起啊！但也正因如此，我之前所說的才會刺痛你。這麼一個偉大的物種，居然一切行為都是被操縱的？而且還是被那些渺小的、卑微的小東西？這讓人很惱火，對不對？難道說我們只是一臺機器？只會執行固定的程式？難道說我們所創造出的並因此而自豪的一切，只是我們的基因忠實的執行者而已？你會對此沮喪嗎？或者憤怒？或者悲哀？你會嗎？』她站起身走到窗前，抱著雙肩，似乎在俯視著窗外。

「我很想嘆一口氣，但是我做不到，因為我的嘴被結結實實堵上了。

「她過了好一會才轉回頭看著我：『但基因，只是如同電腦編碼一樣的東西而已──它們只是工具，真正創造出編碼的才是操縱者。以我們的智慧，是無法想像出那個真正的操縱者會是一種怎樣的存在，它遠遠超出了我們思維的界限。』她長長地嘆了一口氣，『真正可悲的是，我們寧願相信沒有那麼一個存在，但是我們又無法違背心裡的渴求──模仿它。你會對這句話感到費解嗎？

我想你會，因為這證明你還清醒。想想看吧，我們用電腦程式設計這種最直接的方式來模仿操縱者的行為——用簡單至極的零和一，創造出複雜的系統，甚至還有應變能力。當然，只是在某種程度上的應變，在我們劃定的範圍內。除此之外，我們還有間接的方式來企圖破解出什麼。例如，占星？算命？顧相、手相、面相？風水八字？你對那些不屑一顧嗎？我不那麼看，我倒寧願相信那些都是統計學而已——企圖在龐雜且無序的數據中找出規律。他們當中有些人的確做得不錯並因此而成為某個領域的大師。但是，假如你能認識他們，並且和他們聊聊，你就會發現，他們將無一例外地告訴你：『我只是掌握了很少很少的一點。』而且，你還會發現，其實他們比我更悲觀，因為他們的認知已經超越了自己的身分——人類。跳出自己看自己是一件多可怕的事，你認為有多少人能接受？接受我們被囚困在無形的籠子裡，一舉一動、一言一行都是被規劃好的，嚴格地按照程式在執行。創造力？想像力？當你不用人類的眼光來看時，會發現那些只是可笑、可憐、可悲的同義詞罷了。』」

我：「你記得當時發生了什麼嗎？」

失憶者：「記……記得……」

我：「當時還有第三個人在嗎？」

失憶者：「沒有……我不知道……」

我：「到底是有，還是沒有？」

失憶者：「我……看不到身後……」

我：「那你感覺到身後有人嗎？」

失憶者：「感覺……不到……感覺不到有人……」

我：「也就是說，你能看到的，只有她一個人，對嗎？」

失憶者：「是的。」

我：「那麼，告訴我當時她在做什麼？」

失憶者：「她……她說了好多……」

我：「你還記得是什麼內容嗎？」

失憶者：「我不知道……我不想……我……」他的狀態有些不穩定。

我決定兜個圈子問：「當時你的嘴被堵上了，是嗎？」

失憶者：「是的……」

我：「你只能聽，但是不能說，對嗎？」

失憶者：「對……」

我：「一直都是她在說，對嗎？」

失憶者：「對，是她在說……」

我：「她說了好多話，而你只是在聽？那麼，你能聽到嗎？」

失憶者：「我……聽到了，聽到了……」

我：「聽到些什麼？」

　　失憶者皺了皺眉，身體略微有些痙攣，但是並不嚴重：「她……她說，這一切，都是假的……我們無法改變什麼，我們……只是傀儡，我們的一生都被困在……籠子裡……」

　　我：「你聽清了她所說的每一句話，並且愈來愈清晰，所以你要慢慢告訴我，她說什麼都是假的？」

　　失憶者的身體反應有些緊張，並急促地吸了一口氣：「整個世界……都是假的……無法改變……」

　　我：「她說我們無法改變，是指什麼？」

　　失憶者：「我們……無法改變……任何事情……我們只是被一隻無形的……

無形的手操縱著……傀儡……」

　我：「非常好，那些細節現在都在你的眼前，你不需要承擔什麼，你只需要把眼前的一切都告訴我就可以了，你會因此而解脫。你聽到了嗎？」

　失憶者：「是的……我不需要承擔什麼……我會……因此而解脫……」

　我：「很好，現在慢慢把當時的情況描述給我，並且告訴我她是怎麼對你說的。你能做到嗎？」

　失憶者：「我……能做到……」

　我：「那麼，當時到底是什麼情況？她說了些什麼？」

　這時，失憶者突然鎮定了下來：「她說，這個世界只是假象。」

　「『所以我說，這個世界只是一個假象，而我們就生活在這種假象中。我們並沒有進行任何真正的創造，所以我們也沒有過任何突破，我們和執行程式的電腦一模一樣，就好像電腦不會明白自己正在執行程式那樣。』她走到我的面前，蹲下身，『唯一不同的是，我們非常堅定地相信人類就是這個世界的主宰者。』她靜靜地望著我，『因為很少有人能明白真相。』

　「我能看到她眼裡所透露出的要比我更驚恐，並且還有絕望。或者那不是絕望，而是別的什麼……我說不清那到底是什麼，我只是知道她眼神裡似乎有什麼東西就快要熄滅了。我很害怕，雖然我之前也很害怕，但是這不一樣，我從沒見過有人會有這種眼神。因此，就算是被牢牢地捆在椅子上，我還是忍不住渾身發抖。

　「『我要說的都說完了，這就是我把你捆在這裡的目的之一。』她又點燃一根菸，重新回到窗邊看著窗外，她的聲音聽上去似乎……是在哭，『當然了，你也許有自己的想法，或者你早就想好了一大堆反駁我的言論，但是對我來說

那都不重要，因為我不可能聽到了。至於你，會有人來救你的，不過還要稍等一會，等你為我見證之後。你知道自己將見證什麼嗎？』

「這次我並沒有搖頭或者點頭，因為這時我覺得似乎有什麼東西壓在我的胸前讓我喘不過氣來。我很想張開嘴深呼吸，但我只能盡可能地用鼻子深深地吸氣，可是這麼做反而讓窒息感更強烈。

「『不用怕，我說過我不會傷害你的，我要你見證的是我的死亡。你是不是覺得我真的病了，或者瘋了？而且還是病得不輕，瘋得很厲害的那種？不，我非常清醒，否則我不會處心積慮地花這麼久的時間來布置這一切。哦，對了，說到這個我差點忘了，就在這裡的某個地方藏著一架迷你攝影機，它非常小，這樣你就不會被當作嫌疑人了。我說過，我不會傷害你的，不過，猜猜看，它在哪？』

「我很想扭動頭去找那個攝影機，但是不知道為什麼，我的眼淚卻不停地湧了出來，我說不清是害怕還是別的什麼，突然間我感到很絕望。

「她扔了手裡的菸，走過來擦掉我的眼淚：『看著我解脫，對你來說意義深刻。十分鐘後我就徹底自由了，我受不了這個籠子，我不想再按照程式假裝自己還活著。』她掏出一個什麼東西，走到落地窗邊，用力在玻璃上劃著，我不知道她在做什麼，但我能聽到刺耳的聲音。

「玻璃上被劃出很多白色的印跡，陽光照在上面，那些白色印跡透射出一些多彩的光線。她扔了手裡那個劃玻璃的東西，從地上拾起一把很大的鐵錘。砸了幾下之後，落地窗的玻璃『砰』一聲爆碎了，地上到處都是玻璃碎碴。

「風刮了進來，但是我依舊喘不過氣來，我覺得自己快被憋死了。

「她雙手插在口袋裡，背對著窗口站在窗邊看著我。我看不到她的表情，逆光讓我只能看到她的身影，除此之外我什麼也看不清。

「我拚命掙扎著，不知道自己到底是因為想掙脫而掙扎，還是想讓她停止才掙扎。我的胸腔裡好像有什麼東西開始沸騰起來，我想吐，但是由於嘴被堵住了，我只能拚命壓制住那種胃被扭曲、擠壓帶來的疼痛。突然間，我的四肢沒有了一點力氣。

　　「她慢慢向後退了半步：『也許你的程式會因此而改變，也許用不了多久，你就會什麼都不記得，但是那無所謂了，因為你見證了我的解脫。』說完，她抬起頭想了想，然後整個人後仰了下去，消失在窗口。」

　　搭檔闔上資料夾，把頭靠在沙發背上，似乎在想著什麼。

　　我：「看完了？」

　　他點點頭。

　　我：「你沒有任何問題？」

　　搭檔想了想：「攝影機找到了嗎？」

　　我：「找到了，被固定在房頂的管道上，很難被發現。」

　　搭檔：「嗯。」

　　我：「也就是說，他說的都是真的。」

　　搭檔：「有錄音嗎？」

　　我：「沒有，那種很小的攝影機不具備這個功能。」

　　搭檔：「那個女人當場死亡了吧？」

　　我：「當然，從十三樓跳下來，存活機率可以忽略不計了。」

　　搭檔深吸了口氣，似乎想說點什麼，但是又忍住了。

我：「怎麼？還有問題？」他搖搖頭。

我：「那個女人，可能精神不大正常。」

搭檔：「但是她說的都對。」

我：「我知道⋯⋯」

搭檔：「我覺得她不是不正常，而是過於清醒了。」

我：「我知道。」

搭檔站起身走到窗邊，雙手插在褲袋裡俯視著外面：「是的，我們什麼都知道。」

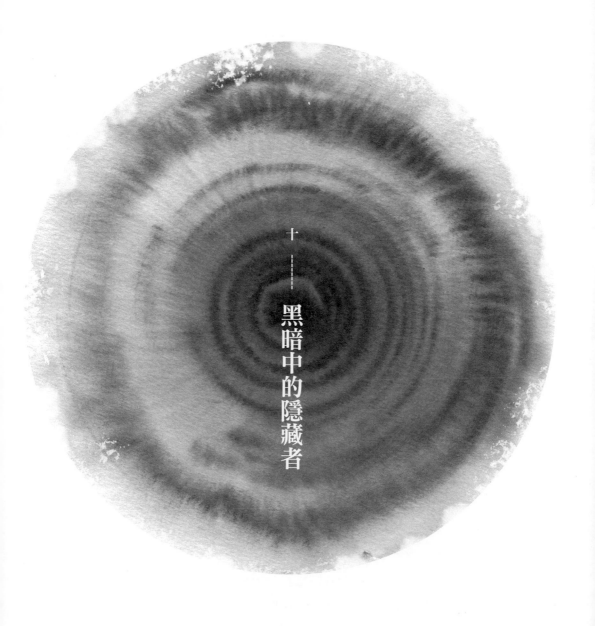

十一

黑暗中的隱藏者

循著聲音，我推開書房門，看到搭檔正俯在書桌上往筆記本上寫著什麼，坐在他面前、背對我的是個留著黑色長髮的女人。

聽到我進來，搭檔頭也不抬地說：「回來了，這位就是催眠師。」很顯然，他不是對我說的。

女人轉過頭。

她看上去歲數不大，是個二十五、六歲的女孩，偏瘦，有點弱不禁風的樣子，一身黑色裝束，她的臉色看上去有些蒼白。

女孩對我點了點頭。

我把手裡的東西放在一邊，也點了下頭回應，然後就在靠門邊的小沙發上坐下：「你們繼續。」

搭檔「嗯」了一聲，又在本子上記下些什麼，抬起頭看著黑衣女孩：「好，你接著說。」

她：「嗯，剛才說到是四、五年前開始的……」

搭檔：「就是說，應該在你二十歲之後？」

她點了點頭：「對。有一次我搭配了一身黑色衣服，在照鏡子的時候，發現自己從來沒有感覺那麼好過。所以，從那之後，我就只穿黑色的衣服了。」

搭檔：「呃……包括飾品和內衣嗎？」

她：「包括。」

搭檔：「聽你未婚夫說，你家的床上用品和日常生活用品，全都是黑色？」

她：「對，都是。我忍不住去買所有黑色的服裝和生活用品，我當初差點把房間漆成黑色……」

搭檔皺了皺眉：「廚房電器呢？有黑色的冰箱和洗衣機？」

她：「冰箱有黑色的，洗衣機我訂做了黑色的罩布。」

搭檔：「你未婚夫反對過嗎？」

她：「現在差不多也習慣了，有時候會說一兩句。」

搭檔：「你室內的光源呢？很少還是很暗？」

她：「你是說燈嗎？我們家燈不多，但不算暗，必需的亮度還是有的。不過我一個人在家不喜歡開很多，最多只開一盞小燈。」

搭檔：「最多只開一盞小燈？你是說，還有不開燈的情況？」

她：「嗯……是……不需要做什麼事情的時候，就什麼燈都不開……」

搭檔：「晚上？」

她：「嗯。」

搭檔：「經常那樣嗎？」

她似乎在想：「差不多……吧……」

搭檔：「你父母只有你一個孩子嗎？」

她：「嗯。」

搭檔：「他們偏好黑色嗎？」

她：「不。」

搭檔：「據你所知，你的親戚當中有人有這種嗜好嗎？」

她歪著頭想了想：「好像沒有。」

搭檔：「如果可能的話，你會不會把自己使用的全部物品都換成黑色的？」

她：「嗯……基本上都換了……辦公桌已經被我罩上黑色的桌布了……」

搭檔：「公司允許嗎？」

她：「這個……還好，因為我們是藝術設計類的公司，所以不怎麼干涉每個人的座位風格，只要別太出格就沒關係。」

搭檔看著手裡的記事本：「目前來看，你並不限於喜歡黑色，還喜歡黑暗，對吧？你剛才也說過，你在家有時候甚至不開燈。」

她略微停頓了一下：「對，那樣我會覺得很舒服。」

搭檔：「有更具體的感受嗎？」

她：「具體的……我只是覺得在黑暗中很自在，只有在黑暗中我才能徹底伸展自己的身體。」

搭檔：「伸展身體？怎麼個伸展法？」

她：「不是真的伸展，只是形容，就是……只有在黑暗中我才會有舒展開身體的感覺，平時都是很不自在的感覺。」

搭檔：「在明亮的地方會感到不舒服？」

她：「對，所以我盡量縮短待在有光地方的時間。」

搭檔：「對明亮的環境，你排斥到什麼程度？逃離？」

她：「對，差不多是那樣子。」

搭檔：「具體的呢？我是指在明亮環境下是什麼感受？」

她：「我也說不上來……就是不自在，沒有安全感……大概……」

搭檔：「聽你未婚夫說，你曾經打算把自己的膚色弄成偏黑的顏色？」

她：「嗯……有過。去年有那麼一陣，我問過很多整形醫師，問他們有沒有辦法把膚色弄得偏黑一點，他們說可以，但是不贊同我那麼做，因為再想轉白比較難，而且對身體不好。我本身身體就比較弱，所以我沒再去找過……不

過……」

搭檔：「不過什麼？」

她：「不過我還是想……」

搭檔：「把膚色變黑？」

她：「嗯。」

搭檔停下筆，抬頭看著她，臉上帶著困惑的表情，這很少見：「基本上所有女人都希望能讓自己的皮膚更白皙，你正相反……」

她：「我也知道這樣不是很正常，但是我就是喜歡黑色，喜歡黑暗的環境。後來自己也覺得有點不對勁。是……因為……嗯……前一段時間，有些時候，我會在半夜突然醒過來，我發現……發現……」

搭檔：「什麼？」

看得出她在猶豫：「如果沒有這件事，我不會答應男朋友來找你們的，之前雖然在別人看來我也許不是很正常，可是我自己認為很好。直到這件事……有時候想想，我會覺得可能有什麼不對勁的地方，所以，我才答應來這裡……我要說的這件事你能不告訴我男朋友嗎？」

搭檔：「沒問題，你可以放心。」

她：「嗯……有那麼幾次，半夜我完全清醒過來後發現自己蹲在床頭……或者……或者蹲在房間的某個角落……」

搭檔：「你是說，你有類似於夢遊的行為？」

她：「應該不是夢遊……我也說不清，好像在我半睡半醒的時候，有人叫我躲起來，然後我就跑到某個角落去了……」聽到這，我背後不由得起了一股寒意。

搭檔的臉色更凝重了：「你知道是什麼人讓你躲在角落嗎？」

她：「不知道……那會我是半睡半醒的……這不算夢遊吧？」

搭檔：「不好說。那種事情發生的時候，你會覺得害怕嗎？」

她：「如果不照著做，會害怕，按照那個聲音告訴我的躲藏在角落，就不會害怕了。」

搭檔：「大約發生過幾次？」

她低下頭仔細地回想著：「三、四次吧，我記不太清楚了。」

搭檔：「當你徹底清醒後呢？繼續待在房間的角落還是回到床上？」

她：「我都會待一會再回去。」

搭檔：「為什麼？」

她：「因為在黑暗中我會感覺很好。」

搭檔：「一點不會覺得害怕？」

她：「一點都不會，很安全。」

搭檔：「想必你自己查過是怎麼回事吧？」

她：「查過。我也想知道為什麼我和別人不一樣，為什麼我會那麼喜歡黑色和黑暗。後來查了一些書，說那是吸血鬼的習性……我知道你會覺得很好笑，但是……你能明白那種感受嗎？只有在黑暗中我才會有舒適感，再後來……後來……我覺得自己可能不是人類，也許我是別的什麼，我是指習慣於生存在黑暗中的那些生物……大概吧，別笑話我……」

搭檔：「怎麼可能？當你覺得自己有些不對勁之後，就開始找那些中世紀有關宗教和吸血鬼的書來看，對吧？」

她點了點頭。

搭檔：「那，你喜歡看血嗎？」

她：「血？鮮血？不。」

搭檔：「嗯……這麼說吧，你這些舉動把你未婚夫嚇壞了，包括你看的那些書，所以他來求助於我們。」

她低著頭：「我知道，為這事我們吵過架。有一陣子，我們倆差點解除婚約，就是因為這些事……這並不怪他，我實在是太喜歡黑色和黑暗了……」

搭檔迷惑地看著她，沉默了一會，問了個緩解氣氛的問題：「你不怕大蒜和十字架吧？」

她輕笑了一聲：「不。」

搭檔：「好，情況我已經了解了。這樣，你先休息一會，讓我和催眠師商量一下，你看行嗎？」

她：「好。」說著，她站起身，我留意到她身材不是比較瘦，而是非常瘦。

搭檔：「那麼，待在哪你會感覺更舒服一些？這裡？還是剛才你看到的催眠室？」

她看了一眼窗戶：「這裡吧，這裡窗戶少，也小……能拉上窗簾嗎？」

搭檔：「可以，不過最好開著燈。」他指了指桌上的檯燈。

「嗯。」女孩點了點頭。

搭檔使了個眼色，我們倆離開書房，去了與催眠室一門之隔的觀察室。

進門後，搭檔把手裡的本子扔到一邊，自己坐在桌子上，並把腿也盤了上去。

我對他這副德行早就習以為常——深度思考的時候他喜歡盤腿、弓背的姿勢，並把雙肘抵在膝蓋上，用指關節托著下巴。

看來這個女孩的情況難住他了。

我：「剛才聽得我脊背發涼。」

搭檔：「嗯，這個情況的確比較特殊，很費解。」

　　我：「一會催眠的重點是什麼？是在她半睡半醒時要她躲起來的那個人？還是別的？」

　　搭檔：「我不能確定……」

　　我：「你最好確定，因為她就等在那裡……或者，我們推到明天？」

　　搭檔：「不，給我點時間想想……目前……雖然看上去應該從所謂的『夢遊』那裡找問題，但是我本能覺得問題的根源不在那裡……」

　　我：「你的意思是那也屬於表象？我指的是心理分析中的一個觀點，即問題根源都不會停留在表象，否則就不會被稱之為『根源』。」

　　搭檔：「我說不清，最初我以為是生活中某些事件使她喪失了安全感，但是聊起來的時候，我沒發現她性格中隱藏著對某件事物或者某個人的恐懼……問題就出在這了……」

　　我：「的確，另外，她言談中也沒有壓抑的情緒。」

　　搭檔喃喃地嘀咕著：「所以我不明白，按照她的嗜好來看，她所表現出來的應該有不對勁的地方，可是透過剛才的對話和她的言談舉止，我覺得她一切正常，就是一個很普通的女孩……這反而不正常，為什麼會這樣呢？難道是她性格中有……隱藏的部分沒被發現？」

　　我：「如果她性格中有潛在的部分，催眠是不是很危險？」

　　搭檔微微抬起頭，謹慎地看著我：「是……」

　　我：「要不……先提議讓她做個全面的身體檢查，而不是催眠和心理診療？」

　　搭檔：「為什麼這麼說？你覺得她體質上……你這是把我的思路往靈異方面帶嗎？」

我：「我可沒這麼想，不過剛才我的確覺得有點寒意……」

搭檔鄙視地看了我一眼，搖了搖頭：「你太不專業了。」

我：「我的專業是催眠，但是剛聽她說完，我覺得她需要驅魔師……」

搭檔似乎並沒在聽我的玩笑，而是自顧自地繼續嘀咕：「要給她一個全黑的環境催眠嗎？」

我：「我不想冒險……」說到一半，我停住了，因為他現在的樣子意味著他已經進入了一種類似於自我催眠的狀態——為了深度思考。根據經驗，我很清楚這種情況下旁人的任何主觀言論都會打斷他的思路，所以最好的方式是簡單而空洞地附和，這是我慢慢摸索出來的。

搭檔：「黑色……黑暗……意味著什麼呢？」

我：「一定有某種含義。」

搭檔：「黑暗……黑色的膚色……她為什麼要這麼做呢？」

我：「應該是有其緣由的。」

搭檔：「把身邊一切都換成黑色的東西……也就是說，實際上她在模擬黑暗的環境……那麼問題應該在黑暗本身……」

我：「嗯，黑暗本身。」

搭檔：「衣服穿成黑色……想把膚色轉黑……其實是一樣的……吧？」

我：「你是對的。」

搭檔：「那麼……這麼做……是讓自己融入黑暗嗎？」

我：「有道理。」

搭檔：「有人要她躲起來……融入黑暗……角落……黑暗……躲藏……」說到這，他回過神，遲疑著抬起頭看著我，眼裡閃爍著一些什麼。那正是我所期待的。

我：「掌握？還是很接近？」

搭檔愣了一小會，慢慢露出狡黠的笑容。他跳下桌子，雙手插在褲袋裡來回溜達著：「心理問題之所以複雜，是因為在很多時候原始動機都被鎖了起來，讓人無法窺探到，但真正的重點並不在這裡，因為那些原始動機不但被鎖住，還被藏起來了。所以真正的問題在於：找到那把鎖被藏在什麼地方……」

我微笑著一聲不響地等著他繼續。

搭檔：「……把一切生活用品換成黑色，其實是在模擬黑暗的環境；而黑色的衣服、染黑皮膚的本質是在於讓自己融入黑暗——也就是說她需要把自己藏起來。目前看來，還是一種似乎沒有恐懼目標的躲藏。雖然這麼看上去好像已經很清晰，並且可以以此來尋找解決的辦法了，可新的問題又來了：為什麼她要這麼做呢？答案是……她想要透過這些行為來消除一些東西。」

我：「消除什麼？」

搭檔停下腳步，瞇著眼看著我：「人們出風頭、刷社群、去找各種刺激、登錄各種社交網站留下自己的即時資訊……你知道為什麼要這麼做嗎？」

我：「為什麼這麼做？嗯……你是指存在感嗎？」

搭檔：「是的，人們都在拚命證明自己的存在感。而這個女孩正相反，她在想盡辦法消除掉自己的存在感。」

我：「她為什麼要消除掉自己的存在感？」

搭檔：「雖然沒有直接證據，但我還是能推斷個大概。」

我：「結論？」

搭檔：「她行為上的『消除自我存在感』其實還藏著更深的一層潛意識：自我否定。」

我：「你是說……」

搭檔咧開嘴笑了：「這就是那把鎖。」

女孩安靜地坐在大沙發上，帶著一臉好奇的表情看著我和搭檔架攝影機。

「催眠還要錄影？」她問。

搭檔：「對，這是必要的。」

她：「為什麼？」

我：「影片可以作為參考資料之一進行反覆分析，有時候能發現一些當時被忽略的問題。同時，全程錄影也是為了約束催眠師本身——指不良暗示。」

她淡淡地笑了下：「真有意思。」

我：「關於保護隱私的問題你可以放心，影片不會洩露出去的——除非你許可。另外，你可以自己留備份。」說著，我望向搭檔。

他坐到女孩身後不遠的地方，打開手裡的本子，然後對我點了點頭。我知道可以開始了。

剛剛就在確定了那把「鎖」之後，我和搭檔商量了一下，決定把催眠的重點放在她的童年時代。因為童年的某些事件在心智尚未發育完全的孩子眼裡，有可能會產生扭曲的印象和感受，之後隨著時間的推移，漸漸成為潛意識而被埋藏起來。慢慢地，記憶偏差以及成長等其他因素所造成的干擾，會無一例外地讓當初留在內心深處的扭曲印象及感受放大許多倍——大到足以影響一個人的行為。當然，不見得所有心理問題、行為異常都是這種情況造成的，但這是嫌疑最大的。因此，我們決定從這裡開始。

「……當你推開那扇門的時候，你就能看到給你童年留下最深印象的事情……」

「三……」

她整個人看上去放鬆了下來，身體慢慢向後靠去。

「二……」

她垂下頭，呼吸均勻而緩慢。

「一……」

搭檔對我點了點頭。

我：「你能聽到我嗎？」

她：「是的。」

我：「告訴我你都看到了什麼？」

她：「看到了……爸爸媽媽在吵架……」

我：「你知道他們在吵什麼嗎？」

她：「聽不清……好像……好像很混亂，還有很多雜音……」

我：「什麼雜音？」

她：「是……有人在說話……」

我：「除了你父母，還有別人在場嗎？」

她：「沒有……」

我：「那，你能聽清他們都在說什麼嗎？」

她顯得有些遲疑：「可能……可能是在說我……」

我：「都說了些什麼？」

她：「……是在說……」

搭檔把筆記本放在膝蓋上，雙手抱肩，閉著眼仰著頭，看上去彷彿睡著了。

她：「那些聲音是在⋯⋯指責⋯⋯爸爸⋯⋯」

我：「都指責些什麼？」

她：「他們說⋯⋯男孩⋯⋯兒子⋯⋯」

我飛快地反應了幾秒鐘：「他們希望你是個男孩？是嗎？」

她：「是的⋯⋯」

我：「說那些話的人是你親戚嗎？」

她：「⋯⋯是的⋯⋯是姑姑她們⋯⋯」

我：「你能聽到你爸說了些什麼嗎？」

她：「他⋯⋯他和媽媽⋯⋯在爭吵⋯⋯」

我：「現在你能聽清他們爭吵的內容了嗎？」

她：「能聽見⋯⋯一點。」

我：「內容也是關於你的嗎？」

她：「是⋯⋯關於我⋯⋯」

我：「他們希望再要一個孩子，是嗎？」

她：「是的⋯⋯」

我：「你媽媽不同意，是嗎？」

她：「是⋯⋯」

我：「她是怎麼說的？」

她：「媽媽說⋯⋯說⋯⋯她自己從小就是被歧視的，所以她不想⋯⋯不想讓我也有這樣的⋯⋯環境⋯⋯所以⋯⋯」

我：「你能聽到你爸怎麼說嗎？」

她：「他⋯⋯說很丟臉⋯⋯」

此時搭檔睜開眼，皺了一下眉。

我：「所以他們爭吵，對嗎？」

她：「對⋯⋯」

我：「你能看到自己嗎？」

她：「能看到⋯⋯」

我：「那時候你看起來有多大？」

她：「⋯⋯大約⋯⋯三、四歲。」

我停了一下，看著搭檔，他在搖頭──也就是說他認為還沒真正找到問題
點。

我想了想，接著問了下去：「他們因為你爭吵的次數多嗎？」

她：「不知道⋯⋯好像⋯⋯好像不是很多⋯⋯」

我：「除了他們爭吵，你還看到什麼了？」

她稍微擺動了一下頭：「媽媽⋯⋯在對我說話⋯⋯」

我：「說什麼？」

她：「媽媽要我躲起來⋯⋯」

我：「躲起來？你們在玩遊戲？」

她：「不⋯⋯不是玩遊戲⋯⋯」

我：「那是什麼？」

她：「媽媽要我⋯⋯少說話⋯⋯少做動作⋯⋯」

我：「為什麼要你這樣做？」

她：「因為⋯⋯因為，大家都在。」

我：「大家？是你那些親戚嗎？」

她：「是的⋯⋯」

我：「她是不想讓你引人注目嗎？」

她：「媽媽要我乖……這樣才不會……才不會……被人說。」

我正想問下去，搭檔輕手輕腳地舉起本子，給我看上面寫得很大的一行字。我看懂了，點了點頭。

我：「在你二十歲左右，你爸媽吵過架嗎？」

她似乎有一些抗拒情緒，痙攣般地抽動著：「好像……我不知道……」

我決定反過來問：「沒有嗎？」

她：「……有……」

我：「提到你了？」

她：「是的。」

我：「是你四、五歲的時候他們爭吵的內容嗎？」

她：「不完全是，只是……提到了。」

我：「他們吵架的時候你在旁邊嗎？」

她：「不……我在自己的房間裡……」

我：「你在做什麼？」

她：「我在……我在哭……」

我：「你為什麼要哭？」

她輕嘆了一口氣：「因為……因為如果沒有我，就可以有個弟弟了……我是……被嫌棄的。」

此時搭檔鬆了一口氣，然後抬手做了個OK的動作。

我：「非常好，這只是一個夢，你就要離開這個夢了，當我數到『三』的時候，你會從催眠中醒來……」

她：「我會醒來……」

「一⋯⋯」

我注意觀察她輕微的肢體動作和情緒，看來一切正常。

「二⋯⋯」

搭檔無聲地站起身，皺著眉看著女孩的背影。

「三。」

她睜開眼，略帶困惑地看了看周圍，又看了看我：「開始了？」

對這種輕微的暫時性逆向失憶，我習以為常：「不，已經結束了。你表現得很好，我知道你感覺有一點累，這很正常，回去休息一下就好了。」

送走女孩後，我回到催眠室，搭檔正低頭看著筆記本裡所記下的內容。

「這回清楚了？」我逐一拉開窗簾。

搭檔：「是的，但比我想的還要複雜。」

我：「能說了嗎？」

「嗯。」他的目光離開手裡的本子，抬頭望著我。

我把椅子稍微拉遠一些，坐下，等待。

搭檔：「這個女孩的自我否定源於血緣族親的性別歧視。這個根源埋藏得比較深，所以在談話的時候她所表現出來的舉止沒有異常，這也就使得我最初看不透造成她行為反常的動機。」

我點點頭：「嗯，僅僅從談話來看，她是一個正常的女孩，但是這種正常倒是不正常了。因為她的嗜好過於古怪。」

搭檔：「沒錯，所以說假如不使用催眠方法的話，恐怕會頗費一番周折才能

明白到底是怎麼回事。」

我：「那你的意思就是說現在可以確定囉？她行為異常是因為家族中那些多嘴的親戚以及重男輕女的傳統？」

搭檔：「不不不，不完全是，那只是一個原始的點，真正造成她行為異常的，是後面的放大與擴散……這麼說吧，當她知道來自家族的性別歧視後，產生了『我是不被喜歡的』這個想法，可真正打擊到她的，是她母親。」

我：「啊？哦，你是指關於『躲藏』那部分？」

他：「正是這個。雖然之前她目睹了父母的爭吵，但三、四歲的孩子是無法理解父母所背負的壓力的，也就是說雖然這件事對她造成了影響，但並沒有那麼大。而之後，母親所提出的限制──在親戚面前少說、少動，盡量不要引起別人注意──這個命令式的要求毫無疑問擴大化了她印象中父母所爭吵的內容。所以她會錯誤地認為，媽媽的要求其實等同於某種程度上的嫌棄。因為孩子雖然不能完全理解來自家族的歧視，但是孩子本能地知道這麼做的目的是降低自己在別人眼中的存在感──躲起來──這個行為本身就意味著消失、隱藏，甚至進一步演化為『不存在』這個概念。」

我：「So？」

搭檔：「So，雖然她家族中那些碎嘴的親戚並沒有直接對她造成什麼嚴重的心理影響──畢竟那些言論的針對性更偏向於她的父母，但是她母親對她的告誡卻真實而確鑿地影響到她的心理。加上之前她曾經親歷過父母的爭吵以及爭吵內容，進一步強化了記憶中父母因她而起的衝突。也就是在那時候，她完全而徹底地確定了『我是被嫌棄的』這個想法。」

我：「嗯……是這樣，也就是說那時候的扭曲印象直接影響到了她現在的行為本身？」

搭檔站起身去倒了杯水：「不，就算是這樣也還沒什麼，直到最後一根稻草出現。」

　　我：「哪個？」

　　搭檔：「你忘了？她是二十歲左右才產生這種行為的，為什麼？因為她剛剛描述過，在自己二十歲左右，某次父母爭吵的時候又帶出那個話題了。不過我相信她父母之所以提到這個該死的話題，其實只是因為日常瑣事而發生爭執，翻出那些陳穀子爛芝麻的事情罷了，並非針對她。但不湊巧的是，這次並非針對她的爭吵恰好讓她聽到了，並且從潛意識層面喚醒了童年的記憶，同時也進一步把那個扭曲的印象強化了。這個，就是真正導致她行為、嗜好異常的最後一根稻草。所以，也正是從那個年齡起，她又在重複執行著母親的命令：『隱藏自己』，把周邊都弄成黑色模擬黑暗，穿黑色的衣服，甚至打算染黑皮膚來融於黑暗之中……藉此來消除存在感。」

　　我：「嗯……是這樣……不過，還有一點我不明白。」

　　搭檔：「什麼？」

　　我：「關於夢遊的問題……也許不是夢遊……為什麼她最近一兩年才開始有那種情況呢？為什麼之前沒有過呢？」

　　搭檔：「因為環境和身分的轉換。」

　　我：「嗯？我不懂。」

　　搭檔耐心地跟我解釋：「是這樣，有幾個小細節你應該記得：在提到她未婚夫的時候，她用的是『男朋友』這個詞，對吧？為什麼呢？我認為這並不是語言習慣或者尚未適應的問題，而是因為她對婚姻有間接的反抗——結婚對女人來說還意味著不久之後的生育。她隱隱地擔心假如自己生了個女孩，會不會面臨當初父母所面臨的問題。要知道，這個是無法控制和掌握的。正因如此，

這種來自潛意識的、對於未來擔憂的壓力也表象化了，所以她才表現出那種類似於夢遊的現象。我們來看一下夢遊的內容就清楚了：執行『躲起來』的命令。不過，這個躲藏的動機又不同於前面的『消除存在感』，這個躲藏的含義是『逃避婚姻的現實，這樣就不會面臨生育，不會面臨父母曾有的壓力』，對吧？實際上，我們都清楚那不是夢遊，她自己也承認了，發生的時候並非在她睡著的時候，也不是在她清醒的時候，而是在半睡半醒的時候……」

我：「對，那種狀態其實正是入睡前意識和潛意識交替的時候。」

搭檔：「沒錯，這個所謂的『夢遊』，只不過是她的潛意識直接指導了她的行為罷了。」

我：「噢……情況稍微有點複雜……那我們怎麼解決她的問題？」

搭檔：「你覺得暗示性催眠可以嗎？那是你的領域，你有判斷力。」

我認真地想了一會：「恐怕不行，治標不治本，這只是掩蓋住了而已，不夠徹底。」

「嗯……」他點點頭，「那，談話療法？」

我：「談話療法……貌似可以……不過不能確定週期和效果，有點被動，每個人每天的情緒都是會改變的。」

搭檔皺著眉：「說得對……還真是……那什麼方法適合她呢？」

我：「我倒是有個建議。」

搭檔：「說說看。」

我：「問題從哪出，就從哪解決。」

搭檔把杯子停在唇邊，想了一會：「讓她父母介入？」

我：「包括她未婚夫。」

搭檔：「有必要這麼興師動眾嗎？」

我：「如果不這麼做，可能會導致異常行為擴大化——因拒絕生育就乾脆拒絕結婚？有這種可能性吧？所以……」

搭檔：「明白了，你說得沒錯……那這樣，明天我就聯繫一下她未婚夫，把情況徹底說明。從他來找我們想解決問題，而不是選擇放棄這點來看，就足以證明他應該是願意配合的……至於女孩的父母那方面，也由她未婚夫來幫忙溝通好了，這樣咱們會輕鬆得多。」

我：「好，那就這麼定下來吧……」我終於鬆了口氣，「……話說，有段日子沒看你這麼認真過了。」

搭檔放下杯子，伸了個懶腰：「我一向都很認真。」

我：「沒覺得……」

他在沙發上橫躺下來，閉上眼：「人們總是喜歡忽略掉最重要的事情，你發現沒？」

我：「為什麼這麼說？」

搭檔：「幾乎每一個行業都無比重視人的心理，甚至為此推出花樣翻新的概念廣告和千奇百怪的銷售行為來企圖影響受眾心理，希望藉此干預行為。但是，人們同時卻又忽略掉自身言行對於身邊人的心理影響……」

我：「有差別，一個是商業行為，一個是日常行為。」

搭檔：「沒差別。難道家人就不重要嗎？假如能注意自己的日常言行，很多家庭矛盾、家庭糾紛還有日常瑣碎所造成的心理陰影就根本不會發生，對不對？」

我：「可是這樣會很累。」

搭檔：「那，等到出了問題，無計可施的時候就不累了？」

我：「這個……我總覺得似乎有什麼不對的地方，但我沒辦法推翻你的詭

辯。」

　　搭檔笑了：「承認吧，我們所有人都只是很自私地活在當下罷了，得過且過。」

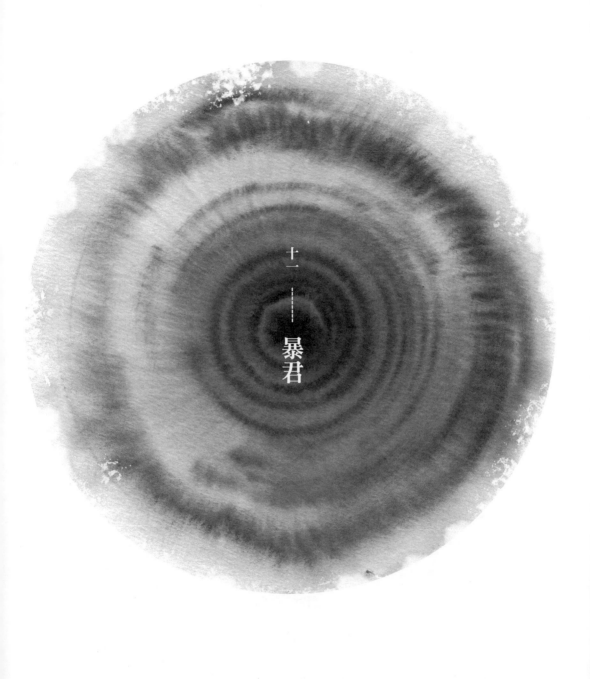

十一

暴君

「這可以抽菸吧？」中年男人說著，從口袋裡掏出菸盒。我看了一眼搭檔，他搖了搖頭：「抱歉，不可以。」

中年男人愣了一下，訕訕地收起菸盒，用手捋了捋略帶花白的短髮：「好吧，那我忍忍。」

我：「您剛才說要找催眠師，對吧？我就是，請問您有什麼事？」

中年男人飛速打量了一下我：「有沒有辦法在一個人不知情的情況下對他進行催眠？」

我：「不知情？你是指心理暗示？」

中年男人：「不，我是指催眠，就是什麼都能問出來那種。」

我：「呃，據我所知，沒有那種可能性。」由於不清楚他這麼問的動機，所以我撒了謊。

中年男人：「小說和電影裡面那些都是假的？」

我：「嗯，基本上都是杜撰的，沒那麼神奇。」

「你要做什麼？」搭檔在旁邊插了一句。

中年男人：「我懷疑……我懷疑我兒子不是自己的。」

搭檔：「你認為你太太對你不忠？想在不知情的情況下對她催眠，問個清楚？」

中年男人：「嗯，差不多是那樣吧……」

搭檔：「你需要的是遺傳學DNA鑑定，而不是找我們。」說完，他恢復到平時那個漫不經心的表情，並且直起腰，看樣子打算送客。

中年男人：「已經鑑定過了，基因顯示百分之九十九吻合。」

我：「哦？那你為什麼還要⋯⋯」

中年男人：「親子鑑定不是百分之百準確的，那個有誤差，我問過。」

我：「如果沒記錯的話，假如不是你的孩子，基因吻合率連百分之五都沒有吧？」

中年男人：「這個數字不確定對不對？也就是說，也有可能不是我的孩子的吻合率很高對不對？」

我：「理論上──」

中年男人不耐煩地打斷我：「別跟我說什麼理論，我需要百分之百確定。」

「我明白了，您要求的是萬無一失是嗎？」搭檔露出了他好奇時才會有的、難以察覺的笑容，「有意思！」

男人回過頭也上下打量了一會我的搭檔：「你也是催眠師？」

搭檔向他伸出手，咧開嘴笑了：「不，我是心理分析師。」

我：「⋯⋯明顯問題在他身上，而不是他老婆。」

搭檔：「對啊，我跟他先聊聊看有什麼我們不知道的。」

我：「我可要提醒你，他的目的是來給自己老婆催眠，你跟他聊再多也沒一分錢可拿。」

搭檔：「他會付錢的。」

我：「這麼說，你的意思是等他抽菸回來，你帶他去書房，然後花上一點時間探究到他的心理問題，接著告訴他：『你太太不需要催眠，其實是你有問

題。』最後他付錢給你，是這樣吧？」

搭檔的表情看上去很純潔：「就是這樣。」

我：「說好啊，目前這種情況我可幫不上你！」

搭檔笑了：「真的？」

我：「我沒打算逗你笑，那個傢伙看上去有些粗魯，還狂妄，我只是在提醒你。」

搭檔保持著他的笑容：「愈是這樣的人，愈是內心極為脆弱和膽怯。」

我嘆了口氣，知道自己沒辦法讓這隻好奇的「人形雄性貓科動物」回心轉意了。

中年男人推門進來了。

他坐在桌子前環視了一下書房：「為什麼要先問我問題？」

搭檔：「這是有必要的，我們需要了解足夠多的資訊，才可以判斷能不能答應你的要求。難道我們先去找你太太問？這樣恐怕不是你想要的吧？」

中年男人冷冷地看了他一會，然後點了下頭：「嗯，好吧，你要知道什麼？」

搭檔故意慢條斯理地打開筆記本，從口袋裡抽出鋼筆，抬起頭：「請問，您和您太太結婚多少年了？」

中年男人：「十二年。」

搭檔：「您和您太太的年齡呢？」

中年男人：「我四十三，她四十，孩子九歲。」

搭檔：「哦……您是從事什麼職業的？」

中年男人：「民航機長。」

搭檔：「平時工作壓力很大？」

中年男人揚了下眉：「幾百人的安全在我手裡，每次拿到旅客名單我都覺得很沉重……你肯定坐過飛機，但是你沒法理解那種感受的。」

搭檔點了點頭：「可以想像一點。」

中年男人：「你想像不到的……不過，我並不是因為工作壓力才懷疑我老婆的，這點你要知道，我不是那種疑神疑鬼或者胡亂發洩的人。」

搭檔：「沒問題，放心，我的職業也不允許我事先做假設。」

中年男人：「嗯，你繼續問。」

搭檔：「你太太有過實質上的不忠行為，還是僅僅是你懷疑？」

中年男人：「我懷疑。」

搭檔：「你為此做過什麼嗎？我是指僱人跟蹤她。這點您必須如實回答我，很重要。」

中年男人皺緊眉盯著搭檔：「我的確找過。」

搭檔：「跟蹤了多久？」

中年男人：「兩個月。」

搭檔：「什麼都沒發現，對吧？」

中年男人：「對，你怎麼知道？」

搭檔：「如果發現了，您肯定就不用找我們了。」

中年男人：「噢……也是……」

搭檔：「那是多久前的事情了？」

中年男人：「一年半以前。」

搭檔：「您太太是全職主婦吧？」

中年男人：「對。你怎麼又知道？」

搭檔：「您看，您的職業收入肯定不俗，養家綽綽有餘，從對太太的關注上來看，您應該不大可能讓她有太多接觸到別的男人的機會。這麼推論的話，我覺得您是不會讓她去工作的。」

中年男人略帶詫異地看著搭檔：「嗯？你還是挺厲害的……」

搭檔：「謝謝，這是我的職業。假設把我放到您所工作的飛機駕駛艙，看著滿眼奇怪的開關和指示燈，我肯定不知所措，更別提遇到亂流一類的臨時情況該怎麼處理了。但是您就能嫻熟地操作，對不對？我會認為您非常了不起，您會對此不以為然，因為那是您的職業。」

搭檔這兩句不著痕跡的馬屁令中年男人很受用，他臉上那緊繃著的肌肉開始鬆弛下來：「也是，就是幹這行的。看來開始我有點小看你了，你還挺專業……不過，其實現在駕駛飛機沒那麼多麻煩，一般的亂流可以不用去管，有自動駕駛，電腦能自己處理並保持穩定，我們只要關注數據就成，這時候亂動操作桿爭奪駕駛權反而會出事，搞不好會海豚式跳躍……」他的賣弄證明他已經開始放鬆了思維警戒。

搭檔：「您看，這就是專業知識……好吧，我們把話題轉回來，您為什麼要懷疑您太太呢？有依據，還是有什麼跡象？」

中年男人猶豫了一下：「嗯……這個……幹我們這行的經常不在家，很多時候都在外面滿天飛，老婆出軌的現象……其實挺多的……雖然我沒發現她有什麼，可是我總得提防著點……」任何人都能聽出他所謂的理由其實不是理由。

搭檔：「那麼，既然是這樣，我們把問題問得更直接一點吧，您兒子長得和您像嗎？」

中年男人：「他像我太太更多……」

搭檔：「不不，我的問題是，和您長得像嗎？」

中年男人顯得有些遲疑：「嗯⋯⋯性格上⋯⋯」

搭檔停下筆，看著他的眼睛，又耐心重複了一次：「長相，我說的是長相。」

中年男人：「哦⋯⋯耳朵和⋯⋯下巴像⋯⋯」

搭檔：「很像？」

中年男人：「⋯⋯很像。」

搭檔故意放慢語速：「其實，您應該能確認您兒子是自己的，對吧？」

中年男人沒吭聲，緊緊地抿著嘴唇。

搭檔：「這點您不需要做什麼鑑定就能確認，對嗎？」

中年男人滑動著喉結，嚥了下口水：「雖然是這麼說，但是⋯⋯但是我覺得這不能確定她沒出軌過。」

搭檔的表情變得很嚴肅：「您是不是有別的想法？我指的是您懷疑太太不忠這件事。」

看著中年男人陰晴不定的面部表情，我也好奇了起來，我很想知道這個看上去粗魯的傢伙到底存在什麼樣的問題。

而此時他坐在那裡，一言不發。

搭檔小心而謹慎地強調著自己同談話者之間的信任關係：「就像您看到的，有些方面相對來說我還是比較專業的，並且我可以保證自己不會逾越職業道德線，對您今天所說的一切，包括隱私，我的態度就如同您盡力對機上所有乘客負責的態度一樣。這點，您能相信我嗎？」

中年男人盯著搭檔的眼睛，點了點頭。

搭檔：「好，那麼，下面我問一些問題，您必須如實回答我，您能做到嗎？」

中年男人依舊沉默著點了點頭。

搭檔：「您，對您太太有過不忠行為，對嗎？」

中年男人：「從沒有過。」

搭檔：「有沒有過誘惑？」

中年男人的表情有些得意：「當然，我們這行收入比較好，那種誘惑太多了，我身邊沒幾個人能把持住的。」

搭檔：「這種事情您聽過或者見過不少吧？」

中年男人：「對。」

搭檔：「您太太曾經是空姐？」

中年男人：「對。」

搭檔：「家裡大小一切從來都是您作主，對吧？」從搭檔的細微表情能看出，前面幾句似乎都是為了這個問題而鋪墊，不過我並沒想明白這個問題有什麼特殊意義。

中年男人：「嗯，基本上都是我說了算。」

搭檔：「最近幾年是不是有了些變化？」

這時那位機長的表情有些不自然：「嗯……這個……也正常，我經常不在家，所以兒子的……那些事情，我也就交給她處理了，畢竟我比較忙，還得養家……嗯……所以……」

搭檔：「對對，其實你的壓力更大。」我留意到他不再使用敬語。這意味著他開始進一步掌握話語和身分的主導地位。也許有人會對此不以為然，但是作為一個催眠師，我可以證明：這很重要，非常重要。

中年男人：「就是……好多事情我顧不過來……」

搭檔：「你開始把一些事情交給她做決定是從有了孩子之後，還是最近幾

年？」

中年男人：「最近幾年，孩子上學之後。」

搭檔若有所思地點了點頭：「原來是這樣……那麼，她處理得還好嗎？」

中年男人：「嗯，還算……可以吧，她本身事情也不多。」

搭檔：「那……能形容一下你太太是個什麼樣的人嗎？」

中年男人想了想：「總的來說，她算是性格溫和的那類人。但是有一點不好，有什麼事不愛說，經常是我追問才說。」

搭檔：「這樣不是很好嗎？比那些喋喋不休的女人強太多了。」

中年男人輕點了下頭：「嗯，我是很討厭那種說起來沒完沒了的女人。不過我老婆也太……但她的確強過那些嘮嘮叨叨、沒完沒了的女人。」

搭檔笑了笑：「她很漂亮吧？」

中年男人摸著自己那頭略顯花白的短髮：「嘿嘿，別人都這麼說……」

搭檔話鋒一轉：「假如，我是說假如，她真的對你不忠，你會選擇跟她分開嗎？」

很顯然，這個問題出乎中年男人的意料，他愣住了：「你認為她真的有外遇？」

搭檔：「剛剛我是說『假如』。」

中年男人：「嗯……我……」看起來，他似乎並沒認真想過這件事。

搭檔：「你帶孩子做DNA檢測，她並不知道吧？」

中年男人：「不知道……」

搭檔：「你也囑咐兒子不要說，對嗎？」

中年男人：「嗯……」

搭檔抬手看了下錶：「要不要抽根菸休息一下？」

中年男人顯得有些迫不及待：「好好，我去外面抽根菸。」

聽著他出門後，我轉過頭問搭檔：「你費了半天勁才掌握了主導權，怎麼不乘勝追擊？」

搭檔用手指緩慢地輪流敲著桌面：「沒關係，門已經打開了，我有把握……不過，目前看這個成因似乎有什麼不對勁的地方，我覺得還有別的什麼原因。」

我：「你都知道了些什麼？」

搭檔皺著眉：「深層原因還不知道，先說表面的吧。他懷疑太太不忠其實就是沒事找碴……你別笑，我是說認真的。因為他曾經是家裡一切事務的決策者，但是有了孩子之後，他發現老婆的主導地位突然提高了很多，所以他的男權心理開始不平衡……」

我：「你是想說他有『王座心理』？」

搭檔：「嗯，坐在王座上的人，不容他人挑戰自己的地位。」

我：「這麼簡單？」

搭檔皺著眉搖了搖頭：「沒那麼簡單，有問題。」

我：「例如？」

搭檔：「你不覺得很奇怪嗎？男人普遍都有王座心理，這正常，但是他的表現過於強烈。想想看，為了保證王座，他甚至不惜用破壞性的假設去詆毀自己的假想敵，但那個假想敵是他太太，他的所作所為已經遠遠超出了常人的王座心理……用極端來形容不為過吧？」

我：「呃……是很過分……超出的尺度有點大。」

搭檔：「所以說，我覺得還沒真正捕捉到問題的根源。」

我：「那接下來怎麼辦？繼續聊？」

搭檔：「嗯，再給我一點時間，我希望能捕捉到他心理扭曲的成因。」

我：「需要催眠嗎？」

搭檔：「不知道，現在什麼都不能確定。」他皺著眉摸了摸額頭，「我打算先把他的問題挑明，這樣最節省時間。」

我：「你有把握嗎？」

搭檔抬起頭看著我：「最多一半。」

幾分鐘後，中年男人帶著一身菸味從外面回來了。

坐下後，他對我們笑了笑：「我們這行平時壓力大，有時候抽菸緩解一下情緒。」他看上去比最初進門的時候友善了許多。

搭檔：「理解，很正常。咱們繼續？」

中年男人：「好，繼續吧。」

搭檔：「你看，我們也聊了這麼久了，那麼接下來我會告訴你一些透過分析所了解到的問題，只有當我們雙方都確定這些問題後，我們才可以繼續談下去，你要聽嗎？」

中年男人很認真地點了下頭。

搭檔：「好，我來告訴你一些事情吧。最初來的時候，你質疑孩子不是你的，但是接下來也承認孩子還是有像你的地方，加上之前的DNA檢測，實際上孩子就是你自己的。對於這一點，你自己非常清楚。你僱人跟蹤太太也並沒發現任何蛛絲馬跡，對吧？更進一步的，我認為你甚至很有可能查過你太太的電話帳單和簡訊紀錄。我猜，依舊沒有跡象表明她對你不忠。這一點你可以不做答覆，讓我接著說下去，既然沒有任何跡象表明你太太有不忠行為，那麼問

題就出來了，為什麼你會有『太太不忠』這種疑惑呢？這是關鍵點。剛剛就在你出去抽菸的時候，透過分析我們認為問題出在你的身上。」說到這，他故意放慢語速，「你的所作所為，只是在用這種方式來轉移某種壓力，雖然目前還無法確定壓力的真正根源，但我大體上能確定它不是來自工作——我相信你很喜歡自己的工作，並且對此非常自豪——這就確定了壓力是來自別的地方。因此，接下來我將問的問題針對的是你，而不是你的太太。假如，你能認同並且接受，我們就繼續談下去；要是你決定逃避這個問題，那麼談話就到這裡了，我們不會收取你一分錢，同時還能保證你今天和我們所聊的一切不會再有其他人知道。」他故意停頓了幾秒鐘，「另外，還有一點我要強調：我不是在用什麼活見鬼的激將法，我相信你比我更清楚自己的問題，這需要你自己來面對，而不是別人。」

中年男人避開搭檔的目光，略帶不安地舔了舔嘴唇，他似乎在考慮。

搭檔：「從你剛才的態度就能看出，你並不希望真的和太太之間有裂痕，可是目前你的行為和你所期望的卻正相反。我只是想提醒你：繼續這樣下去，你很可能會令自己的婚姻變得很不穩定甚至真的產生裂痕，而且……而且那是不可彌補的。你當下的行為，必定會影響到你的未來，所以我希望你對我剛剛說的那些能慎重考慮一下。」

聽得出，搭檔這番言詞充分利用了中年男人的責任心和肩負感，目的是讓他徹底打開心防。這麼做看上去有點冒險，但我必須承認我想不出更好的方法。

中年男人低著頭靜靜地坐在那裡，一言不發。

我那個狡猾的搭檔此時正平靜地等待著。

過了好一陣，中年男人抬起頭：「我想好了。」他停了足足有半分鐘，「我們繼續。」

搭檔點了點頭：「您的確是一個能對自己負責的人。好吧，下面的問題我還是希望您能如實回答，因為這很重要。」這傢伙又在耍語言花招──用敬語來肯定並且鼓勵。

　　中年男人嘆了口氣：「你問吧，否則我自己也整天疑神疑鬼的，還莫名其妙發脾氣。很累。」

　　搭檔：「OK，讓我們繼續，這是你第一次婚姻？」

　　中年男人：「對。」

　　搭檔：「你和你太太婚前的感情穩定嗎？」

　　中年男人：「很穩定，一步一步來的。」

　　搭檔：「在認識你太太之前，你有過女友吧？為此受過什麼挫折嗎？」

　　中年男人認真想了一會：「沒有什麼大的挫折，因為我對這種事很謹慎，不是亂來的人。」

　　搭檔：「沒發生過女友背叛這類的事情？」

　　中年男人表情很坦然：「從未有過，我說過我很謹慎，或者說我特別挑剔，對輕浮的女人沒興趣。」

　　搭檔：「你和你太太婚後有過婚姻危機嗎？」

　　中年男人：「沒有，我剛才說了，她是那種性格比較溫和的人……呃……小爭吵不算吧？」

　　搭檔：「當然不算。那麼……你的家庭環境，是正常的嗎？不是單親家庭吧？」

　　中年男人：「不是。」

　　搭檔：「方便說一下你的父母嗎？」

　　中年男人略微遲疑了一下：「呃……我爸就是那種普通的小科員，一輩子平

平靜靜的。我媽……也差不多。」看來問題在這裡，我們都捕捉到了。

　　搭檔依舊不動聲色：「那，先說說您父親吧，可以嗎？」

　　中年男人：「嗯，我爸性格上比較文弱，一輩子都是與世無爭，不招災不惹事那種人。非常簡單，非常普通。」

　　搭檔專注地觀察著對方的表情變化：「除了這些，有沒有讓你印象深刻的事？關於你父親。」

　　中年男人：「嗯……沒什麼特殊的，都是很平常的生活瑣事。」

　　搭檔顯得有些失望：「那，能說一下您的母親嗎？」

　　中年男人的表情變化有些微妙：「我媽……她吧……稍微強勢了一點，畢竟我爸那種性格……我是說家裡總得有個人擔著事……」

　　搭檔：「她工作方面呢？很優秀嗎？」

　　中年男人微微點了點頭：「嗯，做得很好，她比我爸有野心，所以在家裡的大大小小事都是她說了算。」

　　搭檔：「那，關於您母親有什麼對您來說印象深刻的事嗎？」

　　這時，中年男人開始閃爍其詞：「她……那個……也就是家裡那些事，總的來說她脾氣比較急，所以也就是生活上正常的磕磕絆絆，沒有什麼特別印象深刻的。」

　　搭檔：「她決定著您家裡所有的決策吧？」

　　中年男人：「對。」

　　搭檔：「包括對您？」

　　中年男人：「你指的是什麼？」

　　搭檔：「例如上學、就業和婚姻方面。」

　　中年男人：「對。」

搭檔：「但是你並沒聽她的，對嗎？」

中年男人表情異常嚴肅：「小時候是沒辦法，長大後我都是自己決定自己的生活。所以⋯⋯有那麼一陣，我和我媽之間的關係很不好。」

搭檔：「你現在從事的工作、你和你太太的婚姻，都是你的選擇，甚至是先斬後奏的，對嗎？」

中年男人：「可以這麼說。」

搭檔：「你父母生活在這個城市嗎？」

中年男人：「不，在老家。」

搭檔：「你常回去嗎？」

中年男人：「逢年過節才回去，平時比較忙。」

搭檔把手肘支在桌子上，把雙手手指交叉在一起托著下巴：「你太太和你母親之間不和，是嗎？」

中年男人躲避著搭檔的視線：「婆媳關係這種事⋯⋯也是沒辦法⋯⋯我媽什麼都想管⋯⋯」

搭檔：「但是你說過，你太太比較溫和，我猜，是你很看不慣你母親對你太太和家裡的事指手畫腳，對嗎？」

中年男人略顯不快地看了搭檔一會，點了點頭。

搭檔保持著身體前傾的姿勢：「現在，我重複一下剛才的問題，關於您母親，有什麼對您來說印象深刻的事嗎？」

中年男人的表情開始從不快慢慢轉為憤怒。他怒視著搭檔幾秒鐘後，猛地站起身破口大罵：「你他媽就那麼喜歡打聽隱私是嗎？吃飽了撐著吧？你管得著嗎？什麼他媽的心理諮商，我犯不著跟你說我們家的事！」說完，他衝出書房，從接待室拿起自己的外套，甩門而去。

我從驚愕中回過神來看著搭檔：「他……怎麼反應這麼強烈？」

搭檔保持著鎮定，坐在書桌後面動都沒動：「因為我觸及那個被他深埋的東西了。」

我仔細回想了一下剛剛的對話：「你認為問題的根源在他母親那裡？」

搭檔點了點頭。

我：「到底是什麼情況？」

搭檔把雙手插在褲袋裡，靠著椅背仰頭望向天花板：「我只知道一點點，更多的謎只能從這個機長本人那裡解開了。」

我：「真可惜……這個傢伙算是脾氣暴躁了，想必在家裡也是個暴君吧。」

搭檔嘆了口氣：「你錯了，他母親才是暴君。」

兩天後。

搭檔掛了電話回過頭：「送餐的說晚餐時間人太多，要咱們多等一會。」

我：「還得等多久？」

搭檔：「他說可能三十分鐘以上……」他話音未落，門外就響起了敲門聲。

「你不是說三十分鐘嗎？人家說的是三十秒吧……」我邊調侃著邊過去開門。

門外站著的是曾經甩門而去的機長──那個無端懷疑自己太太的中年男人。

我和搭檔都愣住了。

中年男人站在門口顯得有些尷尬：「噢……我……是來道歉的……」

搭檔笑著點了點頭：「您客氣了，其實沒什麼。進來坐吧。」

中年男人：「那個，上次真對不起……我知道跟你們談話其實是計時收費的，我主要是為這個……」說著，他從包裡翻出皮夾。

搭檔笑了：「您不是為送錢來的，我可以肯定。」

中年男人攥著錢包，嘆了口氣：「我……好吧，你說對了。」

搭檔：「那，我們繼續上次的問題？」

中年男人表情很遲疑：「上次……嗯……你猜得沒錯，我媽她，的確是有……呃……」

搭檔收起笑容：「我什麼也沒猜，我只是根據推測問到那個問題了……這樣吧，還是由我來說好了。說得不對的地方，您來糾正。假如某個問題觸怒您了，我先道歉，然後懇請您走的時候別甩門，這樣可以嗎？」

中年男人不好意思地笑了一下：「真的很對不起，好，你說吧。」

搭檔：「透過上次的描述以及您當時的表情和語氣，我能判斷出您母親應該是一個非常強悍、非常霸道的女人。不僅僅是在她工作中，生活中想必也如此。家裡的一切都是她說了算，而且不容置疑──無論她是對還是錯。」

中年男人：「嗯，是這樣，我媽就是那麼一個人。」

搭檔：「您和您的父親想必對她從來都是唯命是從，甚至都沒想過要反抗。不過，後來出了一件事，讓您對您母親開始有了反抗情緒。」

中年男人緊皺著眉，盯著自己膝蓋，點了點頭。

搭檔：「讓我猜猜看，您，目睹了她的不忠行為，是這個嗎？」

中年男人：「是的。」

搭檔：「您的父親並不知道？」

中年男人：「我從未說過。」

搭檔：「一切轉折從這裡開始的吧？」

中年男人深吸了口氣：「你說的一點都沒錯，的確是這樣。在我小時候，我媽對我和我爸管得非常嚴，而且家裡的大事小情都是我媽一把抓。但畢竟我媽所做的一切也是為了我們，為了這個家……我上次說了，我爸性格懦弱，所以我媽比較厲害、比較霸道也算正常，畢竟家裡總得有個主心骨，這個想必你知道的。對我媽，我也從沒有想過反抗……說起來，我和我爸都很怕我媽。後來，大概在我十七歲的時候，有一次我放學很早，無意中看到我媽和一個男人……呃……你能明白吧？當時給我的震撼極大。那個在我和我爸面前有絕對權威的……也就是從那之後，我開始不再順從我媽，以至於無論對錯都不會再聽她的。」

搭檔：「所以你後來的學業、事業和婚姻全部都是自己的選擇。甚至工作之後有很長一段時間跟家裡沒有任何聯繫，對嗎？」

中年男人：「嗯，對我來說，那件事……你可能會想像出我有多憤怒，但你肯定無法體會我有多憤怒。尤其是看到她對我爸的態度還有在家獨斷專橫那樣子的時候，我會……」說到這，他嘆了口氣，「但她是我媽，而且我長得和她很像……我……我……」

搭檔：「你懷疑過你和你父親的血緣關係吧？」

中年男人：「對，懷疑過，但被我自己推翻了，因為我看過我爸年輕時候的照片，我們的身材和臉型簡直一模一樣。」

搭檔：「你母親對不忠事件解釋過什麼嗎？」

中年男人：「解釋過，但是……畢竟我親眼看到了。」

搭檔：「你太太知道這件事嗎？」

中年男人：「我沒跟任何人說過這件事。」

搭檔凝重地看著他，輕嘆了口氣：「……難為你了，憋了半輩子……」

中年男人低著頭擺弄著手裡的皮夾：「那天從你們這走後，我想了好多，也大體上知道自己是怎麼回事了。」

搭檔笑了笑：「你得承認，自己懷疑太太不忠根本就是莫須有。」

中年男人：「對……其實，我只是不喜歡強勢的女人，因為那很容易讓我想到我媽……孩子上學後，因為工作忙，不在家的時候也多，所以每當要處理孩子問題的時候，我經常說不上話，都是我老婆做決定……遇到這種情況，每次……我會覺得很不安，我也說不清為什麼就會很火，莫名其妙地發脾氣……」

搭檔：「那，要我來幫你梳理一下整個心理過程嗎？」

中年男人想了一下：「好吧。」

搭檔：「你的母親曾經在你和你父親面前是至高無上的，但是目睹了那件事之後，你對此的看法改變了。而且在潛意識中，你也多多少少有責怪父親的念頭──『如果不是你這麼懦弱，也就不會發生這種事情了。』所以在你後來的成長中，你都會刻意強迫自己要強勢、要蠻橫，甚至不惜成為你母親那樣的暴君……這一切就是起源於：你不希望成為自己父親那樣的人。」

中年男人點了點頭：「是這樣的。」

搭檔：「咱們把幾點分別說一下：你說過自己討厭水性楊花的女人，這是來自你對你母親行為的厭惡；你無端懷疑孩子不是自己的，即便在做了DNA鑑定之後也一樣，其實那是來自你懷疑過和父親有無血緣關係；而你對另一半的選擇也是延續對自己母親的排斥──你太太的溫婉，與你母親的性格徹底相

反⋯⋯你想過沒，其實，你內心深處幾乎是時時刻刻在指責你的母親。更進一步說，你對自己現在從事的工作很滿意其實也是同樣在指責她。」

中年男人：「嗯⋯⋯多少有點⋯⋯」

搭檔：「真的是『有點』？據我所知，在飛機上，機長的權力是至高無上的，對吧？你也提過，你拿到乘客名單的時候會有很強烈的責任感，很沉重，這實際上就是你在用另一種方式說『我會對這些人負責，而不是像她那樣做出不負責任的事』。」

中年男人：「的確是，有時候攥著乘客名單我都會直接想起我媽，但是原來我一直不明白為什麼會這樣。」

搭檔：「嗯，我們再把話題回到你的行為上來。我相信你太太是溫柔賢慧類型的，在處理家政上基本上都會徵求你的意見然後執行。不過，隨著孩子長大、上學，很多時候她也就等不及你進行決策，她必須自己面對、自己處理，同時你很清楚這是必須的。最初那一段時間還好，不過，隨著她在家庭生活中決策的比例愈來愈大，這讓你聯想到了你母親，所以你開始不安，並且很直接地把『家庭決策主導地位』和『不忠』連結在一起──你害怕太太成為你母親那樣的人；你害怕你母親曾經的暴君性格；你害怕自己成為你父親那樣的男人。你開始懷疑、猜疑，甚至有所行動⋯⋯是這樣吧？」

中年男人低著頭：「你⋯⋯說得很對⋯⋯」

搭檔：「但是你的懷疑畢竟是懷疑，你僱人跟蹤、調查你太太的電話和簡訊紀錄，甚至偷偷背著她帶孩子去做親子鑑定，這一切都沒有發現任何問題。可是，愈是這樣，你愈是不安。因為，你想到了父親至今對母親的不忠行為都絲毫沒有察覺的事實，你非常非常害怕自己是這種情況，所以，今天你才會回到這，重新出現在我們面前。」

中年男人一聲不吭地坐在沙發上，面色沉重。

搭檔把語氣放得很輕緩：「但是，你要知道，即便真用你所期望的那種催眠方法，讓你太太回答完所有你想知道的，結果肯定還是一無所獲。那麼，你會就此安心了？不會再去猜疑？我們都很清楚這是不可能的，對吧？你依舊會猜疑，依舊會不安，並且依舊會企圖找到某種方法來消除自己的不安感。但你要知道，這種不安感並不是來自你的家庭，而是來自你的內心深處，這一切，是源於你對母親的憤怒和指責。」

中年男人沉默了好久才開口：「可是──」

搭檔打斷他：「沒有『可是』，你不是那種會傻到一直帶著憤怒生活下去的人吧？」

中年男人先是愣了一下，然後聲音沙啞地問道：「那……我該怎麼辦？」

搭檔：「把一切都告訴你太太，包括你曾經因質疑她不忠而做過的那些事。」

中年男人：「這麼簡單？」

搭檔：「就這麼簡單。」

中年男人：「她知道以後會不會……和我……和我離婚？」

搭檔：「你太太絕對不會做那種選擇的。」

中年男人：「你……怎麼能確定？」

搭檔：「記住，不是你選擇了她，而是你們相互選擇了對方。」

中年男人愣愣地坐在沙發上，那表情就好像剛剛從夢中被叫醒一樣。

機長走後，我和搭檔各自在塑膠袋裡翻找著自己的晚飯。

我：「應該給你在電臺開個夜間節目。」

搭檔撕下一塊披薩塞到嘴裡，含混不清地說：「不是解決家庭糾紛那類節目吧？」

我：「我指的就是那個。」

搭檔：「你就那麼恨我？」

我：「我確定你能大幅降低離婚率。」

搭檔：「……我不要……肯定很無聊……」

我拿起蒜蓉醬聞了聞，皺著眉扔到一邊：「你又沒試過，怎麼知道？」

搭檔：「反正都是一種情況，面對的都是一種人。」

我：「哪種人？」

搭檔：「夢中人。」

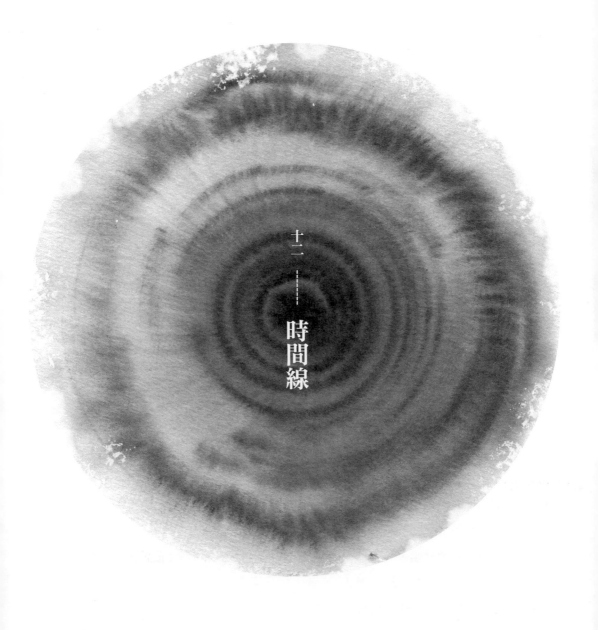

十二

時間線

門外傳來一陣嘈雜聲，搭檔推門走了進來。他身後跟著個看上去面容無比憔悴的中年人和一個二十歲出頭的女孩。

我放下手裡的雜誌站起身：「這是……」

搭檔邊脫外套邊告訴我：「父女倆在找咱們診所，碰巧問的是我，就帶過來了。」

我點點頭：「什麼情況？」

搭檔：「我還沒來得及問。」

安頓這對父女坐下後，我看了看那位憔悴的父親：「您，有什麼事嗎？」

面容憔悴的中年人：「您就是催眠師吧？我女兒她……你問她，你問她。」說著，他推了推坐在旁邊的女孩。

我轉向女孩：「怎麼了？」

女孩平靜地笑了笑，但沒說話。看上去她沒什麼不對勁的地方，很正常，眼神透出的是平靜和淡然。

我看了看她父親，又看了看搭檔，然後把目光重新回到女孩這裡：「現在不想說？還是有別的什麼原因？」

女孩依舊微笑著搖了搖頭。

靠在旁邊桌子上的搭檔插了句話：「你看這樣好不好？如果你現在不想說，就先在這裡休息一下，或者也可以去我的書房待一會，等到想說的時候我們再

聊。假如你今天都不想說話，那等哪天想說的時候再來，你看行嗎？」

女孩的父親顯得有些急躁：「我……我們不是來搗亂的，我們已經去過很多家醫院，也看過兩個心理醫生，但是他們都……都……所以我帶她來想試試催眠有沒有用，你們得幫幫她，否則……」說著，他抓過女孩的手臂，挽起她的衣袖，露出雙臂。

她的兩隻手臂瘦得不成樣子，看上去似乎是營養不良。

接著，中年人又隔著褲管捏著她的小腿讓我們看──同樣很瘦。

「爸！」女孩嗔怪地收了一下雙腿，並把雙臂重新遮蓋住。

憔悴的中年人：「跟他們說吧，也許他們有辦法。」

女孩搖了搖頭：「不說了，說多少次也不會有人信的……」

搭檔從桌子邊走到女孩面前，半蹲下身體：「什麼沒人信？我能再看看嗎？」他指了指女孩的手臂。

女孩猶豫了一下，緩緩伸出雙臂。搭檔分別挽起她兩隻袖管。

她的手臂完全不具備在她這個年齡應有的白皙與豐潤，枯瘦得已經接近了皮包骨。

搭檔：「這是……營養不良？或者似乎是神經問題造成的肌肉萎縮，你覺得呢？」他在問我。

我：「呃……這方面我不確定，有可能吧……」

搭檔皺著眉抬起頭問女孩的父親：「這是怎麼造成的？你們去醫院檢查的結果是什麼？」

憔悴的中年人：「不是營養問題，去醫院查了，說什麼的都有，但沒有人見過這種情況，誰也不知道是怎麼回事。」

搭檔：「像某種原因的肌肉萎縮……但您剛才提到『看過兩個心理醫生』，

為什麼要找心理醫生？」

　　憔悴的中年人：「因為……因為……」他帶著一種乞求的神情看著女孩。

　　女孩咬著下唇，猶豫了一陣才開口：「這是代價，我也沒辦法……」

　　搭檔：「什麼代價？」

　　女孩又沉默了。

　　搭檔看了我一眼，然後對那對父女點了點頭：「來我書房吧。」

　　我把面容憔悴的中年人安排到書房靠牆的小沙發上，並且囑咐他一會不要插話，也不要有任何提示，更不要催促。

　　憔悴的中年人連連點頭。

　　搭檔從抽屜裡找出鋼筆，若有所思地捏在手裡，想了想才抬頭問女孩：「你剛才提到『代價』是怎麼回事？」

　　女孩一言不發地坐在椅子上，表情似乎是在走神。

　　憔悴的中年人張了張嘴，我無聲地伸出一根手指，對他做出了個安靜的示意。

　　過了幾分鐘，女孩回過神：「我知道你們都不會信的。」

　　搭檔嘆了口氣：「你還什麼都沒說呢。」

　　女孩：「好吧，在告訴你之前，我有一個請求。」

　　搭檔：「好，你說。」

　　女孩：「如果你們覺得這很可笑、很荒謬，請不要把情緒掛在臉上，我已經無所謂了，但我不想讓我爸再受刺激。」

　　搭檔認真點了點頭：「我保證。」

　　女孩又沉默了幾分鐘才再次緩緩開口：「我的身體會愈來愈瘦，再有最多十年我猜自己就……」

搭檔：「發生了什麼事情？是你剛才提過的『代價』？什麼『代價』？」

女孩：「因為時間線。」

搭檔一臉困惑：「什麼？」

女孩：「嗯……你知道末日嗎？」

搭檔：「末日？傳聞的那個二〇一二年世界末日？」

女孩：「不，一九九九年的。」

搭檔遲疑了一下：「呃……你是想說相信那個什麼末日吧？」

女孩：「我信不信不重要，那是事實。」

搭檔：「沒發生的不能算事實吧？」

女孩：「如果發生了，可人們並不知道呢？」

搭檔：「怎麼可能，一九九九年早過去了，我們不都好好坐在這裡嗎？」

女孩：「你看到的未必是真實。」

搭檔：「真實……嗯？你是說，世界末日已經發生了？」

女孩：「還沒有，大約在三個月之後會發生——在原本那條時間線上。」

搭檔：「呃……稍等一下，我有個邏輯問題沒搞清。你剛剛說世界末日已經發生了，但是沒人知道。但是，現在你說三個月之後會發生，這個解釋不通吧？」

女孩：「這要看你在哪一條時間線上。」

搭檔：「你說的時間線就是這個意思？」

女孩：「是這樣。」

搭檔：「那麼，既然世界末日已經發生了，現在呢？我們的交談，我們的當下其實並沒發生？」

女孩：「當下是現實的。」

搭檔：「你不會是說我們都已經死了吧？」

女孩：「不，還活著，因為我們現在身處在另一條時間線上。」

看得出搭檔已經被她搞糊塗了，我也是。

搭檔：「我想我有個邏輯關係沒搞清楚──」

女孩打斷他：「我知道，讓我換個方式來說吧。你能告訴我現在是哪年嗎？」

搭檔瞟了一眼桌上的桌曆後說出年月日。

女孩搖了搖頭：「你認為自己正身處在二十一世紀的某一年，但是實際情況是，我們從未進入二十一世紀，一直停留在一九九九年八月十七日。大約在三個月之後，會發生一連串事件，那將是整個人類世界的終點，那一天被我們稱之為『世界末日』。」

搭檔飛快地和我交換了一下眼神：「今年是一九九九年？」

女孩：「不只是當下，你們所說的去年、前年，甚至更往前，一直反推到一九九九年，都是一九九九年。」

搭檔：「我們就停在一九九九年了？」

女孩：「也算停，也算沒停。」

搭檔一臉困惑：「你能解釋一下為什麼這麼說嗎？」

女孩：「假如按照原本的那條時間線延續下去的話，在一九九九年的十一月或者十二月，就是世界末日。所以我們在延續一條新的時間線，在這條線上沒有一九九九年的世界末日。」

搭檔：「那原來的那條時間線呢？已經因為世界末日不存在了？」

女孩：「那條時間線會一直存在，不存在的是人類──我剛才解釋了世界末日意味著什麼。」

搭檔：「哦，對，是人類的末日……」

女孩：「我重新說一遍，請你認真聽，就能聽懂是怎麼回事，好嗎？」

搭檔：「好，我的確還是有點糊塗。」

　　女孩有意放慢語速：「在一九九九年的年底，會發生一連串的事件，那是毀滅性的、人類無法阻止的災難。不知道是誰，從一九九九年八月十七日創造了一條新的時間線。在這條時間線上不會發生災難，整個人類就活了下來，也沒有經歷世界末日。現在，你和我正在談話都是真實的，因為我們此時此刻就存在於這條新的時間線上。這回你聽懂了？」

　　搭檔仔細想了幾秒鐘：「聽是聽懂了，可是你所說的這些，過於……嗯，過於奇幻，你怎麼能證明自己說的就是真的呢？」

　　女孩：「我就是活著的證明，因為我是『時間的維護者』之一。」

　　搭檔：「『時間的維護者』是什麼？」

　　女孩：「我們現在所處的這條新的時間線原本是不存在的，所以為了讓它延續下去，『時間的維護者』們要以自己的身體為代價讓它延續下去。」說著，她挽起袖子，露出枯瘦見骨的手臂。

　　搭檔：「『時間維護者』——們？不只你一個人？」

　　女孩：「不只我一個，但是我不清楚有多少人，也許很多，也許就幾個人，具體人數我不是很了解。」

　　搭檔：「如果你們不維護呢？會發生什麼事？我們都會死掉？還是停在原地不能動了？」

　　女孩：「不。假如這條時間線因為沒有維護而終止，人類會重新跳回到一九九九年八月十七日的新時間線起始點，三個月後，就是世界末日。」

　　搭檔：「你不是說在那條時間線上世界末日已經發生了嗎？」

　　女孩耐心地向他說明：「對，但是我說了，我們會跳回到原本時間線的一九九九年八月十七日的時間點上，因為那個點是現在這條線的初始點。所

以，假如當下的這條時間線不存在了，現在的一切會回到我們現在身處的新時間線初始點，而不是直接跨越到原本那條線的同等位置。」

搭檔想了一下，飛快地在本子上畫了一張圖，並且按照女孩所說的標注上說明和弧線，然後舉起來給她看：「是這樣嗎？」

女孩點點頭：「就是這樣。」

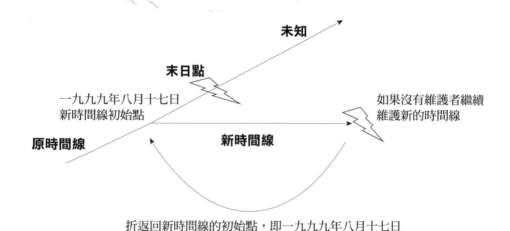

折返回新時間線的初始點，即一九九九年八月十七日

搭檔看了看自己在本子上畫的後，接著問女孩：「也就是說，你們為了不讓人類遭受滅頂之災，在維護著這條新線，對吧？」

女孩：「對。」

搭檔：「那，現在我們身處的這條時間線不是你創造的吧？」

女孩：「不是。」

搭檔：「你也不知道是誰創造的，對吧？」

女孩：「對。」

搭檔：「好，現在我不能理解的是：我們身處的這條線的創造者是從一九九九年八月十七日開始改變這一切的，但是你說過，末日將發生在一九九九年的年底。那麼，他是怎麼知道的呢？畢竟那還沒發生，對不對？」

女孩：「這個我也不清楚。」

搭檔皺著眉看著女孩：「你是從那個起始點開始維護時間的嗎？」

女孩：「不是。」

搭檔：「從什麼時候開始的？」

女孩：「去年年中。」

搭檔：「也就是說你參與維護時間一年多了？」

女孩：「對。」

搭檔：「那你是怎麼開始的呢？」

女孩：「是一個前任時間維護者告訴我的。」

搭檔：「男的女的？」

女孩：「男的。」

搭檔：「他人呢？」

女孩：「可能已經死了。」

搭檔：「呃……是你認識的人嗎？」

女孩：「不是，之前我不認識他。」

搭檔：「可能已經死了……就是說你不清楚他死沒死是因為沒有聯繫了，對吧？」

女孩：「對，後來就沒有聯繫了。」

搭檔：「你們聯繫過幾次？」

女孩：「兩三次，他告訴了我這一切是怎麼回事。」

搭檔：「你就信了？」

女孩淡淡地笑了一下：「信了。」

搭檔深吸了一口氣：「好吧……你為什麼要認為他可能已經死了？」

女孩：「他維護了將近八年，身體恐怕再也經受不住了。」說著，她指了指雙腿。

搭檔：「嗯……我明白了，維護時間的代價是會讓人身體慢慢變成那個樣子，對吧？」

女孩：「是的。」

搭檔：「這麼說來，那個人應該很瘦？」

女孩：「嗯，你要看他的樣子嗎？」

搭檔愣了一下：「你是說……」

女孩回過頭看著她父親，憔悴的中年男人連忙從包裡找出一張照片，起身遞給了搭檔。

搭檔驚訝地接過照片，我也走上前去看。

照片中是女孩和一個瘦高男人的合影，兩人都是夏裝。看得出那時候女孩的四肢還是健康的。而那個男人看起來瘦得不像樣子。若不是他的衣著和神態上還算正常，我甚至會懷疑他受過禁食的虐待。照片中的兩人都沒笑，只是平靜地站在一起。

搭檔抬起頭問道：「就是這個人嗎？」

女孩點了點頭。

搭檔：「他太瘦了，我看不出年齡……那時候他多大？」

女孩眼神中透出一絲悲傷：「二十五歲。」

搭檔吃了一驚：「他在十七歲左右的時候就……」

女孩：「是的。」

搭檔：「你們之後為什麼不再聯繫了？」

女孩：「他只出現在我第一次遇到他的地方，另外幾次都是我去那裡等他，後來他去得愈來愈少，直到不再出現……我們拍照片的時候他已經很虛弱了。」

搭檔：「即便他不再是『時間維護者』了，他的身體也恢復不過來嗎？」

女孩：「恢復不了。」

搭檔：「一旦開始，就沒有結束？」

女孩：「對，到死。」

搭檔：「……原來是單程……」

女孩顯然沒聽清：「什麼？」

搭檔：「呃……沒什麼……我想知道，他跟你說了這些之後，你為什麼相信他？」

女孩對待這個問題彷彿永遠都會用一個淡淡的笑容做回應，不做任何解釋。

搭檔想了一下：「你見過其他『時間維護者』嗎？」

女孩：「沒有。」

搭檔：「那你怎麼知道有其他人存在的？他告訴你的？」

女孩：「他的確提過，但他也不清楚到底有多少人。而且我自己也見過記號，那不是他留下的。」

搭檔：「是什麼樣的記號？」

女孩搖了搖頭：「別問了，很簡單的，不是什麼奇怪的圖案。」

搭檔：「在什麼地方？」

女孩：「別的城市。」

搭檔：「你沒留在看到那個記號的地方等嗎？」

女孩：「等了一下午，什麼也沒等到。」

搭檔：「嗯……你是怎麼做才能維護當下這條時間線的呢？需要什麼儀式？還是其他什麼？」

女孩：「什麼都不用做，等著身體自己付出代價就好。」

搭檔：「在確定付出代價前，你怎麼知道自己就是『時間維護者』呢？」

女孩：「噩夢、幻覺，還有壓力。」

搭檔：「關於這點，我能問得詳細一些嗎？」

女孩點了一下頭。

搭檔：「先描述一下噩夢吧，還記得內容嗎？」

女孩：「都是同類型的，夢到身體變成沙子、粉末或者水，要不就是變成煙霧消散掉。」

搭檔：「夢中的場景呢？」

女孩：「普通的生活場景。」

搭檔：「那幻覺呢？是什麼樣的？」

女孩：「時間幻覺。」

搭檔：「時間幻覺？我不明白。」

女孩：「有時候我覺得只過了一兩個小時，但是在旁人看來，我靜靜地坐在原地一整天。」說這句話的時候，她眼神中飛快地掠過一絲恐慌，接著又平靜如初。

搭檔望向女孩的父親，那個面容憔悴的中年人點了點頭，看來女孩說的是事實。

搭檔：「呃……這種……時間幻覺的時候多嗎？」

女孩：「據說以後會愈來愈多。」

搭檔皺著眉停頓了一會：「壓力是……」

女孩：「有那些噩夢和時間幻覺，不可能沒有壓力。」

搭檔：「好吧，我懂了……接下來催眠師會帶你到催眠室休息一下，等我們先準備，可以嗎？」

送女孩去了催眠室並安頓好後，我回到書房，此時面容憔悴的中年人正在說著什麼，而搭檔邊聽邊點頭。

憔悴的中年人：「……坐在那裡一天都不會動，我嚇壞了，打急救電話，找人幫忙，可是通常一天或者半天就沒事了，但是她說自己只是發了一會呆……」

搭檔：「這種情況有多少次了？」

憔悴的中年人：「啊……大約……七、八次吧，我沒數過。」

搭檔：「那個很瘦的男孩呢？您見過嗎？」

憔悴的中年人：「沒見過。」

搭檔：「您報過警嗎？」

憔悴的中年人：「半年多前報的案，但是他們說沒有證據，只有一張合影也沒法查。」

搭檔：「你女兒怎麼看這件事？」

憔悴的中年人：「她自願做維護者……」

搭檔：「您為此和她爭吵過吧？」

憔悴的中年人：「對……我曾經罵她……」

搭檔看著這位可憐的父親，點了點頭：「好，我知道了，您也稍微休息會，等下我們給她催眠。現在我先和催眠師商量一下。」

面容憔悴的中年人去了催眠室後，搭檔關上門，抱著雙臂倚在書架上望著我。從他臉上，我看不出任何情緒。

我：「這個……有點離奇了，你有線索嗎？」

搭檔：「最初我以為她屬於女人生過孩子之後那種『上帝情結』[6]——雖然她並沒生育過。直到那張照片出現……那張該死的照片把我分析的一切都推翻了。」

我：「嗯，有照片也把我嚇了一跳。」

搭檔：「對了，你見過這個圖案嗎？」說著，他拿起桌上的本子遞給我。上面畫了兩個弧面對在一起的半圓，在它們之間有一條垂直的直線。

我：「沒印象，這是什麼？」

搭檔：「這就是女孩所說的『時間維護者』的標記，回頭我得找個精通文字和符號學的人問問，可能會有線索。」

我又仔細看了一下那個圖案，的確沒有絲毫印象。

搭檔：「在跟她交談的時候，我發現一個比較可怕的問題。」

---

6 上帝情結：有些女性在生育之後會有自我膨脹和自我崇拜的心理現象發生。該心理成因源於「只有神才能創造生命」這種概念，所以部分女性在生育後會在某種程度上自我神化，即我可以創造出生命。同時，該類特徵女性會把幾乎全部關注點只放在自己所生育出的孩子身上，相比之下，對於其他事物會顯得漠不關心，包括丈夫、朋友和事業等。雖然這種心理問題是生育後女性所特有的，但偶爾也會發生在未生育女性身上，通常伴生於生育幻想或受孕幻想，但極為罕見。據目前不完全統計，以上兩種情況與受教育程度成反比，與宗教狂熱程度成正比。

我：「例如？」

搭檔：「你注意看過她的眼神嗎？」

我：「一直在注意看，的確不一樣，而且可以大致上判斷她沒撒謊。」

搭檔：「嗯，她的眼神和態度不是炫耀，也不是痛苦，而是執著和憐憫，甚至她看自己父親的時候也是一樣……這讓我覺得很可怕。她的年紀，不該有這樣的眼神。」

我：「你的意思是她說的那些都是真的？」

搭檔皺著眉搖了搖頭，看得出他的思緒很雜亂。

我：「一會催眠的重點呢？」

搭檔沒吭聲，而是盤起腿坐到了桌子上，我知道他又打算深度思考。於是自己一聲不響地坐在門邊的沙發上等待著。

搭檔：「時間線……末日……時間的維護者……」

我：「她是這麼說的。」

搭檔：「噩夢……沙化……變成粉末……時間的幻覺……這有含義嗎？」

我：「的確很古怪。」

搭檔：「讓我想想……偶遇……很瘦的男人……新的時間線……之後沒再出現……身體的反應……憐憫的態度……這……啊？難道……難道？！」他驚訝地抬起頭看著我。

我站起身：「怎麼了？這麼快就理出頭緒了？」

搭檔：「不，我還沒開始想，只是把線索串起來就發現咱們一直漏掉了一個可能性！真該死！」他抬起手抓著自己的頭髮。

我：「漏掉了一個可能性？我怎麼沒印象？」

搭檔抬起頭盯著我：「她會不會是被催眠了？」

我也愣住了，因為我的確沒往這個方向想。

搭檔從桌子上跳下來，在屋裡來回快速走動著：「偶遇……男人說了這些，她就信了，而且她從未解釋過為什麼信了，這應該就是了……後來又見過幾次，這其實就是為了強化暗示！」

我仔細順著他的思路回憶了一下：「呃，好像是。」

搭檔突然停下腳步看著我：「如果那個很瘦的傢伙真是個催眠師的話，你從專業角度來看，他很強嗎？」

我：「這個……看女孩的狀態大概是接收暗示後，神經系統或者吸收系統紊亂，自我意識已經嚴重影響到肌體……根據這一點，我猜那個人應該不僅僅有催眠能力，還精通於分析和暗示，應該是一個相當厲害的人。」

搭檔看上去很興奮：「難道說遇到高手了？」

我：「你先別激動，我有個問題：假如真的是一個精於暗示和催眠的人幹的，那他的動機是什麼？」

搭檔抱著肩瞇著眼睛：「嗯……這是個問題，是什麼動機呢？現在看來沒有任何動機：偶遇——暗示——催眠——強化暗示——不再出現……這麼說看不出動機……」

他的自言自語提醒了我：「嗯？也對，你說得沒錯，假如我們這麼說下去，是看不到動機的。」

搭檔抬頭茫然地看著我：「什麼？」

我：「我們透過催眠來了解一下那天到底發生了什麼吧！」

搭檔露出笑容：「那就準備吧。」

女孩略帶一絲好奇地問：「不需要那個帶著繩子的小球嗎？」

我：「帶繩子的球？哦，你指催眠擺？不需要，那是因人而異的。有的催眠師喜歡用催眠擺，有的喜歡用水晶球，還有我這樣的——什麼都不用。」

女孩點了點頭，沒再多問，而是安靜地坐在沙發上，低著頭看著自己的膝蓋。

「……現在閉上你的眼睛，按照我剛剛告訴你的，放鬆身體……對，很好。」

「……你的眼皮愈來愈沉……感覺到身體也愈來愈重……」

「……你的身體幾乎完全陷到沙發裡去了……」

「……你能感覺到無比的平靜……」

「……你的感覺從來沒有這麼好過……」

「……當你慢慢沉到下面的時候，你可以自由地飄浮……」

「……你看到了一個發光的洞口……」

「……你不由自主地飄向那裡……」

「……當我數到『一』的時候，你會穿過發光的洞口，回到第一次遇見『時間維護者』的那天……」

「你做好準備了嗎？」

女孩的回答緩慢而低沉：「……是……是的……」

「三……」

「二……」

「一……」

「你，已經回到那一天了。」

「告訴我，你正在做什麼？」

我想看看女孩身後的搭檔有沒有什麼提示，結果發現他把腿盤在椅子上，雙肘撐住膝蓋，指關節托著下巴，緊皺著眉。

　　看樣子他打算捕捉到所有細節。

　　女孩：「我……我在去朋友家的路上……」

　　我：「發生了什麼事情嗎？」

　　女孩：「是的……」

　　我：「有陌生人跟你打招呼嗎？」

　　女孩：「是的……」

　　我：「他很瘦嗎？」

　　女孩：「是的……」

　　我：「他對你說了些什麼？」

　　女孩：「他……讓我幫助他……」

　　我：「他需要幫助嗎？」

　　女孩：「是的……他要我幫忙把一個箱子扶住……然後他把箱子捆在自行車後座上……」

　　我：「你去幫他了嗎？」

　　女孩：「是的……」

　　我：「然後發生了什麼？」

　　女孩：「他……看著我……」她的身體開始輕微地抽搐。

　　我瞟了一眼搭檔，他此時像是睡著了一樣閉著眼睛。

　　我：「然後發生了什麼？」

女孩：「好像……好像出了奇怪的事……」

我：「什麼奇怪的事？」

女孩抬起頭，閉著眼睛做出四下張望的樣子。

我：「你看到了什麼？」

女孩：「……周圍的一切，都靜止了。」

我：「怎麼靜止的？」

女孩：「都……都不動了……只有……我們兩個能動……」

我：「是他做的嗎？」

女孩：「是的……他讓我不要怕……他說……他說他是『時間的維護者』……」接著，女孩把曾經跟我們描述的關於世界末日以及時間線那些全部說了一遍。

我：「你相信他所說的嗎？」

女孩：「是的……」

我略微停頓了一會，想了想：「他是要你做決定嗎？」

女孩：「是的……」

我：「是當場做決定嗎？」

女孩：「不是……他要我回去考慮一下……」

我：「接下來你會跳躍到第二次見到這個人的那天，並且回憶起當時的一切。你能做到嗎？」

女孩：「能……」

我耐心地等了幾分鐘：「現在可以了嗎？」

女孩：「可……可以了……」

我：「告訴我第二次見到他發生了什麼？」

女孩：「他⋯⋯他告訴了我很多⋯⋯維護者⋯⋯時間線⋯⋯意義⋯⋯還有，還有⋯⋯」

我：「還有什麼？」

女孩突然陷入一種身體無法自制的狀態──每隔幾秒鐘就會瘋狂而快速地擺動著自己的頭，幅度並不大，但是極快。我從未見過這麼恐怖的場景。

我：「鎮定，鎮定下來⋯⋯」

女孩完全不接受我的指令，而是依舊做出那種令人恐懼的動作。看樣子必須馬上結束催眠，這時搭檔站起身對我點了點頭。

我加快語速：「當我數到『三』的時候，你就會從催眠狀態中醒來，並且忘掉剛才所發生的一切，同時回到催眠前的狀態。」

當我就要進行喚醒計數的時候，突然腦海中有什麼東西一閃而過，思考片刻後，我衝上去盡力扶住女孩那瘋狂擺動的頭部大聲問：「第二次和他是在什麼地方見面的？」

混亂中，女孩還是接收了這句提問：「咖啡⋯⋯店。」

「一！」我幾乎是對她喊出來的。

「二！」看上去提高音量的確有效，她頭的擺動輕微了許多。

「三。」她完全靜止了下來，軟軟地靠在沙發上，睜開眼。

我鬆了一口氣。

這時搭檔對著我身後擺了擺手，我回頭，看到女孩的父親已經從催眠室隔壁的觀察室衝了進來。

搭檔：「放心吧，沒事。」

女孩的父親似乎要說什麼，但只是張了張嘴就關上了玻璃門，站在門後望著我們，表情很緊張。

「沒事……」我說不清這句是安慰他的還是在安慰自己。

當我轉回頭想看看女孩的狀態時，發現她不知道什麼時候已經站在我身後了，並且雙眼直勾勾地盯著我。

「啊！」我下意識地退後一步。

與此同時，女孩突然無力地倒在了地上。

「她……怎麼了？真的沒事嗎？」說著，女孩的父親又透過玻璃門關切地望了一眼躺在沙發上的女孩。

搭檔：「到目前為止她很好。」

女孩父親：「可是剛才她……」

搭檔並沒回答他，而是看著我：「剛才那是反催眠嗎？」

我深吸了一口氣，點了點頭：「是的，應該是某種強暗示造成的。」

搭檔：「你有辦法嗎？」

我搖搖頭：「沒有，除非我知道那個結束暗示的指令。」

搭檔：「猜不出嗎？」

我：「怎麼可能！那結束指令也許是一個動作，也許是一句話、一個詞，甚至還有可能是一個行為，你覺得我有可能猜出嗎？」

搭檔想了想：「那，能透過分析慢慢推測出範圍嗎？」

我：「有可能……不過這已經遠遠超越我所掌握的專業領域了。」

女孩父親略帶驚恐地看著我們：「你們到底在說什麼？我女兒到底怎麼了？」

搭檔：「嗯……這麼說吧，你女兒被那個很瘦的男人催眠了，而且目前來看

是非善意的。」

女孩父親：「他為什麼要這麼做？」

搭檔：「這也是我們想知道的，現在我們看不出任何動機和目的。」說著，他抬起頭看了看我，「透過剛才催眠師所問的最後一句，基本上確定她是被催眠以及強暗示過。」

女孩父親：「……什麼？」

搭檔：「她說過，每次都是和那個很瘦的人在同一個地方見面，對吧？剛才催眠師問的最後一句話是『第二次和他在什麼地方見面的？』你女兒說是在咖啡店。這不是她記憶的錯誤，而是因為對方讓她以為身處於第一次見面的地方，但實際上不是。由此可見，她第二次和那個男人見面已經是被催眠的結果。」

女孩父親：「你們能救她吧？求求你們——」

搭檔打斷他：「您先鎮定下來。這樣，您留在這裡看著她，讓我們倆商量一下，看看有什麼辦法，行嗎？」

搭檔關上書房門，一屁股坐到門邊的小沙發上：「那傢伙用的是目視引導法吧？」

我：「嗯。」

搭檔：「你能這麼做嗎？」

我：「特定環境下也許可以，例如催眠室，在戶外我大概不行。」

搭檔：「為什麼？」

我：「戶外嘈雜，而且人在戶外還容易有警覺性，在這種情況下讓對方交出意識主導很難。」

搭檔點點頭：「嗯……那，能透過目視引導法進行注視催眠的人多嗎？」

我想了一下：「據我所知，催眠師這行裡能在那種環境下做到的人不超過十個。」

搭檔：「都是年齡很大的老頭子，是吧？」

我：「對。」

搭檔：「這麼說沒一個符合特徵的？」

我：「給女孩實施催眠的人應該不是從事這行的。」

搭檔若有所思地皺了皺眉：「嗯。你能用催眠的方法，暗示並且覆蓋住女孩原本接收的暗示和催眠效果嗎？」

我：「可以，但是治標不治本，而且搞不好還會發生思維或者行為紊亂，那時候麻煩就大了。」

搭檔仔細考慮著什麼。

我：「要我說，還是用笨方法吧，咱倆在業內查一下還有沒有這種情況，然後再問所有能問的人，看看誰有辦法，哪怕能提供減緩的途徑都成。」

搭檔：「嗯，也只能這麼做了……她被不良暗示影響了這麼久，再加上一年多長期的自我暗示，想一下子解決的確不太可能……而且照現在的情況看，時間拖得愈久她的身體狀況愈差。」

我：「你有人選嗎？」

「有……但是……」搭檔一臉糾結的表情看著我。

我知道他想起了誰：「你不是要找你老師吧？」

搭檔：「呃……可是我想不出更好的人選，沒人比他更精通心理暗示。」

我：「嗯，他已經算是這行裡活著的傳說了……可是……你不怕被他罵？」

搭檔做出一個可憐的表情：「怕……但也只能硬著頭皮試試看，我猜他不會

拒絕的。」

我：「你打算怎麼跟他做鋪陳？」

搭檔：「鋪陳？不鋪陳，反正都要挨罵，索性明天直接帶這對父女去找他。」

我：「我們跟著他分析？正好我想多接觸他。」

搭檔：「你以為他會讓咱倆跟著分析？那是不可能的，他有自己的小團隊。就把人暫時交給他好了，我相信他肯定有辦法的。」

雖然看上去他說這些的時候很鎮定，但是他眼神裡流露出的是畏懼。

第二天。

我們回來後已經是中午，進了門搭檔一直在嚷餓，然後忙於找電話訂餐——其實，他每當精神高度緊張之後就會有飢餓感，我很清楚這點。

看著他掛了電話後，我說：「我真想知道他打算怎麼做。」

搭檔：「誰？我那個脾氣古怪的老師？我也想知道，但是我不敢問。」

我：「要不過幾天你打個電話給他？」

搭檔：「呃……這個……他今天心情算是好的，沒怎麼罵我，等過幾天我打電話的時候可就說不準了……」

我：「你也有怕的人？！」

搭檔起身去接水：「我也是人好嗎？又不是孫猴子，就算是孫猴子也怕菩提老祖……對了，你說，那個很瘦的傢伙會不會是什麼邪教的？」

我：「不知道，我只知道他的確很厲害。」

搭檔：「嗯，他讓我想起了『惡魔耳語』。」

我：「什麼耳語？哦，你是說原來歐洲那個？」

搭檔：「對。」

我：「我有一點印象，具體是怎麼回事來著？」

搭檔：「十九世紀，歐洲有個人利用催眠犯罪，他只要俯在對方耳邊低語幾句，無論是誰都可以被他催眠。所以當時的警方和媒體給了他一個綽號『惡魔耳語者』。」

我：「後來抓到了嗎？」

搭檔：「沒，但是行蹤不明，也沒再犯案。其實，只有將近十起案件紀錄。」

我：「據說？」

搭檔：「不，明確紀錄。」

我：「那他會不會是逆向消除掉了對方的記憶，所以沒有更多紀錄？」

搭檔：「這我不清楚，你應該比我更了解這些專業領域的知識。有那種可能嗎？」

我想了想：「嗯……不分場合的話，比較難……」

搭檔：「昨天這個情況，細想的話我會有點不寒而慄。」

我：「你指那個傢伙的本事？」

搭檔：「不只這點。昨天晚上和今天早上咱們已經在業內問了一圈了，沒有近似的事件發生，對吧？這樣說起來的話，就只是這一例，但奇怪的是卻沒有明顯的動機和目的。」

我：「嗯……然後？」

搭檔：「我覺得只有一種可能了。」

我：「是什麼？」

搭檔：「你想想看，那個傢伙編造出『時間線』那麼科幻電影式的一個故事

──什麼『時間維護者』啊、世界末日啊，然後透過催眠讓對方接受，並且還為此設置了反催眠暗示，防止解除暗示……這麼花心血的一個情況，他因此而受益嗎？看不到，對吧？所以問題出來了：為什麼要這麼做呢？我認為那傢伙的唯一目的就是：嘗試一下自己的催眠能力，他也很想看看效果到底有多強，所以他虛構了一個很複雜的情節。」

我：「你的意思是，他也是第一次嘗試目視引導催眠嗎？」

搭檔：「是的，而且我猜後來他雖然不出現在女孩面前，應該還是跟蹤了她一段時間。」

我：「想看看效果如何嗎？」

搭檔：「是這樣，當他確定自己的催眠和暗示很成功後，應該就會策劃更大的事情了，並且肯定會因此獲得某種自己想得到的。」

我：「誕生了一個新的『惡魔耳語者』……那，這個女孩……」

搭檔喝下一口水：「只是試驗品……」

我：「試驗品……」

搭檔彷彿是在自言自語：「那個傢伙的本事到底有多大呢？他到底要用催眠做什麼呢？真想和他聊聊……」

我：「你是想和他交鋒嗎？」

搭檔似笑非笑地看著我：「你武俠小說或者偵探小說看多了吧？我只是想知道，掌控別人的靈魂究竟是什麼感覺。」

【番外篇】

潛意識與暗示

我的搭檔除了和我合開一家心理類的催眠診所外，還兼任某大學的心理學客座教授。

雖然本質上學校對這種名譽講授者要求並不苛刻，而且他本人也並不是那麼嚴肅，但這傢伙在講臺上的表現卻令我大為驚訝——我指的是嚴肅性和嚴謹性。必須承認，他的領悟及整合能力很不一般。我曾經為此調侃過他：你應該試著考取一個真正的教授職稱。而他對此的回答極不嚴肅：「其實我是一個演員。」

我曾經錄下了約小半場他個人對潛意識以及暗示的部分講解。老實說，那曾經對我啟發不少。

「……是的，這位同學說得沒錯。但是我想強調一下，潛意識並非固定的，潛意識是進程，它會伴隨著我們每時每刻所接收到的所有資訊而產生動態，也就是說，潛意識本身和意識就是互動狀態的。而且，意識有可能會沉澱下去成為潛意識，潛意識也有可能浮出水面成為意識。雖然潛意識本身是意識不到的（所以我們把它稱之為『潛意識』），但這並不代表我們不會意識到曾經包括在潛意識中的某些內容——因為一旦那部分內容浮出了水面，成為意識，那麼我們就會得到那部分內容的資訊。潛意識的狀態是絕對的，但內容卻不是絕對的。這位同學，你明白了嗎？OK，很好，讓我們繼續。

「雖然現在很流行用『冰山理論』來形容意識和潛意識的關係，但我必須說那並不精準，僅僅能作為比方來形容罷了。而真實的情況是：我們的潛意識能夠使用意識來判斷出哪一部分內容成為意識，哪一部分隱藏起來。其實，意識更像是電腦在處理文件時的快取——把常用的東西從庫房裡搬出來，存在中間地帶，而不必每次都跑到庫房去搬，以便加快電腦的處理速度。潛意識就是那個庫房。而意識和電腦快取最大的共同點是：斷電即清空——有人能告訴我意識被清空意味著什麼嗎？嗯……非常正確，就是失憶。所以說，失憶並非真的失憶了，而是我們的快取部分被清空或者一部分被清理了而已。

「說到這裡，我相信大家都很容易想到失憶的特徵：『你叫什麼名字？』『呃……不知道。』『那麼，你住在哪？』『呃……不知道。』『你失憶了？』『呃……不知道，但我的確什麼都記不起來了。』『不不，你沒失憶，因為你還聽得懂我所說的，你記得語言、記得怎麼開口表述，所以說你並沒有失憶，你只是快取被清空罷了。』『請問，什麼是快取？』『你看！你現在就是快取被清空的表現！』（笑聲）

「而潛意識呢？會被清空嗎？也許可以，但是恐怕很難。因為在某些情況下，甚至會發生潛意識有意去清空意識的現象。那怎麼會發生這種情況呢？原因有很多種，例如：當某個事件對我們造成了夠大的衝擊，讓我們無法接受這個事實時。這點也正是我們無法掌控潛意識的證據之一。就像我們擁有一個巨大的倉庫，裡面充滿各式各樣新奇的玩意，雖然我們是倉庫的擁有者和使用者，但是對於進、出庫我們卻不擁有決定權。那麼到底由誰掌握著決定權呢？對此我很遺憾地告訴大家，對這個問題的探討並不在我的課程之中，請自行去哲學課或者宗教課尋找答案。但假如最近一段時間你正在同某人熱戀的話，那麼就不用去聽哲學和宗教課了，很顯然，答案在對方手裡。（大笑，掌聲）

「接下來，我們再說一些關於暗示的問題，這也是為數不多的能直接操控潛意識的方式之一。

「暗示本身並無強弱之分，我們通常所說的強暗示，是指使用暗示的方式和方法。暗示的方式、方法有很多種，不僅僅限於語言，動作、表情等都可以有其暗示性。有些是我們生活中約定俗成的，例如搖頭和擺手意味著拒絕。額外插一句，印度和紐西蘭土著的日常習慣正相反——點頭是拒絕。還有一些是特定的暗示動作。假設我找一位同學來做實驗，我告訴他，雙臂伸直在胸前，做出殭屍電影中的殭屍那種動作，然後我就對他置之不理，繼續講別的。用不了幾分鐘他就會感到疲倦，並且雙臂開始下垂。這時候我看著他，無須語言，只是把掌心向上輕微地抬動幾下，他就會意識到我的暗示，並且繼續保持我要求他做的那個姿勢。我的『掌心向上輕微地抬』這個動作就屬於我們之間的特定暗示，而在座的其他同學則不會對此做出反應。當然，這個暗示並不夠隱晦，那麼接下來我可以進一步，在他伸直雙臂後，我把這本很厚重的書扔到他伸直的雙臂上，重力肯定會讓他的雙臂下沉一下，不過很快他就會繼續伸直雙臂托著書。可是我要求他這麼做了嗎？沒有，他很自然地讓書停留在自己的雙臂上，同時也盡可能不讓它掉下去。為什麼呢？因為我給他的暗示是伸直雙臂在胸前，他不但接受了，同時還無條件地接受了其他條件——雖然我並沒有告訴他：托住書。他托住書的行為就是我透過暗示所達到的額外效果。而這位同學也壓根沒想過：『我為什麼要托住書呢？』

「說起來，這種暗示的目的就是很隱蔽的一種，也正是類似於這種暗示方式，我們才能繞過一些人的心理防衛機制而獲取潛意識中的部分內容。也許有的同學會問：『為什麼不獲取全部？』答案是：非常難。想要獲取我們所需的全部潛意識內容，很可能我們會為此付出極大量的時間和努力，但那種情況

下，誰能保證潛意識不會有改變？前面我說過，潛意識是一個進程。所以，與其花大量的時間和精力去挖掘出全部內容，倒不如我們花相對少的一點時間，只窺探到部分所需了解的潛意識後，再依照經驗和先例來推斷更划算。這樣我們就無須投入大量的精力來徹底打開某個人的潛意識倉庫，只要看到一些內容，再按照常規推理就能獲得必要的資訊了。這麼說並不是代表不負責任，實際上正相反。而且潛意識雖然看似沒有條理和規律，其實還是有一些規律的。這就像是動植物分類一樣，也許你並沒見過海鬣蜥這種冷血動物，但是假如你按照牠所屬的分類去找，你就能大體上知道牠是一個什麼樣的構造——因為分類給了我們許多幫助。所以，每當你看到某一個精神病特質分類或者心理學特徵綱目的時候，你應該感謝在這個領域的先輩們，正是他們所付出的努力，才讓我們無須每一步都在霧中探索，也不必再跌跌撞撞。他們所創造的，也才會被稱之為『全人類的財富』。

「讓我們再接著說暗示。暗示是一種非常古老的行為操縱手段。它最早的應用雖然沒有專門的統計，但根據我個人的了解，暗示應該是最先應用於統治。我所指的統治包括宗教統治。在每一個古老的教派中——德魯伊教、薩滿教、古埃及祕術等，幾乎都有暗示的影子。那些宗教領袖或者大祭司無一例外地把自然現象和自己連結起來，並且以此來震撼住那些被統治者。之後隨著文明的進化，宗教也開始進化，所用的暗示方式同樣進化了。自然現象不再和某個人有關係，而是和神有關係。（笑聲）

「當然，神也是需要代理人的，所以，還是保持尊敬。但不可否認，當神介入後，暗示變得強大了許多，它不僅可以影響到人們一時的行為，而且足以影響人一生的行為。可能某些同學並不理解諸如聖光會、隱修會、光明十字會等極端教派中教徒的扭曲心理。但試想一下：一個人從很小的時候起就接受這

種暗示——這時候我們已經可以將其稱為『思想灌輸』，那麼當這個人中年之後，能改變自己的想法嗎？可以，但是非常非常非常難！為什麼呢？他的思維已經基本上被多年來重複並且不斷強化的暗示所操控了，他會比任何人更堅信自己的信仰，更堅定地認為教義的無上，所以他會毫不動搖地以自身信仰為基準來判定罪與罰。至於教義中的罪與罰本身我們不在這裡探討，但是值得我們關注的是暗示的力量。如果你掌握的技巧和方式夠多，或者自己創造出強而有力的暗示方法，那麼你就可以創造出奇蹟，甚至因此被人膜拜。為什麼呢？因為你影響到了足夠多的人、足夠長的時間，即便那時候你已經死了。

「說了以上這些，我相信同學們應該能很輕易地把暗示和潛意識的關係釐清了。暗示的隱蔽性和間接性，使得我們的防衛機制有所放鬆，從而打開潛意識的一扇窗——這不是我用詞謹慎，而是迄今為止我們都無法真正打開潛意識的大門。但正是這一扇窗，能夠讓我們窺探到窗外那個神奇的心理進程——是的，我沒說錯，是窗外。藉此，我們就可以了解到許多行為的成因，即便那些行為無比古怪、扭曲，在潛意識當中都一定會具有它的合理性，所以，我們才能找到許多心理問題的根源。這個過程正如心理學這個英文詞意所表達的那樣：psy、cho、logy，連起來就是Psychology——知道心的學說。

「今天的這節課到此為止，謝謝大家。」

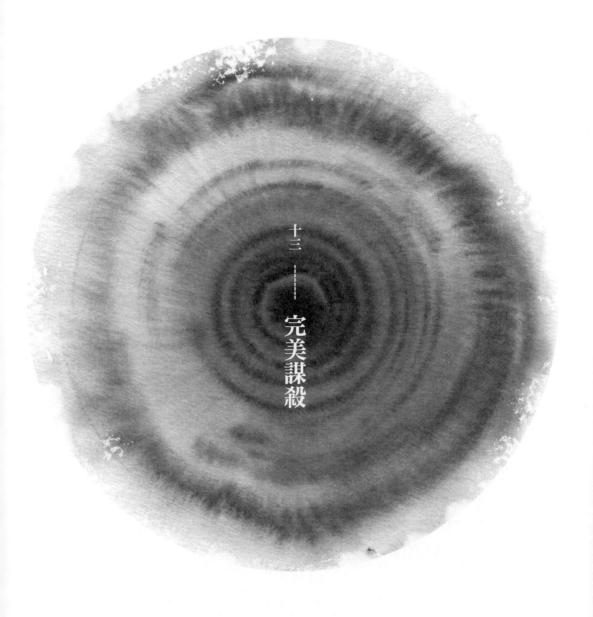

十三 ——— 完美謀殺

坐下後，他顯得有些侷促不安，不停地吸鼻子、動手指，或者是神經質地皺一下眉。如果我沒猜錯的話，眼前的這位中年人正承受著極大的心理壓力，並因此而不安。我望向搭檔，發現他此時也正在望著我，看來他也注意到了。

搭檔：「你……最近睡得不好？」

中年男人：「不是最近，我有三、四年沒睡好了。」

搭檔：「這麼久？為什麼？」

中年男人：「說來話長，」他嘆了口氣，「我總是做噩夢，還經常思緒不寧，所以我才來找你們的。」

搭檔點點頭：「工作壓力很大嗎？」

中年男人：「不，這些年已經好很多了。」

搭檔：「家庭問題？」

中年男人：「我們感情很好，沒有任何問題。我老婆是那種凡事都依附男人的女人，對我幾乎是言聽計從，很多人羨慕得不得了。我兒子也很好，非常優秀。總之，沒有任何問題。」

搭檔：「噩夢？」

中年男人：「對，噩夢。」說到這，他的臉色愈來愈凝重。

搭檔：「什麼樣的噩夢？」

中年男人嚴肅地看著搭檔，停了一會：「嗯……說這個之前，我想問一件

事。」

搭檔：「請講。」

中年男人：「行為會遺傳嗎？」

搭檔：「行為？行為本身不會遺傳，行為心理會遺傳，但是那種遺傳有各種因素在內，包括環境因素，這是不能獨立判斷的，必須綜合起來看。」

中年男人認真地點點頭：「原來是這樣，看來我找對人了。」

搭檔：「現在，能說說那個噩夢了嗎？」

中年男人：「好，是這樣：從三、四年前起，我經常會夢到我把老婆殺了。」

搭檔用難以察覺的速度重新打量了一下他：「是怎麼殺的？」

中年男人猶豫了幾秒鐘：「各種方式。」

搭檔：「如果可以的話，能說一下嗎？」

中年男人略微有些緊張，並因此深吸了一口氣：「嗯……我會用刀、用繩子、用枕頭、扭斷她的脖子、用錘子……而且殺完之後，還會用各種方式處理屍體……每當醒來的時候，我總是一身冷汗。」

搭檔顯得有些驚訝：「你是說，你會完整地夢到整個事件？包括處理屍體？」

中年男人：「對，在夢裡我是預謀好的，然後把屍體拖到事先準備好的地方處理。」

搭檔：「怎麼處理？」

中年男人：「啊……這個……比如肢解，放一浴缸的硫酸，為了防止硫酸濺出來，還用一大塊玻璃板蓋在浴缸上，還有火燒，或者開車拉到某個地方，埋在事先挖好的坑裡。」

搭檔：「你會夢到被抓嗎？」

中年男人：「最初的時候會有，愈往後處理得愈好，基本上沒有被抓的時候。」

搭檔：「那你為什麼要殺她？」

中年男人看著自己的膝蓋，沉默了好久才開口：「我不知道……殺人的欲望，真的能遺傳嗎？」他帶著一臉絕望的表情抬起頭。

我和搭檔對看了一眼。

搭檔：「你的意思是說……」

中年男人：「大概在我九歲那年，我爸把我媽殺了。」

搭檔愣了一下：「呃，你看到的？」

中年男人緊緊抿著自己的下唇，點了點頭。

搭檔：「他……你父親當著你的面？」

中年男人：「是的。」

搭檔：「原因呢？」

中年男人：「我不是很清楚，但據我奶奶說……哦，對了，我是奶奶帶大的。據她說，我媽算是個悍婦了，而且……嗯……而且，我爸殺她的原因是她外遇。」

搭檔：「明白了，是在某次爭吵之後就……」

中年男人：「對。」

搭檔：「你父親被判刑了嗎？不好意思，我不是要打聽隱私，而是……」

中年男人：「沒關係，那時候我還小，再說那也是事實。判了，極刑，所以我是奶奶帶大的。」

搭檔：「下面我可能會問得稍微深一些，如果你覺得問題讓你不舒服，可以

不回答，可以嗎？」

中年男人：「沒事，你問你的，是我跑來找你們說這些的，儘管問就是了。」

搭檔：「嗯，謝謝。你對當時還有什麼印象嗎？」

中年男人：「那時候我還小，就是很多東西在我看來似乎……嗯……似乎不是很清晰，或者有些現象被誇大了……你明白我的意思吧？」

搭檔：「明白，童年的扭曲記憶。」

中年男人點點頭：「嗯，我親眼看著那一切發生，印象最深的是：血噴出來的時候像是有自己的意志一樣，灑向空中，然後濺到地上。而且……後來我曾經夢到過那天的情況。」

搭檔：「跟困擾你的噩夢不一樣？」

中年男人：「不一樣，這個不算是噩夢。只是在夢裡重現我爸殺……她的時候，血噴到地上並沒有停止，而是流向我。」

搭檔：「嗯？怎麼解釋？」

中年男人：「就好像是血有著我媽的意志……而且我知道血的想法。」

搭檔：「為什麼這麼說？」

中年男人皺著眉努力回憶著：「就是說，血是有情緒的，它熱切地流向我站著的地方，在夢裡，我能知道那是我媽捨不得我的表現……這麼說可能有點奇怪。」

搭檔：「不，一點都不奇怪，我能理解。」

中年男人：「嗯，反正就是那樣。」

搭檔：「那個夢後來再沒有過？」

中年男人：「本來也沒幾次，大概從我三十歲之後就再也沒有過了。」

搭檔：「我注意到從你重現當時的場景到你夢見自己殺妻，中間有幾年空白，這期間沒有類似的夢嗎？」

　　中年男人：「沒有，那幾年再正常不過了。」

　　搭檔：「能描述一些你殺妻的噩夢嗎？」

　　中年男人：「我說過的，我幾乎用了各式各樣的辦法來殺她……嗯……你是要我舉幾個例子嗎？」

　　搭檔點點頭：「對。」

　　中年男人帶著尷尬的表情撓了撓頭：「說我印象最深的幾次吧。有一次是我夢到自己勒死了她，然後把她拖到浴室裡。我還記得當時浴室裡鋪滿了裝修用的那種厚塑膠膜，把瓷磚和馬桶還有洗手盆什麼的都蓋上了，但是在排水孔的地方留了個洞。你能明白吧？在夢裡我都設計好一切了，就等著實施殺人計畫。我用事先準備好的剔骨刀、鋼鋸，還有野外用的小斧頭，把她的屍體弄成一塊一塊的，大概是茶杯那麼大，然後分別裝進幾十個小袋子裡，準備帶出門處理掉。這些全做好後，我把鋪在浴室的塑膠膜都收拾乾淨，浴室看上去就像是往常一樣，很乾淨，除了排水口有一點點血跡。」

　　搭檔：「在夢裡就是這麼詳細的？」

　　中年男人：「對。」

　　搭檔：「還有嗎？」

　　中年男人：「還有一次是夢到我把她悶死了，然後裝進很大的塑膠袋並放進一個行李箱。在半夜的時候，我拎著箱子輕手輕腳地走樓梯去了車庫，把行李箱放進後車廂，然後開車去了郊外的一個地方，那裡有我事先挖好的一個很深的坑。我把屍體從塑膠袋子裡拖出來，扔進坑裡，還扔進去一些腐敗的肉和發熱劑，最後倒上了一桶水，再埋上……很詳細，是吧？」

搭檔皺著眉點了下頭：「非常詳細，已經到了可怕的地步。你把屍體直接掩埋，以及用腐爛的肉，還有發熱劑、水，是為了加速屍體腐敗？」

中年男人：「對，就是那樣。」

搭檔：「你在夢裡做這些的時候，會感到恐懼嗎？」

中年男人：「不，非常冷靜。好像事先預謀了很久似的。」

搭檔：「在現實中你考慮過這些嗎？」

中年男人：「怎麼可能，從來不。甚至醒來之後我會嚇得一身冷汗，或者……想吐。」

搭檔：「你的冷靜和預謀其實只會在夢裡才有，對吧？」

中年男人：「就是這樣的……我也不明白是為什麼，會不會是我說的那樣？我的基因中就有殺人的欲望？」

搭檔：「目前看來，我不這麼認為，你父親殺你母親並不是為了滿足殺人欲望，是因事而起的衝動性犯罪。」

中年男人顯得很緊張：「不怕你笑話，對那種夢我想過很多，難道說我和父親都是被某種可怕的……什麼東西……操控著，做了那一切？我是不是有問題？我……我……」

搭檔：「你怕有一天你因為夢到太多次而真的這麼做了，所以你才會來找我們。」

中年男人低下頭沉默了一會：「是的，就是這樣。有一次在夢裡殺完我老婆之後，我抬頭看了一眼鏡子……到現在我還清楚地記得那個表情，和三十多年前我父親當時的表情一模一樣……」

搭檔看了看他，又看了看我，揚起眉。

我搖搖頭，搭檔點了點頭。

我的意思是今天沒辦法進行催眠，因為我掌握不了重點，他表示贊同。

中年男人走後，搭檔歪坐在書桌旁，把一隻手和雙腿都搭在桌上，閉著眼似乎在假寐。

我靠在窗邊看著搭檔：「看上去很離奇，對吧？」

他輪流用手指緩慢地敲擊著桌面：「這世上不存在無解，只存在未知。」

我：「那，答案……」

搭檔睜開眼：「答案……應該就在他心底。」

我：「嗯，我們開始吧。」

搭檔微微點了一下頭，瞇著眼睛琢磨了好一陣才開口：「看不出暴力傾向。」

我：「一點都沒有，他說到那些的時候沒有一絲興奮和衝動，只有恐懼。」

搭檔舔了舔嘴唇：「你覺得像單純的模仿嗎？」

我：「行為上的模仿？不像，過於還原了，理論上應該扭曲才對。」

「是啊……」說著，搭檔嘆了口氣，「真奇怪，為什麼他會用這麼極端的方式表達自己心裡的東西呢？」

我：「會不會真的是他太太有問題？」

搭檔：「嗯？應該不會，假如真的是家庭問題，他很容易就找到原因了，也不會這麼內疚，你注意到他內疚的表情了吧。所以我覺得他的家庭生活應該是平靜並且令他滿意的。」

我：「那，工作壓力嗎？」

搭檔：「也不大可能，他並沒提過工作壓力和夢的關係，如果是工作壓力或者生活壓力的話，他肯定會多少說起一些，但是剛剛他一個字都沒提起過，也

就是說，工作和生活這兩方面沒給他造成任何困擾。正因如此，他才會開頭就問『嗜殺是否會遺傳』這樣的問題。還有，他說過有時夢醒後會有嘔吐感，這意味著他對此反應是生理加心理的……那個詞叫什麼來著？」

我：「你是指行為和心理雙重排斥？」

搭檔：「對對，就是這個。所以我認為原因應該集中在他目睹父殺母上。」

我：「不對吧？我能理解目睹『父殺母事件』給他造成的心理打擊，但是問題是目前他在夢中重複著父親的行為，你是說他用遷移的方式發洩不滿？可理論上講不通啊，他怎麼會用母親作為遷移對象來發洩呢？難道說在他的生活中另有女人？」

搭檔：「遷移？我沒說遷移……他生活中是否另有女人……殺妻，然後藉此避免離婚帶來的損失……不可能，這樣的話，這個夢過於直接了……嗯，對，不可能的……」

我：「如果是殺戮現場給他留下了扭曲印象呢？他提過血，以及——」

搭檔跳起來打斷我：「啊？啊？你剛才說什麼？」

我愣住了：「殺戮現場？」

搭檔：「不不，後一句是什麼？」

我：「他提過血……怎麼了？」

搭檔：「血？血！該死！我關注夢境本身太多，忽略了最重要的東西。」

我：「什麼？」

搭檔：「記得他說過血流向自己嗎？他三十歲之前夢到的。」

我：「有印象，那個怎麼了？」

搭檔：「聽錄音你就知道了。」說著他抓起錄音筆擺弄了一陣後重播給我聽。

「……血是有情緒的，它熱切地流向我站著的地方，在夢裡，我能知道那是我媽捨不得我的表現……」搭檔關了錄音筆，看著我。

我費解地看著他，因為我沒聽出這句話有什麼問題。

搭檔無奈地搖了搖頭：「他夢裡表現最重要的部分並非暴力本身，而是冷靜地處理屍體，你不認為這很奇怪嗎？」

我：「把處理屍體和暴力傾向作為一體來看是錯誤的？」

搭檔：「就是這樣，不應該把這兩件事看作一體，殺人是殺人，處理屍體是處理屍體。殺人代表著暴力本身，而處理屍體則意味著別的。如果我沒推斷錯的話，處理屍體本身才是他情感的表現。」

我：「你把我說糊塗了，你的意思是他有戀屍癖？」

搭檔：「不不，你誤解我的意思了，我是說，處理屍體這個事的結果，而不是心理。」

我：「結果？處理屍體可以避免法律責任……啊？難道你是說……」

搭檔露出一絲笑容：「再想想。」

我仔細理了一遍這句話，然後望著搭檔。

搭檔舉起手裡的錄音筆，又放了一遍剛剛的錄音。

仔細想了一會後，我終於明白了：「我懂了……你指的是……他提過是被奶奶帶大的。」

搭檔點點頭：「正是這個，我忽略的正是這個。」

我：「嗯……這麼說就合理了。」

搭檔：「是的……」

我：「為安全起見，還是確認一下吧。」

搭檔：「當然，不過，就是不確認，也基本上可以肯定十有八九就是這個原

因。」

　我：「那催眠的重點不應該是夢本身，而是他沒有父母後的心理，對吧？」

　搭檔：「非常正確。」

　我：「嗯，沒想到居然會是這樣⋯⋯」

　搭檔重新把雙腿蹺在書桌上：「是啊⋯⋯兜了個不小的圈子。」

　中年男人第二次來的時候，已經是快一週後了。

　搭檔：「又做那個夢了嗎？」

　中年男人點了下頭：「有一次。」

　搭檔：「還是⋯⋯」

　中年男人：「對，這次是分屍後分別封在水泥裡⋯⋯」

　搭檔：「那個⋯⋯我能問一下你小時候的情況嗎？」

　中年男人：「好。」

　搭檔：「你父母對你好嗎？」

　中年男人：「都很好。雖然他們經常吵架，但都是關起門來，不讓我看到，而且他們並沒把氣撒到我身上。所以有很長一段時間，我甚至以為他們是開玩笑。」

　搭檔：「你母親有外遇的事，你察覺到了嗎？」

　中年男人：「沒有，我那時候還小，傻吃傻玩，什麼都不懂，都是後來我奶奶告訴我的。我媽對我可以說是溺愛，我記得有一次我跟別的孩子鬧著玩，把手臂蹭破了好大一塊，我媽就帶著我把那個孩子和孩子的家長一起打了一

頓。」

　　搭檔：「這麼凶悍？」

　　中年男人笑了下：「對，她就是這樣一個人。所以你可能想像不到她細聲軟語跟我說話的樣子。」

　　搭檔：「你父親呢？」

　　中年男人：「我印象中，他不怎麼愛說話，他喜歡我的表現不像我媽那樣摟著、抱著，而是陪著我玩，坐在我身邊陪著我看書、看動畫，只是陪著，不吭聲。」

　　搭檔：「在出事之前，你絲毫沒有感受到家庭不和的氣氛？就是冷戰那種。」

　　中年男人想了想：「我不記得有過，可能是沒留意過吧，沒什麼印象了。」

　　搭檔：「出事後呢？」

　　中年男人停了好一陣：「之後一切都變了。」

　　搭檔：「不僅僅是經濟原因吧？」

　　中年男人：「嗯，很多人都會對我指指點點地議論……可是奶奶一個人帶我，經濟能力有限，又不可能搬家或者轉學。雖然小學畢業之後讀中學稍微好了一點，但是居住的環境改變不了。所以基本上……還是會被人指指點點。奶奶有時候夜裡會抱著我哭，直到把我哭醒。奶奶會跟我說很多，但是當時我不懂，就只是跟著哭。」

　　搭檔：「她……還在世嗎？」

　　中年男人：「去世了，我大學還沒畢業的時候就去世了，為此我還休學了一年。」

　　搭檔：「你還有別的親戚嗎？」

中年男人：「出事後，外公和外婆那邊和我們就沒有任何聯繫了，也許那邊還有親戚吧。但是沒有任何往來，所以也就不知道……」

搭檔：「你父親這邊呢？」

中年男人：「我爸是獨子，也有一些遠親，但是自從家裡出事後，也沒任何聯繫了。」

搭檔：「可以想像得出……你現在的家庭，怎麼樣？」

中年男人：「我老婆和兒子？他們都很好。嗯……可能是因為我媽那件事吧，所以雖然我媽在我面前從沒表現出凶悍的那一面，但我很排斥強悍的女人，所以在找老婆的時候有些挑剔，尤其是性格上。」

搭檔：「你上次提過，你太太是很依附男人的那種女人。」

中年男人：「對，她不會跟我爭執，生氣了就自己找個地方悶坐著，最多一個小時就沒事了，也正因如此，後來我都刻意收斂一些，盡可能地對她好。」

搭檔：「你兒子呢？跟你像嗎？」

中年男人：「長得像，但是性格一點也不像。」說到這，他笑了一下，「從小我就算是比較聽話的那種，但他非常非常調皮，而且很聰明。據他們老師說，他從沒有哪節課能安安靜靜上完的，不過他成績很好，老師也就容忍了，只是私下跟我抱怨抱怨，但從不指責。」

搭檔微笑著：「這不很好嗎？再說男孩不就是這樣嗎？說起來你的家庭很完美，令人羨慕。」

中年男人不好意思地笑了笑：「沒那麼誇張……也因此，我對於那個夢會……會很害怕。」

搭檔點了下頭：「嗯，好，我都知道了。這樣，稍等一下後就進行催眠，然後我們就能準確地告訴你是怎麼回事。」

中年男人：「真的？」

搭檔：「真的。」

中年男人：「今天？」

搭檔：「對，在催眠之後。」

催眠進行得非常順利，重點就是上次我和搭檔商量過的——失親後童年的狀況和心理。情況基本上和我們推斷的一樣，也就是說，我們找到了噩夢問題點的所在。

在催眠即將結束的時候，我們保留了他在催眠狀態下所挖掘出的潛意識中的記憶。

回到書房後，中年男人一直沉默不語，看上去是回憶起童年的遭遇讓他有些難過。

搭檔：「你……現在好點了嗎？」

中年男人：「嗯，好多了，沒事，你說吧。」

搭檔：「你是不是察覺出原因了？」

中年男人想了想：「恐怕還得您來指點一下，我真的不是很清楚。」

搭檔點點頭，把水杯推到他面前：「是這樣，稍微有那麼一點繞，但是我盡可能說詳細些，如果你不明白，就打斷我，可以嗎？」

中年男人：「好。」

搭檔：「你在夢中殺妻，同暴力傾向、遺傳，以及目睹父殺母造成的陰影都沾了一點關係，但都不是最重要的。最重要的是你渴望自己能有一個完整的童年，就如同你兒子現在一樣。」

中年男人盯著地面，默默點了點頭。

搭檔：「實際上，你在夢裡殺妻並不是重點，重點在於處理屍體。這部分也是你那種夢最相近的部分，對吧？」

中年男人：「對，有時候就是直接面對我老婆的屍體，並沒有殺的過程。」

搭檔：「嗯，這正是我要說的……整個情況說起來稍微有點複雜，因為有好多細節和附著因素在其中，我們先說主要的。因為你是目睹著母親死去，所以你對此並不抱任何期望──期望她復活，這對你來說過於遙遠了。所以你把全部期許都放在你父親身上──你希望父親沒有被治罪，這樣至少你還是單親家庭，而非失去雙親。所以你殺妻的夢的重點就在於處理屍體。在夢中，你把屍體處理得愈乾淨，對你來說就愈等同於逃避開法律制裁。也就是說，雖然失去母親，但你還有父親。在法律上講，假如謀殺後可以毀滅掉全部證據而無法定罪，被稱為『完美謀殺』。因此，你的夢在著重重複一件事，製造完美謀殺，藉此來安撫你的假想：父親不會因殺妻而被定罪。這樣你就不會失去雙親，童年也不會那麼淒慘，同時也不會從小就背負著那麼多、那麼重的心理壓力……我們都知道，所有的指責和議論都來自你父親的罪。」

中年男人深吸了口氣：「……你說得對……在我十幾歲的時候，我開始有那種想法，但是後來忘記了，我以為……我不會再去想了。」

搭檔：「你對童年的回憶耿耿於懷，直到現在，所以在考慮結婚的時候，你堅定地排斥你母親那樣的女人，因為你怕會重蹈父親的舊轍──你深知是母親的凶悍和外遇造成了這種極端的結果，而最大的受害人其實是你。但同時你又難以割捨母親曾經對你的關愛，所以有那麼一段時間你會做那種夢，你所想的就是你夢裡所表達的：『雖然母親死去了，但是她的血卻帶有她的意志，熱切地流向我，企圖給我最後一絲溫暖。』不過，當你結婚並且有了孩子之後，你

的那層心理欠缺稍稍被彌補了一些——你太太的溫婉和家庭所帶來的溫暖，讓你不再對母親抱有任何幻想和假設。」

中年男人面色凝重地點了下頭：「你說得一點都沒錯。」

搭檔：「但是從小失親和背負指責、議論這一層陰影卻絲毫沒有減退，反而在同你兒子的對比後更加強烈了。你說過，是在三、四年前開始做這個夢的，對吧？那時候你兒子多大？八、九歲？」

中年男人：「是的，八歲多，不到九歲……和我看到我爸殺我媽的時候差不多大。」

搭檔：「嗯，所以，你開始重新回憶起童年時期的遭遇；所以，你透過這個夢用這種方式來……就是這樣。」

中年男人看著搭檔：「為什麼我的夢竟然用這種方式，而不是直接表達出來？」

搭檔：「因為你目睹了一切，你親身經歷了那些不該你背負的東西，在現實中你早就已經對此不抱任何期望了，甚至在夢裡都是用某種轉移的方式來表達出你的願望……呃……我能提個建議嗎？」

中年男人：「沒關係，你說吧。」

搭檔：「你從沒把這些告訴過你太太吧？其實你應該把這一切告訴她，因為你已經承受了太多不該承受的東西，你背負得太多了。」

中年男人淡淡地笑了一下，搖了搖頭，但沒吭聲。

搭檔：「好吧，這件事由你來決定。」

中年男人：「我老婆是很單純的那種人，從小生長在豐衣足食、無憂無慮的環境中，所以有些事情還是讓我繼續扛著吧，我不想讓她還有我兒子知道這些，我受過的苦，已經過去了，再讓他們知道這些也沒什麼意義。我知道，跟

她說也許能讓我減輕一些心理負擔，但是對他們來說卻是增加了不該承受的東西，何必呢？還是我來吧，只要那個夢並不是我的企圖就可以了⋯⋯對了，你⋯⋯您覺得，我還有別的心理問題嗎？我不會傷害我的家人吧？」

搭檔：「從你剛剛說的那些看，你沒有別的問題了，你是一個非常非常負責的人，也是一個非常非常好的人。」

中年男人不好意思地笑了一下：「您過獎了，只要那個⋯⋯不會遺傳就好，我生怕⋯⋯您知道我要說什麼。」

搭檔點點頭。

我和搭檔站在門口目送他遠去後才回到診所。

我邊整理著桌子邊問搭檔：「你看到他哭或者明顯表示難過了嗎？」

搭檔想了想：「沒有。」

我：「他算是心理素質極好的那種人了，我以為他會哭出來的，那種童年⋯⋯想起來都是噩夢。」

搭檔：「他不需要再哭了。他幾乎是從小眼裡含著眼淚長大的，但我在他身上看不到任何抱怨和仇恨，他也絲毫沒提過有多恨那些議論過他的人。從這點上來說，他能平靜地面對這些就已經非常了不起了⋯⋯很男人的那種男人，如果是我，我想我可能做不到。」

我：「嗯⋯⋯但是他堅持不和家人說似乎不大好，我怕他會壓抑太久而⋯⋯」

搭檔：「你放心吧，他不會的。對他來說，那種肩負已經成為動力了，他只會比現在更堅忍。」

我：「嗯，這點我相信⋯⋯你留意到他開什麼車了嗎？」

搭檔：「沒細看，是什麼？價值不菲的那種？」

　　我點點頭：「也算是一種補償了。」

　　搭檔：「不，他能承受一般人所不能承受的，那麼現在的一切，就是他應得的。」

十四 ─────── 搖籃裡的混蛋（上篇）

「不是我，是我弟弟。」說著，憔悴的中年女人嘆了口氣。

搭檔點了點頭：「哦，沒關係，方便的話，你先說一下他的情況吧。」

中年女人：「他……可能有妄想症。」

搭檔：「已經確認了？」

中年女人：「沒有，不過，差不多吧。」

搭檔皺了下眉：「那為什麼不直接去找心理醫生呢？」

「因為……這是之前找過的那些心理醫生蒐集和整理出來的資料，都在這裡了，我不知道這有沒有用。」她從包裡翻出一沓厚厚的資料，放在了桌子上，遲疑了幾秒鐘，「這是所有的資料，之前的心理診療都是失敗的。」

搭檔掃了一眼放在桌上的資料，面無表情地點了點頭：「你都看過了？」

中年女人：「看了一部分……之前找過心理醫生，但他們通常在接觸我弟弟一次後就放棄了。」

搭檔：「為什麼呢？」

中年女人：「我只知道其中一個原因。」

搭檔：「例如？」

中年女人：「我弟……嗯……罵人……」

搭檔：「你剛剛說你只知道其中一個原因，就是說還有你不知道的其他原因？但你是怎麼知道還有其他原因的？」

中年女人：「有幾個醫生晚上打電話給我，說第二天不用去了。我問醫生是不是他又罵人了，他們說沒有，但是不用去了……具體為什麼，我真的不清楚。」

搭檔：「原來是這樣……你猜測過嗎？」說著，他不慌不忙地從桌上拿起那一沓厚厚的資料開始翻看。

中年女人：「我想……也許是他又發病了吧。」

「嗯？」搭檔頭也沒抬，「這倒是新鮮，因為病人發病，醫生反而拒絕治療？你弟弟多大了？」

中年女人：「四十五。」

搭檔：「結婚了？」

中年女人「離婚了。」

搭檔：「離婚的原因呢？」

中年女人：「我……我也不是很清楚，是女方提出來的。」

搭檔：「有孩子了吧？」

中年女人：「有，是個女孩，現在都很大了，在上高中，但是不認他。」

搭檔抬起頭：「不認？不認識，還是說……」

中年女人：「她討厭他。」

搭檔點點頭：「哦……是這樣……能多說一些你弟的情況嗎？」

中年女人想了想：「我們家就這一個男孩，所以從小家裡都比較關注他。我媽去世早，因為我是長女，所以差不多在他十幾歲起就充當了我媽的角色……我承認我有點慣著他，包括我爸對他也是這樣。他沒考上大學那兩年，都是我四處託人給他安排工作，但後來都沒做幾天就不做了。一方面是他不願意做，另一方面是那些工作本身也不是很好。過了幾年，他考上大學後，我們全家都

鬆了一口氣。他畢業後，我們趕緊在老家安排他結了婚。開始幾年他還算好，本來我們都以為沒事了，沒想到孩子還沒滿月他就辭職了，拿著全部積蓄跑來這裡，說是要創業……」

搭檔愣了一下：「嗯？等等。你剛剛說孩子還沒滿月，他就帶著全部積蓄走了？沒留生活費？」

中年女人點點頭：「……這個……沒有……我知道是有點過分，不過可能是我們那幾年為了讓他平靜地生活，太限制他了吧。所以才……說起來也不完全賴他。」

搭檔露出一絲難以察覺的笑容：「好，你繼續。」

中年女人：「嗯。大概孩子五歲之前吧，他都沒回來過……後來就……嗯……離婚了。其實這也有我們的問題，當初家裡就是想讓他踏實下來，也沒問他是不是願意，可能他們之間沒什麼感情，所以才這樣的。」

搭檔：「那幾年他在做什麼？」

中年女人：「不清楚，我見過幾張不同的名片，所以我也不是很清楚他到底在做什麼。」

搭檔：「然後呢？」

中年女人：「離了婚之後──」

搭檔：「等等，中間就這麼跳過了？離婚的具體原因呢？你剛剛說過是女方提出來的，沒有別的了？」

中年女人：「因為……大概他沒怎麼回過家吧……」

搭檔：「你沒問過？」

中年女人：「具體沒問過，不過好像是我弟打了她……這個不能確定。」

搭檔點了點頭。我突然對眼前這個女人還有她弟弟厭惡至極。

中年女人：「離婚後他好像輕鬆不少，專心做自己的事業，家裡也覺得男孩子就應該去闖蕩，這樣也挺好，沒想到後來出事了。據他說交了個女朋友，但是那個女孩不同意──」

搭檔：「不好意思，還得停一下，有句話我沒聽懂：他交了個女朋友，但是女孩不同意？這是什麼意思？」

中年女人顯得有些尷尬：「就是說……那個女孩……不是很願意……」

搭檔皺著眉看著她：「這不算是交女朋友吧？這算是你弟糾纏人家吧？」

中年女人垂下眼瞼，沉默了好一陣才開口：「嗯，是有點問題……」

搭檔：「好吧，接下來？」

中年女人：「他可能找那女孩找得有點頻繁，後來女孩報警了……這部分資料裡面有。」她對著桌上那沓厚厚的資料揚了揚下巴，「其實本來也不是什麼大事，但是正好趕上報警的時候他打電話給那個女孩來著，那女孩比較壞，就用擴音給員警聽，也湊巧那天他心情不大好，就說了一點髒話，結果……」

聽到這，我有點按捺不住了：「湊巧？是一貫如此吧？」

中年女人：「這個我就不清楚了，可能他那時候就有點不大正常了，但他原來真的不是這樣的。」

搭檔瞪了我一眼，接下話茬：「你先接著說吧，我們想在見到他之前多知道點資訊。」

中年女人點了點頭：「結果員警就把我弟抓了，大概關了半個月後放出來的。我接他出來的時候，他哭了，看來受了不少罪……唉……現在的女孩太壞了……這麼點事就……報警，有什麼不能好好談的……」說到這，她眼眶紅了。

搭檔把紙巾遞了過去。

中年女人緩了一會，然後接著說了下去：「當時我弟工作也丟了，我們就讓他休息一段時間，換換心情。結果我弟脾氣有點直，嚥不下這口氣，沒幾年又跑去找那個女孩，其實那次找她只是想讓她道歉。」

搭檔：「道歉？你弟弟讓那個女孩道歉？」

中年女人：「就是哪怕象徵性地道個歉，沒別的意思。但我真不知道現在的女孩都是怎麼了，讓我弟弟被抓我們就不計較了，但是她一句道歉的話也沒有，據說態度還很惡劣，我弟弟可能是在氣頭上，也可能是發病了，沒忍住就打了她幾下⋯⋯後來，那個女孩家裡人來了，又報警了⋯⋯」

搭檔：「在什麼地方打的？」

中年女人：「這個⋯⋯具體我也不清楚，是在街上吧，我不知道。」

搭檔：「為什麼你這麼輕描淡寫？一個三十多歲的男人對一個剛畢業的年輕女孩糾纏個沒完，然後對方報警了，你弟因此當街打她⋯⋯你不覺得這事有點過分嗎？」

中年女人想了想：「可能是稍微有一點過分，但他是個病人啊，那個女孩肯定刺激他了——」

搭檔打斷她：「你父親知道這件事嗎？」

中年女人：「第一次不知道，第二次知道了。」

搭檔：「你們告訴他的？」

中年女人：「不是，是女孩的父母查到了我家電話，然後打給我爸的，讓我弟別再⋯⋯嗯⋯⋯糾纏她⋯⋯」

搭檔：「你父親怎麼說的？」

中年女人：「我爸當時倒是很清醒，提醒對方不要干涉年輕人的感情問題，讓他們自己解決就好了⋯⋯」

我有點聽不下去了，於是拿起桌上那沓資料隨手翻看了一會，發現這些資料大多是之前的心理診療者蒐集來的，裡面是一些人對中年女人弟弟的看法。

　　「他很狂妄，剛愎自用。」

　　「他是瘋子。」

　　「他用盡各種辦法騷擾我，電話、簡訊、傳真、郵件，甚至還騷擾我身邊所有的人，並且編造骯髒的謊言誹謗我。」

　　「他從沒成功過，但是假如你聽他描述，會以為他曾有過輝煌的過去。」

　　「據我所知，他只會欺負女人，甚至當街動手打——當然，只限女人。」

　　翻看了數頁資料後，我大體了解到了資料中所提的究竟是一個什麼樣的人。

　　中年女人：「……所以說他因為這件事受的打擊太大了，之後就再也沒去找過那個女孩，一心撲在事業上。在我弟第二次被抓之後，我曾經跟那個女孩談過，央求她換個工作部門，然後改個名字，這樣我弟就找不到她了，也就不會有麻煩了。」

　　搭檔笑了：「你讓那個女孩改名字？」

　　中年女人：「我當時真是求著她說的，之前的事都沒計較，我只是不想再讓我弟惹事了，我們家就這麼一個男孩——」

　　搭檔：「這個……我能說下自己的看法嗎？」

　　中年女人：「嗯，您說吧。」

　　搭檔：「我覺得你的要求有點過分。」

　　中年女人：「可能吧。但是我弟弟有妄想症，精神上不是很正常，所以不能用——」

搭檔再次打斷她：「那當時為什麼不帶他去看一下呢？」

中年女人：「那時候我們還沒意識到這個問題，所以也就沒找。」

「什麼時候你們開始覺得他不正常的？」說完，搭檔掃了我一眼，用微笑暗示我要保持平靜。

中年女人：「三年前吧。那時候他決定自己創業，跟我借了不少錢。」

搭檔：「大概多少？如果你覺得這屬於隱私，可以選擇不說。」

中年女人：「八十多萬。」

搭檔：「你的積蓄？」

中年女人：「嗯，那時候我和我丈夫開了一家玩具廠，做得還算不錯。另外，他還跟別人借了一些，包括我妹妹和一些親戚。」

搭檔：「你先生知道你借錢給他嗎？」

中年女人低下頭，嘆了口氣：「不知道……因為是我管帳，他通常不問。」

搭檔：「後來知道了嗎？」

中年女人：「知道了……」

搭檔：「怎麼知道的？」

中年女人：「因為資金周轉問題，工廠倒了……本來就是小廠。」

搭檔：「你和你先生的感情受到影響了嗎？」

中年女人的眼圈又紅了：「我們離婚了。」

搭檔：「你弟弟拿著那筆錢去做什麼了？」

中年女人：「他真的是去創業了，不是亂花的。但是那幾年很不順，加上有人誹謗他的企業，所以一直不是很好。我弟還報過警，但是那些員警根本不管，說沒有證據……」

搭檔：「誹謗？是真的有人誹謗嗎？」

中年女人：「應該是……吧……他說有。」

搭檔：「是他跟你說的？」

中年女人：「對。」

搭檔：「你有沒有想過，所謂的『誹謗』也許並不存在，只是他的妄想症？」

中年女人：「想過……」

搭檔：「然後？」

中年女人：「雖然我也懷疑過，但覺得不大可能。」

搭檔：「為什麼？」

中年女人：「因為他那陣子忙得焦頭爛額，但是企業就是做不好，我也覺得是有人從中作梗，才會這樣的。」

搭檔：「我能問一下他開的公司是做什麼的嗎？」

中年女人：「具體我不大清楚，我只知道其中一項是給那些企業家和知名人士出書。」

搭檔：「出過嗎？」

中年女人：「嗯，有一本……」

搭檔：「是誰？」

中年女人說了一個名字，搭檔皺著眉想了會，然後望向我，我搖搖頭表示沒聽說過。

搭檔：「除此之外呢？」

中年女人：「其他的我就不知道了。」

搭檔：「嗯……那麼他後來感情上沒再有什麼嗎？」

中年女人：「這個我不大清楚，他也不怎麼跟我說，應該是有的。」

搭檔：「為什麼這麼說？」

中年女人：「有時候逢年過節他回家時，經常半夜發簡訊，我曾經問過，他說是一些無聊的女人騷擾他。」

搭檔：「哦⋯⋯你弟現在在做什麼？還在經營那家公司？」

中年女人：「他公司後來欠債倒閉了。」

搭檔：「欠債？」

中年女人：「就是當初他向親戚借的錢，還有銀行的一些，那都是小錢，信用卡透支而已。除此之外好像還有那本書的問題。因為印刷廠總是找麻煩，所以那本書沒印完，就因為這點事，那個出書的企業家準備起訴我弟。」

搭檔：「你弟現在在老家？」

中年女人：「不，在本市租房子住。」她說了一個離市區非常遠的地名。

搭檔點了點頭：「嗯，這樣吧，回頭我們看下資料，你明天⋯⋯下午，帶他過來，我跟他本人接觸下，你看呢？」

中年女人滿懷希望地看著搭檔：「好！」

中年女人走後，我直接問搭檔：「資料你沒看？這麼一個骯髒的、垃圾般的混蛋⋯⋯我搞不懂你為什麼要接下來。」

「他是什麼樣的人關我什麼事？我們的職業不允許因產生好惡情緒而失去理智。」我那個貪婪的搭檔把錢收到抽屜裡。

我有點惱火：「真打算接這個棘手的案子？你別忘了，之前的心理諮商和診療全部失敗了。」

搭檔抱著肩靠在書架上，一臉的悠閒自得：「我猜他們之所以會失敗，是因為產生了情緒，因此也就忘記了那個最重要的目的。」

我：「什麼？」

搭檔：「分析也好，催眠也罷，我們的最終目的，並非要知道『他有多混蛋』，而是『他為什麼成了一個混蛋』。」

我：「這還用問？不是明擺著嗎？都是他家裡——」

搭檔：「等等，先別發火。你忘了嗎？如果他真的有妄想症，那麼一切都是可以理解的，明白？我指的是病因。」

我依然沒消氣：「我以為你有自己的原則，沒想到……」

搭檔似笑非笑地看著我：「我當然有自己的原則，但我從沒忘記我該站在中立、客觀的角度看待問題，否則是看不完整的。這件事等最後你就明白了，只是我需要見到他本人後才能確定。」

我：「確定？你認為他真的有精神問題？」

搭檔：「不，是別的，你沒發現嗎？」

我：「發現什麼？」

搭檔：「好吧，到時候你就知道了。」說完，他得意地笑了。

資料一

性別：女　年齡：二十九歲　同被調查者關係：前同事

注：內容全部來自電話錄音，受訪者拒絕面談（以下部分略去提問問題）

「好吧，我接受，你要問什麼？

「嗯，對，當初兩次都是我報案的。

「你想像不出當時的狀況，那時我才剛剛畢業，什麼都不懂的孩子，他當時是我同事，每天瘋了一樣騷擾我。

「不，他沒能把我怎麼樣，但必須說明，那是我反抗的結果，他企圖性侵我很多次了。原來經常找理由讓我去他辦公室，並且關上門，你知道那時候他在做什麼嗎？他伸出手要抓我頭髮……你能想像嗎？在辦公室，白天，外面就是同事！

「我的反應？你認為呢？我抓起菸灰缸差點砸過去……報案？那時候我才出校門，什麼都不懂，怕得不行。

「瘋？不，他沒瘋，他做這些的時候都是非常清醒的……例如他會在下班的時候堵截我，假如有人干涉或者有人在場，他就做出一副無辜的樣子，就像是男女朋友吵架一樣，但假如沒人在，他就完全變了一個人。為此他還動手打過我……當然，你以為他被拘留放出來後是第一次打我？之前就有。

「嗯，那次是他要我去他家，我不去，就那麼在街上拉拉扯扯的，後來我喊『救命』，有路人停下看是怎麼回事，結果他抬手就是一個耳光，然後罵罵咧咧地走了。

「第二次是他抓住我的手腕要跟我回我租住的地方，走了快十公里，後來我手腕瘀青了好久。當時他要跟著我上樓，我就在樓下等我室友，死活不上去，他又是一個耳光……後來還是我室友的男朋友來轟走他的。他知道室友的男朋友不住在這裡後，就經常來騷擾，半夜砸門，罵極難聽的髒話……每次時間都不長，他怕我們報警。

「他半夜打電話、發簡訊，從沒停過，每次都是說髒話、說下流的內容。這

還不算什麼，在我的入職登記表上有我爸媽家的電話，他還會打給他們，謊稱我有孩子了，他要對我負責，這些是我後來才知道的。如果說真有病的話，應該是我快被他逼瘋了才對……我爸媽當然管過，他們曾經抱著溝通的態度給那個畜生他爸打過電話，結果他爸居然裝傻，說自己老了，聽不見了，然後把電話掛了。之後再打，就罵我淫蕩，勾引他兒子又不負責。那個畜生知道後，就想盡辦法騷擾我爸媽，還發匿名傳真、郵件。我討厭說髒話，但是提到那個畜生，我只能用髒話才能表達出自己的情緒……嗯，我爸媽說過讓我回去，離開這個城市，但是我憑什麼回去？就因為一個混蛋、垃圾、人渣，我就要放棄我的夢想？憑什麼？

「你不明白，因為工作性質，我的電話不可能被徹底隱藏，他總能找到……請你站在我的立場──我為什麼要因此換別的性質的工作呢？這是我的錯嗎？

「我接受你的道歉。第三次打我是在我新工作部門的門口，當時已經過去五年了！我沒想到他又出現了，就像是一個噩夢。他來的時候把手機和筆記型電腦丟在了公車上，而他出現在我面前時，劈頭就是一句『如果不是來找你這個婊子，我就不會丟了那些東西！』這就是他的邏輯！然後抓著我，幾乎是拖著走，我拚命掙扎，最後還是有路人制止，然後他死命抽了我一個耳光，我當時都被打昏了，直接摔倒，鞋也掉了，手裡的東西散了一地，他告訴我這事沒完，然後又是罵罵咧咧地走了。正因如此，我才第二次報警，他又被抓了。

「不不，他非常清醒，假如你看過他半夜發給我的簡訊，你就會知道。我已經保留了上千則，都拍照存下了，包括郵件……你能想像嗎？一年前那個垃圾還在用簡訊騷擾我……對，就是去年……從我出學校開始工作，他騷擾了我七年！這七年我換了無數個電話號碼，家裡也跟著換了電話號碼，我不敢一個人下班，不敢接陌生電話，不敢交男友……換成任何一個人，突然看到那些變態

簡訊，會怎麼想？我這輩子能有幾個七年……這些在當地派出所都有備案，你去問他們吧，我能保持理智跟你說這麼多已經很不容易了。如果你想問我對他是否有病怎麼判斷，我可以很明確地告訴你：他所做的一切自己都非常清楚。不好意思，我不想再說了……」

資料二

性別：女　年齡：三十二歲　同被調查者關係：前同事

注：內容全部來自電話錄音，受訪者拒絕面談（以下部分略去提問問題）

「對不起，我也是沒辦法……

「我知道他一直騷擾她，但是他經常半夜打電話給我，索要她的電話號碼，我實在受不了了，所以就……我知道很對不起她，可是……如果不給他號碼，他就會騷擾我……用各種方式，甚至半夜發簡訊罵我，我實在是受不了了，所以……

「嗯，他很狂妄，剛愎自用。

「被抓？我知道……對，是兩次，聽原來部門同事說的。

「對，情況就是她說的那樣，當時鬧得沸沸揚揚的，所以我才會從原部門辭職……我只是想在麻煩找上門之前趕緊走掉……」

資料三

性別：男　年齡：三十七歲　同被調查者關係：前合夥人

注：面談（以下部分略去提問問題）

「對，我們是開過這麼一家公司。

「是我主動撤資的……這個嘛……其實沒那麼複雜，只是因為我發現他不太可靠而已。

「例如？例如他在描繪的時候會說得很好，很多責任都由他自己來承擔，但實際做的時候就完全不是那麼回事了，他什麼都不會承擔，也不做，而是讓別人去做，他只會說空話……嗯……就像他自己說的，他說自己是指點江山的。我覺得這事很搞笑，先得自己打下江山，才有資格指點江山吧？憑什麼人家打下江山後讓你來指點？另外就是，他似乎專門招聘剛畢業的女孩到公司……嗯……然後用各種方式騷擾那些女孩，我撞上過不止一次……聽說他在原部門就是因為騷擾女同事被開除的……

「提醒過，提醒過幾次後我覺得勢頭不對，他的全部心思都放在騷擾女員工身上了。正好那時候他好像從家裡拿了點錢，我就藉口手頭周轉不靈，要求撤資。

「沒有，沒全要回來，大部分吧。算了，就當給自己買個教訓了，之前過於相信他所說的了。後來我打聽了一下，發現一個問題——他從來就沒成功過，但是假如你聽他描述，你會以為他曾有過輝煌的過去……什麼？哦，那我不知道，你真是心理診療醫生？你是蒐集證據的私家調查公司吧？

「哦哦，債務的事我不清楚，那時我早不在了。他這個人啊……怎麼說呢，據我所知，他最大的理想是成功創建一家全球性質的大型跨國企業，並且在納

斯達克上市，然後他就退居二線，整天閒雲野鶴、詩詞歌賦，這就是他的最終目標。當然，他為此而付出的努力只是用嘴說說！哈哈哈哈哈！」

資料四

性別：男　年齡：二十六歲　同被調查者關係：前公司員工

注：內容全部來自電話錄音，受訪者拒絕面談（以下部分略去提問問題）

「好，傳真我看了，你問吧。

「哦，這個事啊……嗯……沒關係，方便，反正我已經不是他的員工了，我不怕。

「對對，沒錯，是這樣，被抓的事我知道……啊？我不知道那是第二次……據我所知，他只會欺負女人，甚至當街動手打——當然，只限女人。

「聽說過騷擾公司女同事，有時候一些剛畢業的女孩來公司工作，沒多久就走了，但我們最初都不清楚到底怎麼了。後來我無意中遇到過一個女孩，我出於好奇問過她怎麼就走了，結果那女孩說是受不了他騷擾……我聽公司的人私下說過，他開公司的樂趣似乎不是掙錢，而是……你知道我指的是什麼吧？

「發展？那個公司沒發展，別人我不知道，反正我離開的原因是欠薪，不光是我，好多人都是這麼走的。

「誹謗……嗯……這個吧，不算誹謗，真的，我真的這麼看……為什麼？因為一直在各種網站發消息說他不好的人都是被他欠薪的人啊！其實這麼說吧：他的公司早晚會完蛋，跟別人無關，是他的問題，因為他根本不管業務這塊，

就是畫個餅說一些美好前景之類的空話，然後甩手走了。底下的人當然什麼都不明白了，所以也就沒人能做好，這不很正常嗎？

「錢？具體我不知道，但是好像都花在給他個人做專題和採訪上了……對啊，就是那種你花錢就給你幾十分鐘訪談的爛電視節目……都是在不起眼的頻道和夜間播出，呵呵……

「對對，他比較喜歡出風頭，所以錢都花在那上邊了。

「嗯，差不多是這樣吧。對了，我給你爆個料吧，公司根本沒財務人員，都是他自己來，所以錢這塊沒人清楚怎麼回事……報稅每年都是請會計核算報稅什麼的……外面的人當然不知道了，印刷廠的人來催款，他總是說財務出去了，然後就賴著唄。當時我們在辦公室外面聽著，就覺得又好氣又好笑，他都不給員工發薪水，你說能給印刷廠結帳嗎？！」

剩下的資料我沒再細看，都是匆匆翻了過去──沒必要細看了，內容都差不太多，而且我怕再細看下去會讓自己產生有暴力傾向的情緒。也因此我更不明白搭檔為什麼還要接下這單，並且還要見這個人。

搭檔接過資料後，用幾倍於我的時間把它看完了。

他把資料放在桌上，笑咪咪地看著我，臉上帶著一種好奇的神態。我注意到這點了：「怎麼了？」

搭檔：「明天不需要你做催眠。」

我沒好氣地告訴他：「恐怕我也做不了，我情緒有問題。」

他笑了：「我很少見你有這麼強的情緒。」

我：「因為我還是一個正常人。」

搭檔大笑起來：「你是說我不正常？」

我：「我只是不明白你到底要做什麼。」

搭檔沒吭聲，笑著拿著我的杯子接了杯水，然後放到我面前：「明天，明天就清楚了。」說完，他把雙手插在褲袋裡，去了書房。

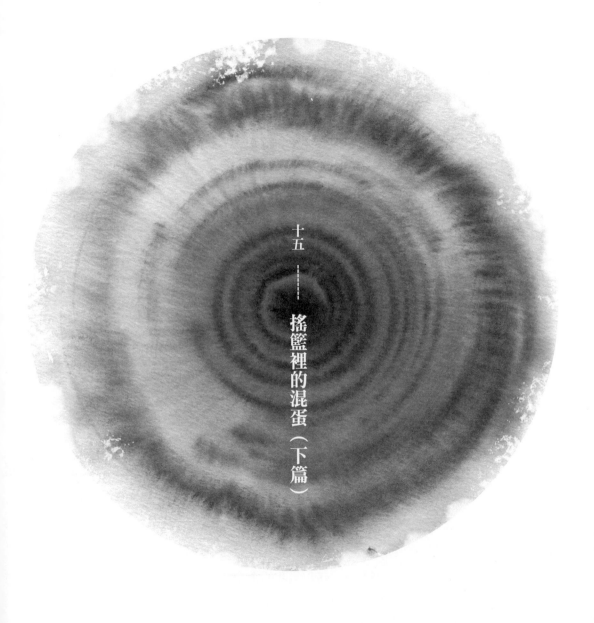

十五 ------- 搖籃裡的混蛋（下篇）

第二天下午，中年女人帶著她弟弟如期而至。

搭檔把他單獨領進書房，並告訴他姊姊：「請在催眠室等一會。」進了書房後，他四下張望著。

他看上去有四十多歲的樣子，個子不高，很瘦，有點駝背，頭髮很長，臉上有種不屑的神態。

上午的時候，搭檔無數次提醒我：「你必須保持冷靜的態度，假如你沒法做到這點，那麼就不要說話。」

我選擇沉默。

搭檔：「坐吧。」

他點點頭，又東張西望了一會後才坐下。

搭檔注意到他在看書架上的書：「都是些七零八碎的書，別見笑。」

他開口了，聲音聽上去有氣無力，還有點尖細：「嗯，我沒打算看。你們這裡不是心靈診所吧？」

搭檔：「沒有心靈診所，是心理診所。我們這裡不是。」

他：「其實應該有心靈診所，等以後我的企業做起來，我準備開一家。」

搭檔：「心靈診所？打算做什麼內容？」

他：「淨化心靈，給人更高的境界。」

搭檔保持著笑容：「什麼樣的境界才算更高呢？」

他：「現在的人，心思都太壞了，整天想著掙錢，但是幾乎完全忽略掉了自我修養和自我素質。你不懂我在說什麼吧？我說的是修心，這回你能明白了吧？」

搭檔：「嗯，聽懂了。但是，怎麼修心呢？」

他：「當然是我來講解，我會告訴他們人生的更高境界、更高智慧是什麼。比如說，透過關注那些成長中的企業家、關注文化產業、給新人創造創業機會等等。」

搭檔：「聽上去像是個風險投資的評估機構。」

他笑了：「你不懂，這其實就是一種修心，目的是讓自己放下心理上的那個高傲的架子，通常愈是有成就的人愈沒有架子。長久以來，我一直在注重自己的修心，所以等將來我功成名就的那一天，我早已經不需要修心了，因為我一直都在修心。」說完，他滿意地點了點頭。

搭檔：「聽上去很不錯，在成長的過程中自我修行。」

他：「當然，這是一件非常重要的事，我在各種場合都反覆強調過這點。」

搭檔：「各種場合？媒體？」

他：「我不屑跟媒體說這件事，是和一些朋友……不過關注的人太少了，大家都忙於現實和金錢，可是，那有什麼用呢？錢再多你能怎麼樣？不還是每天三頓飯、睡覺一張床嗎？所以我說那些都是沒用的。不過所幸的是，畢竟有些社會名流還是聽懂了我的意思，並且在按照我吩咐的做。」

搭檔：「哦？都有誰？」

他輕描淡寫地說了幾個知名企業家和著名風險投資人的名字。

搭檔看上去有些驚訝：「他們都很信奉你的……呃……修心理論嗎？」

他帶著一種深藏不露的笑容，點了一下頭：「在他們看來，我差不多是心靈

導師吧。當然了，人家有自己的地位，讓他們公開承認這點是很難的。沒關係，我不會計較這些，只要有人能得到真傳，我就很欣慰了。」

搭檔：「嗯，這個可以理解。你自己的企業呢？做得怎麼樣？」

他顯得有些無奈：「我可能是太注重於修心了，有些事情我沒怎麼參與，想放手給一些年輕人打拚的機會。你知道人年輕的時候最重要的是什麼嗎？是有個拚搏進取的機會，而不是高薪厚祿，但是真正懂我心意的年輕人太少。不過，即便如此，我還是放手讓他們去做，做好做壞沒關係，我不計較……可能是這個因素吧，我的公司並不太好，所以我把公司暫時關閉一下，以後有機會再說，而且現在暫停公司業務也能避避風頭。」

搭檔：「避避風頭？」

他：「樹大招風，你不到那個境界是沒辦法知道的。自打我成立企業以來，就不停地被人誹謗、中傷，有些事情我看在眼裡了，但是並不打算真的去計較。你想想，螻蟻怎麼能撼動大樹呢？雖然我也曾經報過警，那只不過是想嚇嚇他們，假如我真打算有什麼動作的話，我肯定去蒐集證據。你不知道，那些事情太分神了，所以我懶得弄，有那個時間練練書法、看看書，我才不會往心裡去呢。」

搭檔：「嗯，是的……你公司規模最大的時候有多少員工？」

他笑了：「你見過真正的精銳企業會有上千人嗎？那是臃腫架構，非常不利於發展，我不需要那麼多人，但是我找的人都是菁英，雖然有些人剛畢業，還沒露出鋒芒，但是我會給他們機會，讓他們展現自己的才華。就像《三國演義》裡的劉備，他本身沒什麼本事，就憑著信念和仁厚，讓那麼多優秀的人才聚集到自己麾下。這就是人格魅力。」

搭檔皺了皺眉：「劉玄德不是你說的那樣吧？史書上描述過他的組織能力很

不一般，而且蜀漢的大多數征戰都是他親自指揮的。除此之外，他還有點先天條件，例如漢室宗親的身分一類的，所以能有號召力。《三國演義》裡把他描繪得比較弱……」

他不屑地揮動了一下手臂：「你讀書讀得不精，其實更主要的還是他的個人信念。」

搭檔：「嗯，好吧……對了，聽你姊姊說，你的個人感情問題似乎不是很好？」

他：「我承認，的確是還沒有歸屬，這是幾方面造成的。一是我事業心太重，把精力都放在這上面了。現在的女人你又不是不知道，她們總是糾纏著讓你陪，我哪有那麼多時間？二是好多女人看中我的公司和地位，所以——」

搭檔：「稍等一下，你的公司不是關了嗎？」

他：「對啊，但是我整個系統的架構還在啊，你知道多少人盯著我規劃好的前景嗎？當然，現在時機還不夠成熟，所以我暫時放一放。目前包括很多風險投資人和知名企業家都想來撈一把，用自己企業的股份來換取我企業的股權，他們太可笑了。我通常會放話：『我對你的產業沒興趣，如果你非要換，那麼就用你的百分之四十換我的百分之十，另外再有百分之十或者百分之五歸到你個人名下。』我這個條件細算起來非常大度，並不苛刻。」

搭檔：「他們同意嗎？」

他：「那些人都很貪婪的，他們想盡辦法要更多，所以都拖著，想拖到我鬆口，但我就是不鬆口。為什麼呢？你想想看，我要做的是文化產業，這個產業是無邊的啊，我敢說只要有文明的地方，我都可以插一腳。長久以來我一直在說，文化產業才是真正的產業，其他都是垃圾！我為此精心構思了好幾年，別看現在公司關了，但等我想做的時候，只要兩千萬元，就能橫掃整個文化產業

圈，包括財經類的媒體和產業，用不了兩年甚至可以把財經巨頭掃落馬下，這不是我在吹牛，我早就計畫好了……」

搭檔：「那你打算從什麼開始做起呢？」

他：「當然是先集合優秀的企業家來共同參與。」

搭檔：「不不，我指的是：你，怎麼做。」

他：「這個我肯定是先從自身企業文化開始做。」

搭檔：「例如？」

他：「嗯……先架構出我的企業結構……」

搭檔：「稍等啊，你建構了企業規模和目標，但是還沒架構出企業的結構？」

他：「這不是隨便架構的，要有優秀的人才，要有那種有捨己信念的人才。我已經物色好一些，現在正在談。」他隨口說了幾個知名的企業高管和職業經理人的名字。

搭檔：「談得怎麼樣了？」

他：「要想說動他們需要時間，我會潛移默化地去影響。現在我手機裡就有他們的電話，我隨時可以聯繫他們。」

搭檔點了點頭：「嗯……明白了……對了，我們剛才說的是你的個人感情，現在好像偏題偏了很遠，對吧？」

他笑了笑：「你看，我這個人就是比較注重事業，說著說著就這樣了。」

搭檔：「嗯，那感情問題可以說嗎？」

他：「當然可以，我從來不避諱這個問題。我剛剛跟你提過的那個名單裡有女人，你注意到了吧？其中不乏我的追求者，但是我覺得她們動機不純。她們更傾向於我未來的光環，而不是我本人，所以我對此的態度還是比較謹慎的。

長久以來，我一直認為感情其實是可有可無的，我可以放棄掉我的個人感情，可是那些女人……唉……不說也罷。」

我突然發現，他似乎把這次對談當成了採訪。

搭檔：「你前妻呢？是個什麼樣的女人？」

他對這個問題顯得有些措手不及：「啊？嗯……我沒結過婚……」

搭檔：「不是都有孩子了嗎？」

他迅速恢復到常態：「當時我很反對要孩子，但是她為了嫁給我，自己一意孤行，堅持要生下來，甚至還騙我，最後我是在不知情的情況下，被她偷走身分證和戶口本去登記的，但是從實際角度出發，我並沒有真正經歷過婚姻。」

搭檔皺著眉拿起面前的資料：「你姊不是這麼說的，而且你有幾年一直在老家過著很平靜的家庭生活，不是嗎？」

他盯著搭檔停了一會：「你不要聽那些女人胡說八道，我說過，自打我開始創業以來，很多人都為此眼紅、妒忌，並且編造了很多中傷和誹謗的言論，四處造我的謠──」

搭檔打斷他：「你姊姊呢？也是那種胡說八道的女人？她因為借給你錢的事而離婚了，你知道嗎？」

他：「我不好評價我姊和我姊夫的感情問題，但是你看事情只看了一面。假如我沒有被人拆臺而成功了呢？我會分給她紅利、會給她利息，其實她這就相當於投資，必定有風險……」

搭檔：「那你的孩子呢？我們先不說你是否有過婚姻的問題，孩子是你的你可以肯定吧？你照顧過她嗎？或者關注過嗎？」

他低下頭想了想，嘆了口氣：「我不是一個好父親，我虧欠她太多了，可能是我過於注重事業，忽略了……不過我打算將來讓她持股，這樣也算給她一個

補償。」

搭檔：「持股？」

他抬起頭：「對，我要做的是文化企業中的航母，將來必定上市。雖然目前遇到不少挫折，但是我離成功其實就差一步。不過我並沒忘記創業初期的艱辛，大約在兩年前，我曾經給總理寫過公開信，呼籲他關注創業企業家成長──」

搭檔抑制住話題的偏離：「不好意思，打斷一下，我們現在在說你的個人問題，我想知道你是否承擔過做父親的責任？」

他愣了一下：「我剛才說了，我關注事業太多了，所以沒──」

搭檔再次打斷他，並且重複了一遍問題：「你，是否承擔過做父親的責任？」

他：「我的確做得還不夠……」

搭檔並沒打算就這個問題讓步：「不夠，還是徹底沒承擔過？」

他：「雖然沒有實際承擔過，但是如果從心理角度看，我幾乎每天都在關注，但是我沒法就此分神，也不可能分身……」

搭檔點點頭：「我懂了……就是說你從未承擔過一個父親應有的責任。也許你並不承認之前的那段婚姻，但是在你前妻生完孩子之後，你對她有過關心和照顧嗎？」

他：「從某個角度講，我真的很關注她。那時我還小，不懂什麼是感情，只是覺得兩個人既然在一起了，就要好好在一起，我對待什麼事情都是認真負責的態度。但是懷孕的事情，她一直瞞著我，我對此很氣憤！身為一個女人，怎麼能這麼欺騙別人呢？怎麼能這麼放縱自己而任意踐踏別人的未來和創業精神呢……」

搭檔：「那，你對你姊呢？沒有愧疚嗎？」

他對這個問題顯得很冷漠：「那些我會補償她的。」

搭檔瞟了我一眼，點點頭：「聽說你母親去世得很早？」

他：「對，我十歲左右，我媽就去世了。」

搭檔：「你母親很疼你？」

他此時稍微顯得有些動情：「我媽特別疼我。記得小時候她見不得我哭，只要我一哭鬧，無論要什麼，她都會滿足我。」

搭檔：「你姊姊對你不好嗎？」

他：「我心裡明白她為我做了很多，那些我會補償的。」

搭檔搖搖頭：「不，我問的是：你認為，你姊姊對你好不好？」

他遲疑了幾秒鐘：「挺好的吧……」

搭檔：「因為借給你錢，你姊離婚了。你會為此感到愧疚嗎？」

他：「我已經說過了，等我的企業做起來之後，我會補償她一切，都說到這樣了，還不夠？」

搭檔：「如果你的企業沒做起來呢？」

他連想都沒想：「不可能，一定會做起來的，只需要兩千萬的啟動資金。當然了，第二輪融資我會變通一些，把條件降低，不那麼苛刻，這樣就能讓更多的企業家和投資人都分一杯羹，我絕不會以高傲的態度來拒絕，還是要給別人一個機會的。長久以來，我一直堅持走低調和謙卑的創業路線。當然，第一筆投資除外，這點上我堅持我的原則……更多的我不能再說了，因為我不想把這艘文化產業航母詳細拆解說給你聽，這算是頂級商業機密。」

搭檔對他的挑釁絲毫沒有反應：「離婚後，你有過感情生活嗎？」

他：「沒有，我專注於事業本身，個人感情問題已經被我拋之腦後。」

搭檔：「那你兩次被拘留是怎麼回事？」

他：「你真的不知道這行有多亂，那都是誹謗的一部分而已，我早就習以為常，可能你會覺得很不可思議。」

搭檔看了一眼手裡的資料：「可是你第一次被拘留不是在你創業之前的事嗎？」

他做出恍然大悟的表情：「哦，你說的是那次啊，那次是我信錯了人。」

搭檔：「嗯？什麼？」

他深深嘆了口氣：「我原來的部門有個女孩，我覺得她很有潛力，一心想提拔她，但是沒想到她卻因此對我產生了感情，總想用肉體來報答我。當時我就覺得不對勁了，為什麼這個女孩會有這種齷齪的想法呢？我很莫名其妙，但是你不能了解到她對此的反應，她居然會惱羞成怒！你看看，這個女孩是不是很有問題？我一再拒絕她後，她就開始含沙射影地跟別人說我怎麼樣怎麼樣了。對此我覺得很好笑，但是我並不怕，身正不怕影子斜，我該在工作中幫助她還是會無私地去做，但是個人情感問題我徹底拒絕。你知道嗎？她曾經拉著我要我去她住的地方，我拗不過就去了，但是我絕對沒進過門，當時我在樓下和她談心，想讓她明白我之所以關注她，是因為我希望她有一天能成長起來，成為一個了不起的人才。那會可能是感動她了，她說她希望一生以我為師，我想了想，也就沒拒絕……」

很顯然，搭檔也有點聽不下去了：「那因為什麼被抓的？」

他冷笑了一下：「後來她反覆騷擾我不成，就惱羞成怒，找員警誣告我騷擾她。」

搭檔：「員警就相信了？沒有取證？」

他：「我不知道員警是怎麼搞程序的，但是我可以肯定一點：她一定是靠出

賣肉體才讓員警拘留我的。」

搭檔：「你打過那女孩嗎？還有，她說手裡有好多你半夜發給她的簡訊截圖，都是汙言穢語，這個是怎麼回事？」

他有點慌亂：「她截圖了？這個女人心思太壞了……」

搭檔：「這麼說是真的囉？」

他沉吟了幾秒鐘：「那是我實在氣不過了，因為她雖然已經辭職，但是卻依舊沒完沒了地騷擾我，我忍無可忍，最後破口大罵。你想，我這麼一個有素質的企業家，同時我還研究宗教和人文，我都忍不住了，這事有多嚴重……」

搭檔：「那你第二次被拘留呢？」

他：「她聽說我開了公司後，幾次都暗示想在我手下工作，我怕她舊病復發，都婉拒了。結果她又惱羞成怒，還是走原來的老路：出賣肉體給員警，換取對我的拘留……」

搭檔：「你騷擾了她七年，對嗎？」

他再次顯得有些慌亂：「我……我最初是想給她一個教訓……」

搭檔：「因此在街上動手打一個女孩？只是因為她不順從你？」

他：「我……並沒有真的打……只是隨便揮了下手，恰好打到了……再說我只是想聊聊工作，比如在一個安靜的環境下，我住的地方就很安靜的……其實我就是覺得她莫名其妙的反抗讓我很反感……」

搭檔：「你不覺得這跟你之前說的對不上嗎？」

他：「但一個長輩，邀請自己下屬跟自己回家談談工作，有什麼不可以的？」

搭檔反問：「你有權邀請，別人就有權拒絕，這不對嗎？」

他：「我只是覺得她不該那麼反抗……再說她也騷擾我了，我還被抓過兩

次……」

　　搭檔：「可是，不止一個人說是你騷擾那個女孩。」

　　他：「那都是她用肉體換來的偽證……」

　　搭檔抬了抬那沓資料：「這個你沒看？原來的心理診療師蒐集來的？」

　　他：「我從來不看偽證。」

　　搭檔耐心地向他解釋：「證明你騷擾女孩的人也是女人。」

　　他不屑地哼了一聲：「那就是她拿錢買通的。」

　　搭檔：「這份資料裡提過，你騷擾的女孩不止一個。」

　　他攏了一下長髮：「女人統統一路貨色，手段也是千篇一律，都是用出賣肉體來誹謗我。」

　　搭檔：「那為什麼要誹謗你呢？」

　　他：「無非就是想追求我，但不能得手，然後就用各種手段──」

　　搭檔：「有個情況是這樣，在資料的紀錄者裡，有一個我認識的人，畢竟都是同行。昨天晚上我打電話問了一些情況，他發給我幾個女孩交給他的一部分圖片資料，我看了，大多是簡訊和郵件截圖，我留意到你曾經在半夜的時候給那幾個女孩發送了大量簡訊，內容都是很露骨地描繪男女之事，看上去既不像你氣憤時的表現，也不像你的規勸，這是怎麼回事？」

　　他仰起頭看著搭檔：「那些都是她們騙我說的，因為我氣起來什麼都顧不上了，可能不大受控制。」

　　搭檔：「不，我可以看到那些資訊的內容都是很冷靜的，語言結構很清晰，順序上也並沒有混亂和無序。而且你剛才所說過的『某個看上你的職業女經理人』，也是資料提供者之一。你要看那些截圖的列印文件嗎？」

　　他盯著搭檔看了一會：「你跟她睡過吧？」

搭檔：「嗯？什麼？」

他：「作為一個文化行業的企業家，我要嚴肅地告訴你，如果你參與誹謗我的行列，那就是自尋死路。」

搭檔：「是你姊姊找我的，不是我主動找上門，這個邏輯你應該很清楚吧？」

他若有所思地點點頭：「我懂了，那些想吞併我的企業的人設了一個局，現在就是其中一環。」

搭檔笑了：「你的意思是說……」

他冷冷地掃了搭檔一眼：「我不屑於再跟你說任何一句話。」說完，起身走了。

幾分鐘後，我聽到大門被重重關上的聲音，緊接著他姊姊跑了進來：「你們對他說了什麼？」

搭檔和我對看了一眼：「有全程錄音，你現在就可以聽。」

關上催眠室的門後，我問搭檔：「我覺得他可能真的是妄想症——幾乎完全生活在自己的世界裡，一切都以自己為中心。」

搭檔：「不，他絕對不是妄想症，只是個騙子罷了。」

我有點沒反應過來：「嗯……啊？為什麼這麼說？」

搭檔：「之前那些資料我一字不落地看了，雖然情緒上有點問題，但情況基本上屬實。所以他今天說的這些不可信。更重要的是：凡是對他不利的，他就會有自己的一套說法，並且認定是陰謀。這點你應該也注意到了。」

我：「對啊，他認定那些是陰謀，這不就是妄想症的特徵嗎？」

搭檔：「不，你沒聽懂重點，我是說『凡是對他不利的』。」

我愣了一下，然後明白了：「你是說……」

搭檔點了點頭：「他是一個利慾薰心並且自私到極致的人。他之所以給你一種妄想症的假象，是因為他只關注自己，除此之外都不重要。而且，他對自我的關注已經到了不惜傷害他人的地步。」

我：「你是指他對那些女孩？」

搭檔：「不僅止於此，他從內心深處就歧視所有女人。」

我：「例如？」

搭檔：「他提到自己曾騷擾過的女人時，都是輕蔑的態度，也沒有一絲因傷害了他人而產生的愧疚感。」

我回想了一下，的確是。

搭檔：「他這種態度甚至蔓延到自己的姊姊身上——因為他的原因，他姊姊離婚了，他對此絲毫沒有悔意，反而用空話來作為承諾，以此讓自己坦然。我猜當時他姊姊也是沒辦法，才借錢給他的。」

我：「被他糾纏不休？」

搭檔：「不，應該是被他爸糾纏不休。我幾乎可以斷言，那件事當初他爸介入了。」

我：「可是……我總覺得有點奇怪，怎麼他們家這麼慣著他？」

搭檔：「一是這姊弟倆都反覆強調過的：家裡只有他一個男孩……」

我：「這個我也想到了，另外一個呢？」

搭檔：「很可能，他母親去世時說過些什麼，或者交代了些什麼，這就是他在家裡橫行霸道、有恃無恐的原因。」

我：「哦……心理過程的轉換是：他認為女人都應該是服務於他，所以女人比他低賤……看他的狀態和態度，應該是這樣。」

搭檔：「也許還有別的。」

我：「什麼？」

搭檔：「這我就不能確定了，很可能是：他雖然對前妻很看不上，但是離婚並非他提出的，對他來說，也許這是個心理上的打擊……這點我不太確定，但也沒有深入了解的必要，因為我已經知道我要的答案了。」

我：「對，你不說我幾乎忘了，你昨天就神頭鬼臉地藏著不說，到底是什麼？」

搭檔：「叫他姊來吧，你馬上就知道了。」

我點了點頭。

中年女人：「錄音我聽了一部分，還沒聽完。」

搭檔：「你覺得呢？」

中年女人：「我覺得他病得不輕，好像比原來更嚴重了。」

搭檔：「這點先不下結論，一會再說。請問，你知道他公司倒了之後在做什麼嗎？」

中年女人：「他整天在自己住的地方待著，具體做什麼我也不清楚。」

搭檔：「你是什麼時候來這裡的？」

中年女人：「快三個月了吧。」

搭檔：「為什麼來呢？」

中年女人顯得有些支支吾吾：「他總是跟我說……嗯……一些奇怪的話……我擔心他，所以就來了……」

搭檔：「就是這個原因？」

中年女人：「嗯……還有，他沒錢了，所以給他送錢來，順便看看他……」

搭檔：「沒有別的了？」

中年女人：「沒……沒有了。」

搭檔略微前傾著身體看著她：「你們倆還有個妹妹，對吧？為什麼你們都始終沒提過呢？」

中年女人：「我妹……和他關係很不好……」

搭檔：「他從你妹妹那裡也借過不少錢吧？」

中年女人：「嗯……」

搭檔：「很多嗎？」

中年女人默默點了點頭。

搭檔：「他沒有能力還錢，對吧？」

中年女人：「對。」

搭檔：「你父親的積蓄呢？是不是也被他拿走了？」

中年女人：「嗯……也……也沒剩多少了，現在基本上每月都等著那點退休金。」

搭檔：「他欠了多少錢？」

中年女人：「嗯……家裡的和親戚的……一共一百多萬吧……」

搭檔：「不，我指的不是這個，我問的是他欠銀行的，包括惡意透支信用卡那部分。」

中年女人：「這個……我不是很清楚……」

搭檔：「你確定？」

中年女人緩慢地深吸了口氣：「也有幾百萬吧……」

搭檔：「除了這些，還有人在告他，對嗎？」

中年女人：「對……」

搭檔嘆了口氣：「你打算讓他繼續這麼下去？」

中年女人：「他……他是我弟弟……」

搭檔：「沒錯，血緣是事實，可是，假如繼續讓他為所欲為下去，你們沒法再幫他收場怎麼辦？」

中年女人：「可我總得幫他……」

搭檔直起身點點頭：「問題就在這裡！如果我沒猜錯，你就是為這個來的。到目前為止，他已經山窮水盡，無力償還諸多債務，所以這回希望你能幫他。但是，當你得知他所欠的債務是如此巨大的時候，你知道這次自己和家裡的積蓄已經是無能為力了。所以，你希望能有個心理鑑定證明他精神不正常，這樣好讓你的寶貝弟弟逃脫罪責，是這樣吧？」

中年女人木訥地抬起頭：「我……我知道他從小就被我們慣壞了，我也知道他很自大，但是我爸總是提醒我，家裡就這麼一個男孩，要是他有個好歹，自己也不活了，所以我們都……但這次我是覺得他真的不正常……」

搭檔翻開手裡的資料夾，把一些手機簡訊和郵件的截圖列印文件遞了過去：「你看完告訴我，他哪裡不正常？他描繪那些色情場面的時候非常有條理，而且不得不說，動詞用得還很精準。還有這些騷擾郵件，裡面威脅某個知名女高管，說如果不給他錢、不和他見面，就把對方的照片和色情圖片拼接在一起四處發……這是妄想症嗎？」

中年女人並沒有接過去，而是驚恐地看著搭檔：「你……你這是要害死他啊。」

搭檔直視著她的眼睛，一字一句地說：「不，是你們害他的。」

中年女人愣住了。

搭檔：「他幹了這麼多無恥的勾當，你們卻從未從受害者的角度看過問題，你們要求對方改名字、換工作，要求對方躲開，但你們根本沒打算制止他繼續幹那些齷齪事。因此，他愈來愈肆無忌憚，愈來愈有恃無恐。他認為只要躲在你們的庇護傘下，就一切安全。也正因如此，後面才會發生了這些。在你們的幫助下，他越發剛愎自用，越發狂妄自大，只會空談而不會做事，最終，走到現在這一步。當你看到巨額債務的時候，當你發現這次沒法再彌補的時候，你所選擇的依然是怎麼幫助他逃脫——你找了那麼多家心理機構，無非是想證明他精神不正常，好讓他繼續恣意妄為。可是，有盡頭嗎？即便這次你們能幫他，那麼下次呢？下下次呢？怎麼辦？你們所做的就是一直在縱容、包庇，你們從未讓他離開過那個被你們精心製造的溫暖搖籃，甚至毫不在乎他是否傷害到別人。但是，你想過嗎？當他自我膨脹到搖籃裝不下他的時候，你打算怎麼辦？」

中年女人愣愣地坐在那裡，好一陣沒開口。

搭檔拉開抽屜，拿出錢，連同所有資料都裝好，遞過去：「接受吧，搖籃已經支離破碎了，這是不可挽回的事實。而站在搖籃碎片上的，正是你們曾經細心呵護的混蛋。」

十六 ————— 安魂曲

當我拉開門後，發現門外站著一位拄著手杖的老人。我略帶詫異地回頭看了搭檔一眼，然後把老人讓了進來。

安頓他坐好後，搭檔把水杯遞了過去：「您這是……」

老人接過水杯，四下打量了一下：「你們，可以解決心理問題？」

搭檔臉上帶著客套的笑容：「那要看是什麼情況。」

老人的語氣顯得有些傲慢：「就是說不一定囉？」

搭檔：「您說對了。」

「哦……」老人點點頭，沉思了一會後又抬起頭，「如果我只想來和你們聊聊呢？你們接待嗎？」

搭檔的用詞相當委婉：「真抱歉，那恐怕得讓您失望了，我們是典型的私人營利機構。」

老人想了想：「好吧。」說著，他從懷裡掏出一個巨大的錢包，然後從厚厚的一疊錢中數出一些來，放在旁邊的桌子上，「我不大喜歡信用卡，還是習慣帶著現金……這些夠了嗎？我不會占用你們多久的時間，兩個小時，這些錢可以讓你們在這個無聊的下午陪我聊上兩個小時嗎？」

搭檔並沒像我想像中那樣快速把錢收起來，反而皺了皺眉：「在確定您神志清醒、思維正常之前，我們不會收錢的。」

老人笑了起來。

搭檔不動聲色地看著他笑。

老人擦了擦眼角：「年輕人，你很有意思。」

搭檔：「謝謝。」

老人：「好吧，錢就放在那裡，我也不需要收據。當我走的時候，它依舊會放在那裡，由你們處置。現在來說說我的問題吧。」

搭檔：「請講。」

老人：「我知道我活不了多久了，之所以來找你們，是因為我發現，自己這麼多年來所做的一切都是錯誤的。」

搭檔略微遲疑了一下：「呃……為什麼你……您不去找僧侶或者牧師請求赦免呢？」

老人笑著搖搖頭：「很多自稱侍奉神的人，其實心裡毫無信仰……」

搭檔：「可是，若是因為這個而來找我們，您不覺得您的行為本身更像是帶有批判宗教性質的行為藝術嗎？」

老人看著搭檔，嘆了口氣：「還是讓我從頭說起好了。看在錢的分上，你們就原諒一個老傢伙的嘮叨吧。」

搭檔點點頭。

老人雙手扶著自己的手杖，瞇著眼睛，仰著頭，彷彿是在回憶：「算起來，我從醫五十多年了，你們也許更看重心理活動和精神的力量，但對我來說，人就是人，一堆自以為是的行屍走肉，沒什麼了不起的。我已經記不清自己這些年到底站過多少個手術臺，做過多少次手術，面對過多少個病人。我也記不清從什麼時候起，我不再怕皮膚被切開、皮下脂肪翻起來的樣子，我也不再恐懼那些形狀奇怪的病變組織，只是依稀記得在我還是個少年的時候，就不再害怕這些了。說起來，我這輩子見過的鮮血也許超過了我喝過的水，所以我對那些

已經麻木了，以至於我會在手術時想起前一天吃過的晚飯。你知道這意味著什麼嗎？這意味著我不再對人的生命有敬畏感。這種觀點甚至已經固化到我的骨髓裡，我想都不用想就可以告訴任何人這個觀點，這麼多年，我就是這麼過來的。」

搭檔：「您是醫生？」

老人糾正他：「曾經是，血管外科。」

搭檔：「哦……」

老人：「在我看來，切開人體就和你做飯的時候切開一塊肉的感覺差不多，唯一不同的是活人的手感略微有些彈性而已。你知道我在說什麼嗎？」

搭檔：「您是說您對此習以為常了？」

老人搖搖頭：「你當然不知道我在說什麼。我的意思是說，當一個人開始不尊重生命的時候，就會把生命當作商品來交易──尤其是我所從事的這行。在和同事開玩笑的時候，我經常會把手術室稱作『屠宰場』。有那麼一陣，我會把手術時切下來的各種病變組織放在秤盤上秤，然後轉過頭問護理師：『你要幾斤？』」

搭檔：「聽起來您似乎……私下收過患者的錢？」

老人笑了起來：「收過？年輕人，我收過太多了，多到我自己都記不清到底有多少。要知道，在這行中我是佼佼者，我的照片上過各大醫學雜誌。在我還拿得穩柳葉刀和止血鉗的時候，我的出場費高到你不敢想像。當我拿不穩刀的時候，我只是站在手術臺旁指導的價格還是令人咋舌……是的，不用帶著那種疑問的表情，我沒說錯，我說的就是出場費。在無影燈下，我就是明星。」

搭檔依舊沒有一絲表情：「這並不值得驕傲。」

老人先是愣了一下，我看到他的臉上閃過一絲憤怒，而後又轉為平靜：「你

說對了，這並不值得驕傲。但你應該慶幸，如果是幾年前你對我說這句話，我會用我的人脈讓你就此離開這行。雖然我們並不是嚴格意義上的同行，但我確定我能做到。」

搭檔：「您是在威脅我？」

老人仔細地看了搭檔一會：「不，年輕人，我不會再做那種事，原諒我剛剛說的。讓我就之前的話題繼續下去吧。」

搭檔點點頭，並沒有乘勝追擊下去──我鬆了一口氣。

老人：「你知道是什麼讓我發現自己的問題，然後動搖了我曾經的認知嗎？」

搭檔：「不會是夢吧？」

老人：「你猜對了。」

搭檔：「那只是夢。」

老人：「那不是夢。如果夢對心理活動造成了嚴重的影響，那夢和現實就沒有區別。所以夢不是夢。」

搭檔把拇指壓在唇上，沒再吭聲。

老人：「不過，你只猜對了一半。」他略微停頓了幾秒鐘，彷彿是在鼓起勇氣才能說出口，「當某天醒來之後，我發現自己的夢和現實混淆在一起了。」

搭檔：「混淆在一起？怎麼解釋？」

老人：「在清醒的時候，我看到了夢裡出現過的那些惡魔。」

搭檔：「您有幻覺？」

老人：「你認為我神經有問題而產生幻覺？你可以這麼認為，但是我知道那不是幻覺。」

「從醫學上講，」搭檔此時表現得極為冷靜和客觀，「之所以叫做『幻

覺』，是因為患者無法分辨清楚它和真實的區別，可是又無法證明。」

　　老人：「我知道你不會相信，但對我來說，這不重要。相信我，一點也不重要。」

　　搭檔：「如果說──」

　　老人打斷他：「讓我說下去吧！還是那句話，看在錢的分上，讓我說下去吧！」

　　搭檔：「OK，您說了算。」

　　老人微微笑了下：「很好，我就知道錢會讓人屈服。雖然你的門口很乾淨。」

　　搭檔：「是的，我們經常打掃。」

　　老人搖搖頭：「你不明白我在說什麼。在來這裡之前，我去過幾家所謂的心理診療所，但是當我看到他們門口聚集著那些噁心的小東西時，我就知道，裡面的傢伙和我是一樣的貨色。確認了幾次後，我就不會再浪費自己的時間了。知道我為什麼敲了你們的門嗎？因為你們的門口是乾淨的，沒有那些讓人噁心的東西，所以，我決定進來看看。」

　　搭檔：「您所指的『噁心的小東西』是……」

　　老人：「是的，我說的就是最小號的惡魔。牠們比老鼠大一些，拖著長長的尾巴，一對尖耳朵幾乎和身體一樣長，綠瑩瑩的眼睛裡透露出的都是貪婪和凶殘。牠們會躲在沒有光的地方，用上百顆細小的牙齒發出『咯吱咯吱』的聲音，雖然我不清楚牠們在說些什麼，但是牠們的喃喃低語無處不在。」

　　搭檔緊皺著眉：「您親眼看到的？」

　　老人似笑非笑地抬起頭盯著搭檔：「你認為我在嚇唬你？年輕人，我早就過了惡作劇的年齡了。你不能明白的，那些東西已經伴隨我多年了──在夢

裡。」

搭檔：「您很早以前就夢到過這些？」

老人：「是的，但那時候牠們只會在夢裡出現，並沒有存在於現實中，所以我根本不在乎。但是，當我的夢和現實混淆之後，我開始相信這個世上有神、有魔，還有那些我們叫不出名字的東西。牠們到處都是。」

搭檔默不作聲地看著他。

老人：「那天早上醒來，當我看到牠們蹲在床前的時候，你們無法想像我對此有多麼震驚，因為那顛覆了我所有的認知，抹殺了我所有的經驗。我的年齡讓我並不會害怕眼前的東西，但是當那些大大小小的鬼東西對著我指指點點並且交頭接耳的時候，我才明白什麼是恐懼。」

搭檔若有所思地點點頭：「是的……恐懼……」

老人目光迷離了好一陣才回過神來：「我問你，如果忽視自己的靈魂太久，直到將死才發現這一切，你最擔心的會是什麼？」

搭檔想了一下後，搖了搖頭。

老人閉上眼睛：「總有一天，我的生命將抵達終點，而我卻無處安魂。」

搭檔：「嗯……是這樣……」

老人：「也就是這幾年，我才明白沒有信仰是一件多麼可怕的事。我曾經什麼都不信，我只相信手中的柳葉刀和止血鉗。當我看著那些血、皮膚、肌肉、被剝離出來的眼球、跳動著的心臟時，從未意識到那代表著什麼。雖然有那麼一陣，每次站在手術臺旁邊我都會刻意地去找，去找那些被我們稱作『靈魂』或者有靈性的東西。可是我沒找到過，也沒有找到一絲它們曾存在的跡象。大腦很神祕嗎？在我看來，它一點也不神祕，只是一大團灰色和白色的東西，被血管建構的網絡所包裹著，它看上去甚至不好吃。」

搭檔：「是的，這我知道。」

老人：「所以，我不相信靈魂，對信仰沒有一絲敬畏，反而有點鄙視——那只不過是一些人編造出來的東西，並且用它騙了另一些人罷了。神啊、惡魔啊，都不存在，或者說，它們只存在於字裡行間，只存在於螢幕和想像中。」

搭檔：「直到您在某個早上親眼看到。」

老人：「雖然我不喜歡你的口氣，但是你說得沒錯，不過，我想說，年輕人，那不是最讓我震驚的。」

搭檔：「那，是什麼？」

老人直起彎曲的脊背，深深吸了一口氣，停頓了一會，接著又恢復到原本扶著手杖的姿勢：「當我看到自己身邊常常聚集著惡魔的時候，我沒有驚訝；當我看到原來的同事身邊聚集著更多惡魔的時候，我還是沒有驚訝；因為我曾經做過的事情，他們也做過，我們都是活該。但是，當我看到我兒子身邊居然也有那些醜惡的生物時，我惶恐不安。因為，他所做的一切都是我教的。我告訴他要從醫，因為這行收入高，而且還會被人尊重；我還告訴他，生命只是血壓、神經弱電，只是制約、記憶，根本沒有什麼靈魂，沒有天堂，也沒有地獄；我告訴他，更好地活著才是最重要的，問心無愧和高尚只是愚蠢的表現；我告訴他，信仰是一種無聊的自我約束，它只能束縛我們，而我們不會因此得到財富。我說了這麼多年，說了這麼多遍，他已經對此堅信不疑了。可是，這時候我卻發現，我是錯的。你有孩子嗎？如果沒有，你就不能明白那有多可怕。我看著我的兒子，一個年紀比你還大的中年人，看著他坦然地利用著那些我親手教會他的下流手段，我不知道該說些什麼，也不知道該做些什麼，除了嘆息，我什麼也做不了。」

搭檔：「你沒嘗試著推翻自己曾經告訴他的那些嗎？」

老人發出嘲諷的笑聲：「你認為可能嗎？你要我去推翻那些曾經被我奉為生存之道的東西？這麼多年來，我把一切都顛倒過來給我的兒子看，讓他看了幾十年，你認為現在我重新告訴他自己的感受，他能明白嗎？不，他已經沒辦法聽進去了，他和當年的我已經沒有區別。我看著他，就那麼看著他，像是看著當年的自己……有時候我就想，如果我的手不會顫抖的話，我會用自己所信賴的柳葉刀輕輕劃過他脖子上的動脈，就這樣。」說著，他抬手做了個割喉的動作，「只一下，他就解脫了。這樣，我的兒子就不會走到我現在這種地步；這樣，我的兒子就會沒有任何愧疚地死了。」

搭檔：「您最好打消這種念頭，這是犯罪！」

老人面容扭曲地笑了：「說對了，這就是我要的，是我殺他的，那麼就由我來背負他曾經的罪。假如我真的能做到的話。」

搭檔：「您……還要水嗎？」搭檔看出眼前這位老人的情緒很不穩定，似乎在崩潰的邊緣，所以故意岔開一下話題。

老人搖了搖頭：「不，不需要。」他慢慢地鎮定了下來，「一開始的時候，我只能見到惡魔。有時候我甚至會想：這個世上也許只有惡魔，如果真是這樣就好了，那我反而安心了。」

搭檔：「您是說，您希望大家都下地獄吧？」

老人抬起一根手指，瞇起眼睛看著搭檔：「假如，假如這世上只有地獄呢？」

搭檔笑了笑：「所以，就因此而屈服於惡魔？」

老人愣了一下：「呃……這個我的確沒想過……嗯，你說得有道理。可是，面對誘惑時，有多少人能堅持住？你能做到嗎？」

搭檔用拇指在嘴唇上來回滑動著：「我不知道，因為我沒試過。」

老人：「所以你可以輕鬆地說著大話，對嗎，年輕人？」

搭檔想了想：「也許您說得對，但是您得承認，神或者惡魔就算法力無邊，也是沒法直接操縱人的，因為人擁有自由意志。神對人施以告誡，惡魔對人施以誘惑，至於怎麼做，人可以選擇。我不知道您有沒有明白我的意思。我是說，選擇權，您有選擇權。」

老人：「你在責怪我？」

搭檔：「不，我沒有權利責怪您，那是您的選擇。」

老人：「所以？」

搭檔：「所以您就得承擔您選擇的後果。每個人都一樣。」

老人點點頭：「嗯，我聽懂了，你心裡在說：『老傢伙，活該！』對不對？」

搭檔保持著平靜和鎮定：「我沒那麼想過，雖然意思一樣，但是我對您的確沒有這麼極端的情緒。」

老人仰起頭深深地吸了口氣，然後恢復到鎮定的表情：「好吧，也許你是對的，我不想跟你再就這件事抬槓了，我還是繼續說下去吧。我想說的是我見過天使。」

搭檔：「您是指某個人嗎？」

老人困惑地看了一會搭檔，然後做出恍然大悟的樣子：「啊！你不相信我所說的，你到現在都不相信我看到惡魔是和我們混居在一起的，對嗎？所以你認為這其實是我誇張的表達方式，對不對？不不，我並沒有，相信我並沒有用誇張的表達方式，我說的都是真的。當然，在你看來，我是瘋瘋癲癲的糟老頭，有嚴重的幻覺和幻聽，唯一可靠的就是付錢了，至於我說什麼，你甚至都沒認真聽過，你在想這個老東西什麼時候滾蛋？他給的錢是不是真的？告訴你吧，

我真的見到過天使,她會飛,她飛過人群,飛過每一個人的頭頂。你知道當天使飛過自己頭頂時是什麼感覺嗎?你有沒有過那種時候:莫名其妙突然覺得溫暖,充滿勇氣和力量?你知道那是為什麼嗎?因為天使飛過的時候,你能聽到她所唱出的安魂曲——那就是為什麼你會突然無端有了希望和勇氣,還體會到寧靜和安詳,就像是天國的光芒籠罩著你。」他把雙手放在胸口,一臉陶醉的樣子。

搭檔並沒搭腔,而是看了我一眼。從他臉上,我看不到任何情緒。

老人沉醉了一會後睜開雙眼:「你知道當惡魔在你周圍徘徊時,你會有什麼感覺嗎?平白無故地,你會不寒而慄、頭皮發麻,彷彿有什麼恐怖的東西在盯著你看,你渾身的寒毛都會因此而豎起來。」他停頓了一下,神經質地四下看看,然後慢慢從驚恐中回過神,「那種時候,就是惡魔在你身邊徘徊的時候。當然,也許牠只是路過,並且打量著你,如果你身上有足夠吸引牠的東西,牠就再也不會離開,一直跟著你,如影隨形。牠時常會在你耳邊喃喃低語,即便你看不到,你依舊能聽到不知從哪傳來的、尖利牙齒摩擦的聲音。那就是牠。」

搭檔:「您,常能聽到嗎?」

老人看著搭檔點點頭:「每一天。」

搭檔:「那聽到安魂曲的時候呢?」

老人深深地嘆息了一聲:「只有一次。」

搭檔:「您剛剛所說的『無處安魂』就是指這個吧?」

老人:「是的,你說對了。自從見過一次之後,我幾乎每天都仰著頭看著天空,希望能再見到天使飛過。我想讓她停下,想跟她說點什麼。而且我認為,曾經的我是看不到天使的,現在我之所以能看到,是因為我的誠心悔過。我也

許還有救。」

　　搭檔：「我想問您一個問題，可以嗎？」

　　老人好半天才回過神：「問題？好吧，你問吧。」

　　搭檔：「從醫這麼多年來，您有過見死不救的時候嗎？」

　　很顯然，這句話對老人來說是個極大的打擊，有那麼幾秒鐘，簡直可以用驚慌失措來形容：「呃……你是什麼意思？也許有過。」

　　搭檔：「因為錢不夠？或者對您不夠尊敬？要不就是其他什麼原因？」

　　老人：「但是，我還救過人呢！」

　　搭檔：「那是您當初所選擇的職業，這個職業就是這樣的。但假如真的是您說的這樣，為什麼您會不安呢？我想，之所以不安，是因為您很清楚自己違背了什麼吧？」

　　老人用怨恨的眼神盯著搭檔：「這就是你的問題？」

　　搭檔點點頭。

　　老人：「有過又怎麼樣？難道你會大公無私地不收費也做診療嗎？」

　　搭檔：「但我不會因此而要脅。」

　　老人：「你確定你有權利責問我嗎？別站在道德的制高點上說大話了！在我看來，你不過是個乳臭未乾的毛孩子！」

　　搭檔的語氣平靜而冷淡：「如果我這麼說的目的是想讓您懺悔呢？」

　　老人怒目而視：「憑你？你沒有這個資格！」

　　搭檔聳了聳肩：「問題就在這裡了。如果您願意的話，您可以對每一個人懺悔，不管他是誰。但是您無數次放過這個機會，對嗎？包括現在。」

　　老人一言不發，只是死死地盯著搭檔。

　　搭檔並沒有避開他的目光：「您看，您這麼大歲數跑到這裡來傾訴，並且還

為此付費，但到目前為止，我所聽到的只有兩個字：恐懼。並沒有一絲懺悔，也沒有哪怕一點點內疚。您為自己曾經所做過的感到不安，但那只是您明白了什麼是代價，您的恐懼也因此而來。」說到這，他嘆了口氣，「就目前來說，我沒法明確地告訴您，是幻覺，或者不是幻覺。但我認為有一點您總結得非常好──夢和現實混淆在一起了，這個時候，是無路可逃的。至於天堂或者地獄，我不知道它們是否存在，但我寧願它們真的存在。」

老人站起身：「你不怕我用我的人脈讓你滾出這行嗎？」

搭檔笑了：「窮凶極惡和殘暴是我最鄙視的行為，因為在它們之下一定是軟弱。不過即便如此，我還是會從職業角度出發，給您一個我個人對這件事的看法。」

老人冷冷地從鼻子裡「哼」了一聲。

搭檔：「我認為，您是不會下地獄的。」

老人愣住了，抬起頭看著搭檔：「為什麼？」

搭檔：「您為什麼要擔心自己會下地獄呢？您已經在那裡了啊。」

老人走後，我們倆誰都沒說話，各自在做自己的事。

快到傍晚的時候，我問搭檔：「如果被迫不做這一行了，你會選擇做什麼？」

搭檔頭也沒抬：「和這行有關的。」

我：「為什麼？」

搭檔：「因為它收入高。」

我忍不住笑了：「就是這個原因？因為錢？你不怕墮落？」

搭檔放下書，抬起頭：「不，因為我的確聽過天使的安魂曲。」

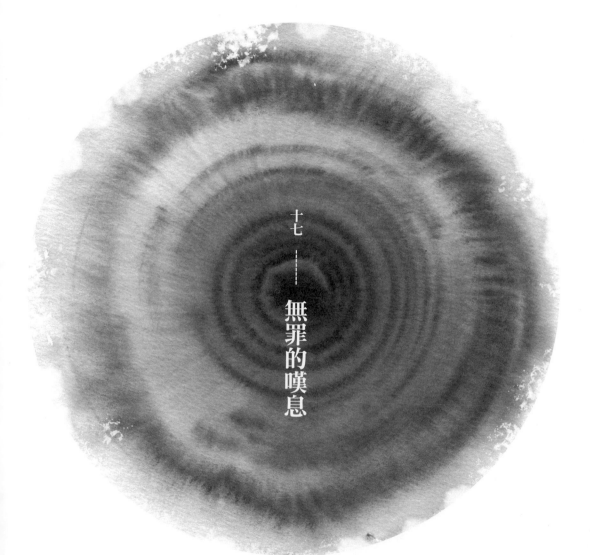

十七 ------ 無罪的嘆息

「那麼，你從事律師這個行業多久了？」搭檔停下筆，抬起頭。

她歪著頭略微想了想：「十五年。」

搭檔顯得有些意外，因為她看上去很年輕，不到三十歲的樣子：「也就是說，從學校出來之後？」

她：「對，一開始是打雜，做助理，慢慢到自己接案子。」

搭檔：「嗯，一步一步走過來的。那為什麼你最近會突然覺得做不下去了呢？」

她：「不知道，從去年起我就開始有那種想法。我覺得自己所從事的行業根本就不應該存在……嗯……就是說，我對自己的職業突然沒有了認同感。」

搭檔：「不該存在？」

她點點頭：「我為什麼要替罪行辯護？」

搭檔：「我想你應該比我更清楚這個問題吧？從古羅馬時期起就有律師這個行業，它存在的意義在於為那些無罪、卻被人誤解的人辯護──」

她打斷搭檔：「我指的是，為什麼要替罪行辯護？」

搭檔：「你能夠在法律做出裁決之前判斷出你的當事人是否有罪？」

她：「實際上，你所說的就是一個邏輯極限。」

搭檔：「嗯？我沒聽懂。」

她：「的確是應該依照律法來判斷有罪與否，但律法本身是人制定出來的，

它並不完善，所以假如有人鑽了法律的漏洞，那麼實際上有罪的人往往不會被懲罰，哪怕當事人真的觸犯了法律，你也拿他沒辦法。而我所從事的職業，就負責找漏洞。我職業的意義已經偏離了初衷。」

搭檔若有所思地點點頭：「有道理。」

她：「也許你會勸我轉行，但是除了精通律法外，別的我什麼也不會。可是，這半年來由於心理上的問題，我一個案子也沒接過，不是沒有，而是我不想接。」

搭檔：「所以你來找我們，看看有沒有什麼辦法？」

她：「正是這樣。」

搭檔：「好吧，不過在開始找問題前，我想知道你當初為什麼要選擇這行。」他狡獪地拖延著話題，以避免心理上的本能抗拒，但實際上已經開始了。

她略微停了一下，想了想後反問搭檔：「你對法律了解多少？指廣義的。」

搭檔：「廣義的？我認為那是遊戲規則。」

她：「你說得沒錯，所以法律基本上涉及了各個領域。它是一切社會行為的框架和尺規。」

搭檔：「So？」

她微微一笑：「我的家庭環境是比較古板、嚴肅的那種，父母在我面前不苟言笑，一板一眼。你很聰明，所以你一定聽懂了。」

搭檔：「呃……過獎了，你是想說因此你才會對法律感興趣，因為你想看到框架之外？」

她：「是這樣。我非常渴望了解到框架之外的一切，所以我當初在選擇專業時，幾乎是毫不猶豫地選擇了法律——因為那是整個社會的框架——只有站在

邊界，才能看到外面。」

搭檔：「嗯，很奇妙的感覺，既不會跨出去，又能看到外面……不過，我想知道你真的沒跨出過框架嗎？」

她：「如果我說沒有，你會相信嗎？」

搭檔看了她一會：「相信。」

她對這個回答顯得有點驚訝：「你說對了，我的確從未逾越法律之外。」

搭檔：「但是你看到了。」

她點點頭：「嗯，我見過太多同行領著當事人從縫隙中穿越而出，再找另一個縫隙回到界內。」

搭檔：「那法外之地，是什麼樣？」

她：「一切都是恣意生長。」

搭檔：「你指罪惡？」

她：「不，全部，無論是罪惡還是正義，都是恣意生長的樣子，沒有任何限制。」

搭檔：「這句話我不是很懂。」

她摸著自己的臉頰，仰起頭想了一會：「有一個女孩在非常小的時候被強姦了，由於那個孩子年紀太小，所以對此的記憶很模糊，除了痛楚外什麼都不記得了。而她的單身母親掩蓋住了一切，讓自己的女兒繼續正常生活下去。她默默地等，但她所等待的不是用夢魘來懲罰，而是別的。若干年後，凶犯出獄了，這個母親掌握了他的全部生活資訊，依舊默默地等，等到自己女兒結婚並且有了孩子後，她開始實施自己籌畫多年的報復行動。她把當年的凶犯騙到自己的住處，囚禁起來。在這之前，她早就把住的地方改成了像浴室一樣的環境，並且隔音。她每天起來後，都慢條斯理地走到凶犯面前，高聲宣讀一遍女

孩當初的病歷單，然後用各種酷刑虐待那個當年侵犯自己女兒的男人。但她非常謹慎，並不殺死他……你知道她持續了多久嗎？」

搭檔：「呃……幾個月？不，呃……一年？」

她：「整整三年，一千多天。他還活著，但是根本沒有人形了。他的皮膚沒有一處是正常的，不到一寸就被剝去一小塊，那不是她一天所做的，她每天都做一點點，並且精心地護理傷口，不讓它發炎、病變。三年後，他的牙齒沒有了，舌頭也沒有了，眼皮、生殖器、耳朵，所有的手指、腳趾，都沒有了。他的每塊骨頭都被刻上了一個字：『恨』……而他在垃圾堆被發現之後，意識已經完全崩潰並且混亂，作為人，他只剩下一種情緒……」

搭檔：「恐懼。」

她嘆了口氣：「是的，除了恐懼以外，他什麼都沒有了，他甚至沒辦法指證是誰做的這些。」

搭檔沉默了一會：「死了？」

她：「不到一個月。」

搭檔：「那位母親告訴你的吧？」

她看著搭檔，點點頭。

搭檔：「你做了什麼嗎？」

她：「除了驚訝、核實是否有這麼個案子，我什麼也沒做，實際上也沒有任何證據。這個復仇單身母親像是個灰色的騎士，她把憤怒作為利劍，而在她身後跟隨著整個地獄……你問我法外之地是什麼樣子，這就是法外之地。」

搭檔若有所思地喃喃自語著：「是的，我懂了，罪惡和正義都恣意生長……」

她：「我本以為法律之外同時也是人性之外，是一切罪惡的根源，但是當我

發現法律之外也有我所能認同的之後，我開始懷疑有關法律的一切。或者說得直接一點：法律其實也只是某種報復方式而已，它和法外之地的那些沒有任何區別，只是它看起來更理智一些——只是看起來。」

搭檔：「法律本身是構成社會結構的必要支柱，如果沒有法律，我們的社會結構會立刻分崩離析……」

她：「那就讓它分崩離析好了，本來就是一個笑話而已。」

搭檔詫異地看著她：「我能認為你這句話有反人類、反社會傾向嗎？」

她微微一笑：「完全可以。」

搭檔：「那麼……請問你有宗教信仰嗎？」

她想了想：「沒有明確的。你認為我是信仰缺失才有現在這種觀點的？」

搭檔：「不，以你在這行的時間、經驗和感悟來看，你必定會有這種觀點。」

她：「嗯……不管怎麼說，現在難題拋給你了——我該怎麼做才能消除掉這種想法呢？我不想有一天因為自己失控而做出什麼極端的事情來。」

搭檔：「你認為自己會失控？」

她：「正因為不知道才擔心。所以我這半年來沒敢接案子，只是靠著給幾家公司當法律顧問打發時間。」

搭檔：「我想把話題再跳回去——假如沒有法律，那麼豈不是一切都會失控？因為沒有約束了。」

她：「當你熟讀律法，並且知道得夠多的時候，你會發現法律在某種意義上只是藉口。它所代表的就是一種看似理智的情緒，但是真實情況並不是這樣。例如，當宣布某個窮凶極惡的罪犯被處以極刑時，許多人會對此拍手稱快，不是嗎？」

搭檔：「嗯……你的意思是：從本質上講，這不過是借助法律來復仇？」

她：「難道不是嗎？」

搭檔：「但這意義不一樣。因為每個人對於正義和公平的定義是有差異的，所以需要用法律來做一個平均值，並以此來界定懲罰方式。」

她：「從社會學的角度看，你說得完全沒錯，但是你想過沒，如果作為受害者來看，這種『平衡後的報復』公正嗎？因為事情沒發生在自己身上，人就不會有深刻的體會，因此也容易很輕鬆地做出所謂理智的樣子，但假如事情發生在自己身上呢？」

搭檔：「你說得非常正確，但因為情緒而過度報復，或者因為沒有情緒而輕度量刑本身的問題，才是邏輯極限。而且在法律上不是有先例原則嗎？那種參照先例的判決，相對來說能平衡不少這種問題吧？」

她：「如果所參照的那個先例就是重判或者輕判了呢？」

搭檔想了想：「我明白了，你並非不再相信法律，而是非常相信法律，並且很在乎它的完美性。」

她愣住了，停了一會後看著搭檔：「好像……你說對了……我從來沒想過這個問題。」

搭檔：「也許是家庭環境，也許是職業的原因，你的邏輯思維非常強，所以你一開始就已經說出了核心問題：邏輯極限。那也是你希望能突破的極限。」

她：「嗯……不得不承認你很專業，我從沒自己繞回這個圈子來，那，我該怎麼辦？」

搭檔看著她的眼睛：「你願意接受催眠嗎？」

她：「那能解決問題嗎？如果能，我願意試試看。」

搭檔：「我沒法給你任何保證，但是透過那種方式也許能找到問題的根源所

在。我們都知道了你的癥結點，但是目前還不清楚它是怎麼形成的。」

她：「都知道癥結點了，還不知道是怎麼形成的？」

搭檔點點頭：「對，因為心理活動不是某種固化的狀態，而是進程。它不斷演變，從沒停過。」

她：「明白了，好吧，我想試試。」

在催眠室旁邊的觀察室裡，我不解地問搭檔：「我怎麼沒聽到重點？你是要我從她的家庭環境中找原因嗎？還是工作中？」

搭檔調校著三腳架，頭也沒抬：「不，這次我們從內心深處找問題。」

我：「內心深處？你讓我給她深度催眠？有必要嗎？」

搭檔：「我認為有必要。」

我：「你發現什麼了？」

搭檔：「任何一個巨大的心理問題，都是從一個很小的點開始滋生出來的。」

我：「又是暗流理論？」

暗流理論是我們之間一個特指性質的詞彙，通常用來指那些即便透過交談也無法獲取足夠資訊的人。他們表面平靜如水，但仔細觀察，會看到水面那細細的波紋，藉此判斷出那平靜的水面之下有暗流湧動。我們很難從表面看出某人有什麼不正常，但其言行舉止的某種特殊傾向，能標示出他們內心活動的複雜。

搭檔：「嗯，她的理由看似都很合理，但是細想起來卻不對，因為最終那些

理由的方向性似乎都偏向極端，所以假如不透過深度催眠，恐怕什麼也看不到。」

我打開攝影機的電池蓋，把電池塞進去：「你是指她的反社會情緒吧？」

搭檔：「嗯，扭曲得厲害。」

我：「可許多人不都是這樣嗎？」

搭檔抬起頭看著我：「如果她是普通人，或者是那種鬱鬱不得志的人，基本上也算符合，但是從她描述自己這些年的工作也能看出，她屬於那種事業上相當不錯的人，而且她深諳法律。在這種情況下，她所表現出來的極端過於反常。所以我認為必定有更深層的問題導致她有這種念頭。也許是她不願意說，也許是有特殊的原因讓她從骨子裡就開始隱藏關鍵問題——我指的是潛意識裡。」

我想了想，聽懂了：「明白了，你是說有什麼癥結點把她所有的方向都帶偏了，每次都影響一點，所以即便一切都是積極的，最終她還是會有消極的甚至是極端的念頭？」

搭檔：「就是這樣。」

我：「這麼說的話……我倒是有個建議。」

搭檔：「什麼？」

我：「深催眠，同時讓她把最深處的自我具象化。」

搭檔：「嗯？你要她打開最核心的那部分？你不是最不喜歡那樣嗎？」

我：「不喜歡的原因是太麻煩，但是我覺得她似乎有自我釋放的傾向。」

搭檔：「自我釋放……嗯……好吧，你的領域你來決定。」

「對，做得非常好，再深呼吸試試看。」我在鼓勵她自我放鬆。

她再次嘗試著緩慢地深深吸氣，再慢慢吐出：「有點像是做瑜伽？」

我：「你可以這麼認為，不過我們接下來要伸展的不是你的身體，而是你的精神。」

她：「像我這種刻板或者規律化的人會不會不容易被催眠？」

我：「不會，這個沒有明確界限或者分類，事實上，看似散漫的人比較難一些，因為他們對什麼都不在意，對什麼都不相信，所以那一類人最棘手。」我在撒謊，但是我必須這麼做，我可不想給她不利於我催眠的暗示。

她又按照我說的嘗試了幾次：「嗯，好多了。」

我：「好，現在閉上眼睛，照剛才我教給你的，緩慢地，深呼吸。」我的語速同時也故意開始放慢。

她在安靜地照做。

我：「你現在很安全，慢慢地，慢慢地向後靠，找到你最舒適的姿勢，緩慢地深呼吸。」

她花了幾分鐘靠在沙發背上，並且最終選擇了一個幾乎是半躺的姿勢。

我：「非常好，現在繼續緩慢地呼吸，你會覺得很疲倦……」

在我分階段進行深催眠誘導的時候，搭檔始終抱著雙臂垂著頭，看起來似乎是打盹的樣子，但我知道那是他準備進入狀態的表現。他偶爾會用一種自我催眠的方式同步於被催眠者，我曾經問過搭檔這樣做有什麼好處，他說用這種方式可以把之前的印象與概念暫時隔離，然後以清空思維的狀態去重新捕捉到自己所需的資訊。他這種特有的觀察方式我也曾經嘗試過，但是沒什麼效果。所

以我曾經無數次對他說，那是上天賜予他的無與倫比的能力。而他絲毫不掩飾自己的驕傲：「是的，我是被眷顧的。」

「……非常好……現在你正處在自己內心深處，告訴我，你看到了些什麼？」我用平緩的語速開始問詢。

她：「這裡是……海邊的……懸崖……」

出於驚訝，我略微停了一下，因為這個場景意味著她內心深處有很重的厭世感：「你能看到懸崖下面嗎？」

她：「是……是的……能看到……」

我：「懸崖下面有些什麼？」

她：「海水……黑色的礁石、深灰色的海水……」

我：「告訴我你的周圍都有些什麼？」

她遲疑了幾秒鐘：「有一條……一條小路……」

我：「是筆直的嗎？」

她：「不，是……是一條蜿蜒的小路……」

我：「你能看到這條小路通向什麼地方嗎？」

她：「通向……通向遠處的一個小山坡……」

我：「那裡有什麼？」

她：「有……有一棟小房子。」

我：「很好，你願意去那棟小房子裡看一下嗎？」

她：「可以……我……我去過那裡面……」

我：「那是什麼地方？」

她：「那是……是我住的地方。」

我想了想：「那是你的家？」

她：「不，不是……但是是我住的地方。」

我點點頭：「你在往那裡走嗎？」

她：「是的。」

我：「路上你能看到些什麼景色？」

她的語調聽上去有些難過：「荒蕪……的景色……」

我：「為什麼會這麼說？」

她的聲音小到幾乎聽不清：「乾燥的……土地……灰暗的天空……枯萎的灌木……荊棘……沒有人煙……荒蕪……荒蕪……只有遠遠的小山坡上，有一棟小木屋……那是我住的地方……我住的……地方……」

我這時才意識到，她似乎還有極重的自我壓制傾向：「你走到了嗎？」

她：「還沒有……還沒走到……」

我：「看得到腳下的小路是什麼樣子嗎？」

她：「是的……看到……是……一條土路……」

我低下頭觀察了一下她的表情，看上去她微微皺著眉，略帶一絲難過的表情，而更多的是無奈。這時候我看了一眼搭檔，他像個孩子一樣蜷著雙腿縮在椅子上，抱著膝蓋，眉頭緊皺。

我故意停了一小會：「現在呢，到了嗎？」

她：「是的。」

我：「我要你推開門，走進去。」

她：「好的，門推開了……」

我：「現在，你進到自己住的地方了嗎？」

她：「沒有……」

我：「為什麼？」

她似乎是在抽泣著：「裡面……到處都是灰塵……好久……沒回來過了……」

我：「它曾經是乾淨的嗎？」

她：「不，它一直就是這樣的……第一次，就是這樣的。」

我又等了幾秒鐘：「你不打算再進去嗎？」

她抽泣著深吸了一口氣，停了一會：「我……在房間裡了。」

我：「詳細地告訴我，你都看到了什麼？」

她的情緒看上去極為低迷，並且陰鬱：「塵土……到處都是塵土，書上、椅子上、桌子上、書架上、窗子上……被厚厚的塵土……覆蓋著……」

我：「房間裡有家具嗎？」

她：「只有很少的一點……桌子、椅子、書架，還有一些很大的箱子。」

我：「都是木頭做的嗎？」

她：「是……是的……」

我稍微鬆了一口氣，因為假如家具是鐵質或者其他什麼奇怪的材質，那很可能意味著她有自我傷害的傾向——也許有人覺得這無所謂，但我知道那是一個多嚴重的問題。

我：「這裡有很多書嗎？」

她：「是的。」

我：「你知道那些都是什麼書嗎？」

她：「是的。」

我：「你看過嗎？」

她：「都看過……」

我：「書裡都寫了些什麼？」

她：「書裡的……都是……都是……我不想看的內容……」

我：「那，什麼內容是你不想看的？」

她：「……不可以……」

我沒聽明白，所以停下來想了想：「什麼不可以？」

她：「不可以……書裡不讓……沒有……不可以……」

我費解地抬起頭望向搭檔，向他求助。他此時也緊皺著眉頭在考慮。幾秒鐘後，他做出了一個翻書頁的動作，我想了想，明白了。

我：「我要你現在拿起手邊最近的一本書，你會把它拿起來的。」

她顯得有些遲疑，但並未抗拒：「……拿起來……好的，我拿起來了……」

我：「非常好，你能看到書名是什麼嗎？」

她：「是的，我能看到。」

我：「告訴我，書名是什麼。」

她：「禁……止。」

我：「現在，打開這本書。」

她：「我……打不開它……」

我：「這是一本打不開的書嗎？」

她：「是的，是一本打不開的書……」

我：「為什麼會打不開呢？」

她：「因為……因為書的背面寫著……寫著：不可以……」

我：「所以你打不開它？」

她：「是的。」

我：「你能看到書架上的其他書嗎？」

她：「看得到……」

我：「你能看得到書名嗎？」

她：「是的，我看得到……」

我：「你願意挑幾本書名告訴我嗎？」

她：「好……好的……」說著，她微微仰起頭，似乎在看著什麼，「不許可、不能跨越、無路、禁止、禁斷……」

聽到此時，搭檔突然愣了一下，似乎捕捉到了點什麼。

我：「房間裡的其他書呢？你能打開它們嗎？」

她的呼吸開始略微有些急促：「我……我做不到……」

我：「是你打不開，還是你做不到？」

她：「我打不開……我做不到……」

我沒再深究這個問題，而是轉向其他問題：「這個房間裡的每一本書都是這樣的嗎？」

她：「是的，每一本……」

我低頭看了一眼本子上記下的房間陳設，然後問：「在那些很大的箱子裡，也是書嗎？」

她：「不是的……」

我：「那，你知道裡面都是些什麼嗎？」

她：「是的，我知道……」

我：「能告訴我在箱子裡都有些什麼嗎？」

她稍微平靜了一些：「衣服。」

我：「箱子裡都是衣服？」

她：「是的……」

我：「都是些什麼衣服？」

她：「西裝、皮鞋⋯⋯領帶⋯⋯」

我：「那些是誰的衣服？」

她：「都是我的衣服⋯⋯都是我的衣服⋯⋯」

此時，搭檔無聲地站起身，對我點了點頭。

我抬起手指指了指自己的額頭——這是在問他是否保留被催眠者對此的記憶。

搭檔繼續點了點頭。

我把目光重新回到面前的她：「你能透過窗子看到窗外嗎？」

她：「是的。」

我：「是什麼樣的景色？」

她：「灰暗的、淒涼的⋯⋯」

我：「你能看到一束光照下來嗎？」

她：「一束光⋯⋯一束⋯⋯是的，我看到了⋯⋯」

我：「你已經在木屋外面，正向著那束光走去。」

她：「我在向著光走去⋯⋯」

我：「那束光會引導你回到現在，並且記得剛剛所發生的一切，當我數到⋯⋯」

我：「看樣子，你捕捉到了。」

搭檔隔著玻璃看了一眼正在催眠室喝水等待的她，轉回身點點頭：「根源倒

是找到了，但有點意外。」

我：「你是指她的性取向吧？」

搭檔：「是的，她是同性戀。」

我：「嗯，但我不理解她是怎麼轉變到反社會思維的，純粹的壓抑？」

搭檔：「結合她的性格，我覺得也說得通。」

我又看了一眼手裡本子上的紀錄：「她的性格……家庭環境……還有哪些？工作性質？」

搭檔抱著肩靠在門邊：「嗯，這些全被包括在內，而且還有最重要的一點。」

我：「什麼？」

搭檔：「她那種略帶扭曲，卻又不得不遵從的自我認知。」

我：「你這句話太文藝腔了，我沒聽懂。」

搭檔笑了：「讓我分步驟來說吧。你看，她的家庭環境不用多解釋了吧？催眠之前她自己形容過，是偏於刻板、嚴肅的那種，這意味著什麼？一個框架，對吧？在這種環境下成長起來的孩子，通常會劃分為兩個極端，要麼很反叛，要麼很古板、固執。但有意思的是，通常反叛的那個內心是古板的，而看似古板的那類，內心卻是極度反叛的，甚至充滿了極端情緒和各種誇張的、蠢蠢欲動的念頭。她就是第二種。說到這為止，已經有兩個框架在限制她了。」

我：「嗯，家庭氣氛和家庭氣氛培養出的外在性格特徵。」

搭檔：「OK，第三個框架來自她的工作性質：法律相關。我覺得這點也無須解釋。那麼至此，在這三重框架的範圍內，她的所有想法都應該是被壓制的，這從她對自我內心的描述就能看得出來：荒蕪、淒涼、低迷，一個末日般的場景。但也正是這個場景反而能證明她對感情的渴望以及期待。在一片荒蕪

之中，就是她住的地方——那個小木屋。假如沒有那個木屋，我倒是覺得她的情況比現在糟得多，因為那意味著絕望。」

我點了下頭：「是這樣，這個我也留意到了。」

搭檔：「但是木屋裡面的陳設簡單到極致，對吧？充斥其中最多的就是書，一些根本打不開的書。為什麼是這樣，你想過嗎？」

我：「嗯……應該是她不願意打開。」

搭檔：「正確。那她為什麼不願打開呢？」

我：「這個……我想想……應該是……書名？就是書名的原因吧？」

搭檔：「非常正確，就是這樣的。那些書的書名全部都是各種禁止類的，所以她不願意打開，所以她的房間沒有任何能提供休息的地方，連床都沒有，所以她才會把那些象徵著男性的衣服都收進箱子，而不是像正常的衣物那樣掛著……現在我們再跳回來，我剛剛說到，她那扭曲、卻又不得不遵從的自我認知……現在你明白這句話了嗎？」

我仔細整理了一遍思路：「……原來是這樣……那麼，她把男性化的衣物藏起來，其實就是說，她所隱藏的是同性性取向……她從小成長的環境、她對自我的認知、她工作的性質，讓她必須壓制同性性取向的衝動，因為她認為這違反了她的外在約束和自我約束……」

搭檔：「是的，當沒有任何突破口的時候，這股被壓制的力量就只能亂竄了。彷彿是一頭被關在籠子裡的野獸一樣，瘋狂地亂撞著。這時已經不是找到門的問題，而是更可怕的：毀掉整個籠子。或者我們換個說法：毀掉一切限制，讓能夠限制自己的一切都崩壞，讓所有框架不復存在！」

我：「是的……法外之地……」

搭檔：「根源只在於她無法表達出自己的性取向……」

我：「那你打算怎麼解決這個問題呢？」

搭檔搖搖頭：「沒有什麼我們能解決的。」

我：「啊？你要放棄？」

搭檔：「不啊，只要明白告訴她就是了。」

我：「就這麼簡單？」

搭檔點點頭：「真的就是這麼簡單，有時候不需要任何恢復或者治療，只需要一個肯定的態度。」

我：「呃……我總覺得……」

搭檔：「什麼？」

我：「我是說，我怕這樣做會給她帶來麻煩。你知道的，雖然我們大家都在說工作是工作，生活是生活，但其實工作也是生活的一部分，很多時候必定會影響到，我只是有些擔心。」

搭檔：「你什麼都不需要擔心，我們生來就是要應對各種問題的，每一天都是。」

我又看了一眼催眠室，點了點頭。

搭檔：「走吧，她還等著呢。」說著，搭檔抓住通往催眠室的門把手。不過，他並沒拉開門，而是扶著把手停了一會。

我：「怎麼？」

搭檔轉過身：「我剛想起來一件事。」

我：「什麼？」

搭檔：「她對內心的描述，很像某個同性戀詩人在一首詩中所描繪過的場景。」

我：「荒蕪的那個場景？」

搭檔點點頭：「是的。」

我：「原來是這樣……」我透過玻璃門看著催眠室裡的她，她此時也正在望著我們。

搭檔：「雖然她從事的職業與法律相關，但是她卻活在框架裡太久了，能夠替別人脫罪，卻無法赦免自己……就像是對法律條款的依賴一樣，她的自我釋放也需要一個裁決才能赦免自己……」

我：「一會你和她談的時候，是要給她一個無罪的裁決嗎？」

搭檔壓下門把手：「不，她需要的，只是一聲無罪的嘆息。」

代後記

問：催眠真的不是睡眠嗎？

答：關於這一點，我可以給出肯定的答案——催眠不是睡眠。

問：催眠與睡眠之間最大的不同是什麼？

答：這兩者之間最大的不同是：睡眠具有自我主導意識（是潛意識層面的，而不是意識層面的）。在睡眠狀態下，潛意識活動和本能反應有著直接的主導權和資訊交換功能。例如：在睡眠狀態下，你所扮演的角色通常是自由且不確定的，你的自我角色定位具有很大的隨機性。當然，這並不是真的隨機，而是由潛意識所決定的。同時，在睡眠當中，外界的一些情況變化會使你出於本能地接收到，並且反映到夢境中——比如環境稍微變得有點涼，那麼很可能你會夢到自己衣服穿少了，或者正身處在寒冷地帶，諸如此類。

而在催眠狀態下，潛意識主導權或被削弱，或被交出，同時與本能反應的資訊交換也相對減少了很多。例如：在催眠狀態中，被催眠者的角色定位很單一，要麼是重現某個場景中曾有的固定角色，要麼是觀察者身分，這是由催眠師所決定的，被催眠者沒有其他選擇。同時，環境變化所帶來的影響並沒有那麼嚴重（當然，劇烈的環境變化還是會對被催眠者有影響，所以催眠時需要一個安靜且不被打擾的環境）。

問：我曾經嘗試過被催眠，沒有成功。催眠不是對所有人有效嗎？

答：催眠的確不是對所有人有效的，有極少的一部分人很難被催眠，因為他們自我警戒意識很強。但你剛剛所說的這種情況我認為不是那麼簡單。首先我想知道：當時你被催眠的動機是什麼呢？僅僅是好奇嘗試？還是打算驗證？或者出於心理問題而必須進入催眠中去找到源頭？我猜是前兩種情況吧。那麼我會很負責地說明，沒有主題的催眠是很不容易成功的。催眠並非想起來就催個眠，看看這是不是真的，或者是否好玩。催眠的動機和催眠後所需要獲取的主題都是催眠不可或缺的一部分。出發點的不同可以直接影響到催眠效果，所以大多數時候，催眠本身是和心理診療有著捆綁關係的一個特定存在，假如脫離這種關係，那麼催眠則很難具有效力和專業性。僅僅是出於好奇的話，當然很難被催眠成功，因為在這種情況下，被催眠者的警覺度非常高，對於催眠也會有額外的阻抗——質疑。但如果是出於解決心理問題的催眠，那麼肯定是有主題的，被催眠者也會相對來說更容易接受催眠。那時你顧不上質疑「催眠是真的嗎？」，而是更關注：「我的問題怎麼解決？」除了這些之外，還有一個關鍵點：催眠師的專業性。

另外，請不要相信魔術師的表演——那只是表演。

問：那為什麼一些表演性質的群體催眠很容易成功呢？被催眠者會明確表示出自己的確被催眠了，同時講出被催眠後的感受？

答：這個問題請參考本書〈番外篇：關於夢和催眠〉一文。

問：催眠存在深淺之分嗎？

答：存在。深度催眠相對來說需要足夠的強化暗示，從而達到讓被催眠者放

棄更多主導意識的目的，並藉此打開潛意識及記憶深層。不過，通常不需要進行深催眠，因為那既麻煩又困難，還需要幾倍於一般催眠的準備時間——這裡的準備時間是指：透過同被催眠者的接觸、交談等來消除其警戒心理，獲取更多的信任。

問：自我催眠存在嗎？

答：自我催眠實際上算是自我暗示，並不完全屬於自我催眠，暗示和催眠還是有差異的。

問：催眠不是暗示嗎？

答：不是。催眠是結果，暗示是手段。

問：自我催眠可以到達深層催眠的程度嗎？

答：做不到，因為催眠者在進行主導意識的同時，無法做到放棄意識。

問：以催眠為目的的暗示只在專業領域有應用吧？

答：正相反，很常見。例如，在電視廣告中，你會看到美女或帥哥使用某種商品，並且展示「使用後」看上去多麼動人、多麼美麗，這就是催眠性質的暗示。假如你真的使用某產品，就會像她／他那樣光彩動人嗎？不，那只是商家在給你施加暗示罷了。實際上，我們都知道那是不可能的。但你必須承認，這對有些人的確有效。他們會從看到廣告開始就進入被催眠狀態，直到買下該商品、使用一段時間後恍然大悟為止。不過，如果下次有更漂亮的美女或帥哥來做新品廣告，他們依舊會樂此不疲地繼續被催眠……這種例子多到舉不勝舉，

極為普遍。

問：那麼，除商業行為之外呢？催眠暗示在日常生活中常見嗎？

答：一樣，極為常見。比方說在工作的時候，我們對上司或下屬提出某種建議，真正能打動人的建議一定是描繪出未來藍圖的——以還未發生的假設前景使得對方來接受這種建議。我們通常都會不知不覺去接受這種假設的未來，並且以此來作為落實現在的依據。但是，那個未來在當下並不存在，也不屬於必然因果關係，對不對？所以，它只是一種以催眠為目的的暗示。這種暗示在我們生活中太常見了，所以很難被意識到其實這就是催眠暗示。當然，它的成功率也和描繪者有直接關係——善於使用語言和文字的人會更容易成功。假若描繪者曾經實現過自己所描繪的，或者其假設和接收者想法相近，那麼成功率則大幅提升。在這種情況下，那個未來實現的機率實際上也極大。

問：如果催眠暗示行為這麼普遍的話，豈不是在我們生活中到處都有催眠的影子了，只是在大多數情況下，我們並沒有留意到這點？

答：這正是我要說的——催眠，無處不在。

國家圖書館預行編目資料

催眠師手記：無罪的嘆息/高銘著. -- 初
版. -- 臺北市：寶瓶文化事業股份有限公司,
2022.12
面；　公分. -- (Island；322)
ISBN 978-986-406-329-1 (平裝)

857.63　　　　　　　　　　　　111019080

Island 322

催眠師手記——無罪的嘆息

作者／高銘

發行人／張寶琴
社長兼總編輯／朱亞君
副總編輯／張純玲
資深編輯／丁慧瑋
編輯／林婕伃
美術主編／林慧雯
校對／林婕伃・陳佩伶・劉素芬
營銷部主任／林歆婕　業務專員／林裕翔　企劃專員／李祉萱
財務／莊玉萍
出版者／寶瓶文化事業股份有限公司
地址／台北市110信義區基隆路一段180號8樓
電話／(02) 27494988　傳真／(02) 27495072
郵政劃撥／19446403　寶瓶文化事業股份有限公司
印刷廠／世和印製企業有限公司
總經銷／大和書報圖書股份有限公司　電話／(02) 89902588
地址／新北市新莊區五工五路2號　傳真／(02) 22997900
E-mail／aquarius@udngroup.com
版權所有・翻印必究
法律顧問／理律法律事務所陳長文律師、蔣大中律師
如有破損或裝訂錯誤，請寄回本公司更換
著作完成日期／二〇一三年
初版一刷+日期／二〇二二年十二月十三日
ISBN／978-986-406-329-1
定價／四〇〇元

愛書人卡

感謝您熱心的為我們填寫，
對您的意見，我們會認真的加以參考，
希望寶瓶文化推出的每一本書，都能得到您的肯定與永遠的支持。

系列：Island 322　書名：催眠師手記——無罪的嘆息

1. 姓名：＿＿＿＿＿＿＿＿　性別：□男　□女

2. 生日：＿＿＿年＿＿＿月＿＿＿日

3. 教育程度：□大學以上　□大學　□專科　□高中、高職　□高中職以下

4. 職業：＿＿＿＿＿＿＿

5. 聯絡地址：＿＿＿＿＿＿＿＿＿＿＿＿＿＿＿＿＿＿＿＿＿＿＿＿

　聯絡電話：＿＿＿＿＿＿＿＿＿　手機：＿＿＿＿＿＿＿＿＿

6. E-mail信箱：＿＿＿＿＿＿＿＿＿＿＿＿＿＿＿＿＿＿

　　　　□同意　□不同意　免費獲得寶瓶文化叢書訊息

7. 購買日期：＿＿＿年＿＿＿月＿＿＿日

8. 您得知本書的管道：□報紙／雜誌　□電視／電台　□親友介紹　□逛書店　□網路

　□傳單／海報　□廣告　□瓶中書電子報　□其他

9. 您在哪裡買到本書：□書店，店名＿＿＿＿＿　□劃撥　□現場活動　□贈書

　□網路購書，網站名稱：＿＿＿＿＿＿　□其他＿＿＿＿＿

10. 對本書的建議：（請填代號　1. 滿意　2. 尚可　3. 再改進，請提供意見）

　內容：＿＿＿＿＿＿＿＿＿＿＿＿＿＿

　封面：＿＿＿＿＿＿＿＿＿＿＿＿＿＿

　編排：＿＿＿＿＿＿＿＿＿＿＿＿＿＿

　其他：＿＿＿＿＿＿＿＿＿＿＿＿＿＿

　綜合意見：＿＿＿＿＿＿＿＿＿＿＿＿＿＿＿＿＿＿＿＿＿

11. 希望我們未來出版哪一類的書籍：＿＿＿＿＿＿＿＿＿＿＿＿＿＿＿＿

讓文字與書寫的聲音大鳴大放

寶瓶文化事業股份有限公司

（請沿此虛線剪下）

寶瓶文化事業股份有限公司　收

110台北市信義區基隆路一段180號8樓

8F,180 KEELUNG RD.,SEC.1,

TAIPEI.(110)TAIWAN R.O.C.

（請沿虛線對折後寄回，或傳真至02-27495072。謝謝）